覆雨翻雲

黃易

作品集 卷六

【修訂版】

【目錄】

第一章 浪子多情

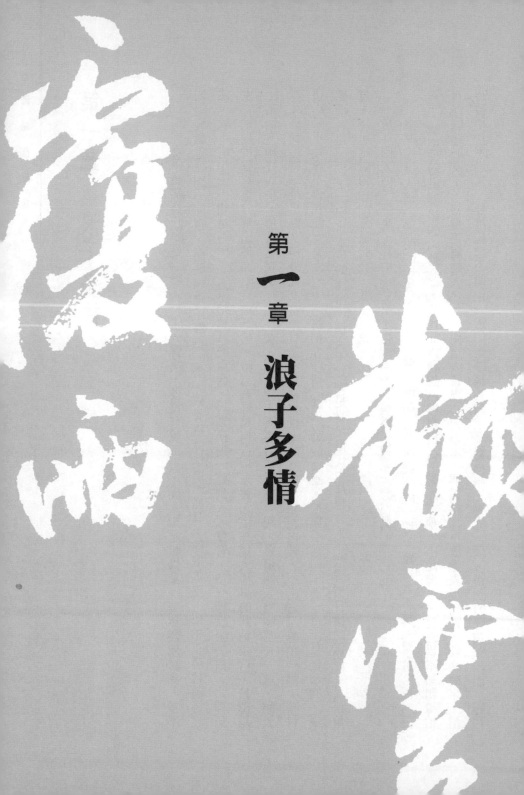

第一章　浪子多情

房外女子嬌笑倏止。她「咦!」了一聲後，便沒有說下去，使人知她雖為某一突然發現訝異，卻不知道究竟是怎麼一回事。秦夢瑤瞅了韓柏一眼，只見這傢伙搔頭抓耳，四處張望，似乎正尋找遁逃之法，唉!這小子不知是否欠了人家姑娘甚麼東西，否則何須一聽到人家聲音，便立即慌張失措，六神無主。她從步聲輕重分辨出外面有一女三男，暗自奇怪為何這種聚會，定在這大清早的時刻舉行，且似是由某地方聯袂而來，那就是說這三男一女，極可能未天亮時業已在一起，難道四人整晚都在一處，到天亮才齊到這裡享受早點?房外此女當不會是一般武林世家的女兒，想到這裡，不由瞪了韓柏一眼，暗忖這小子不知會不會和此女有上一手。韓柏亦在留心她的動靜反應，忙擺手搖頭，表示自己是無辜的。秦夢瑤容色回復了一向止水般的冰冷，使人不知她是喜是怒，但那種教人不敢冒瀆打擾的氣度，又再重現，顯示她對韓柏的風流行徑，產生反應。

房外四人停了下來。其中一名男子道:「盈姑娘為了何事，忽然動心至此呢?」

秦夢瑤進入劍心通明的境界，一絲不漏反映著心外所發生的一切。聽這人不說「驚奇」或「訝異」，偏要說帶點禪味的「動心」，知道此人藉說話顯露自己的辭鋒才華，由此推之，房外這不知和韓柏有何關係的女子，當是美麗動人之至，使這人費盡心力追求，連說話都不放過表現自己，咬文嚼字。這時韓柏伸手過來，要推瞄都不瞄他一眼的秦夢瑤香肩。秦夢瑤眼中神光一閃，淡然看了韓柏一眼，嚇得他慌忙縮手，不敢冒犯。韓柏苦著臉，向她指了指窗口，示意一齊穿窗逃遁。秦夢瑤一見他的傻相，劍心通明立時土崩瓦解，又好氣又好笑，暗怨此人怎麼如此沒有分寸，竟要自己為了躲避他害怕的女人，陪他一齊由後窗逃走，嗔怒下打了個手勢，要他自己一個人走路！可是她「不可侵犯」的氣度，再被韓柏徹底破去。

房外另一男子道：「散花小姐似不願說出訝異的原因，不如我們先進房內，喝杯解宿酒的熱茶再說。」

秦夢瑤至此再無疑問，知道房外一女三男，昨夜定是喝個通宵達旦，縱使是江湖兒女，如此一個年輕女子和三男對飲一晚，仍是驚世駭俗的行為。

盈散花再次出言，帶著笑意地欣喜道：「三位請先進房內，假若散花猜對的話，隔鄰定有位認識散花，但又不想被我看見的朋友，我要和他打個招呼才成。」

韓柏暗叫「完了」，走又不成，因為秦夢瑤既不肯走，他哪肯離開？不走則更有問題，若給盈散花發覺自己與秦夢瑤在一起，說不定能猜出他就是韓柏，那時威脅起他來時，就更有本錢了。不！絕不能讓她猜中秦夢瑤的身分。

外面尚未出言的男子大感不解道：「盈小姐為何不用看便已知房內有位怕見著小姐你的朋友呢？他是否開罪了小姐？那我們定會為小姐出頭，不放過他。」

最早發言的男子哂道：「我尤璞敢賭房內必有另一位小姐，嘿！這世上除了初生的嬰兒，又或行將就木的老叟，只要是正常男人，就不會不想見到盈姑娘。」

三男中，始終以他最口甜舌滑，不放過任何討心上人歡喜的機會。盈散花像被他奉承得很開心，放浪地嬌笑起來，意態風流，銀鈴般的悅耳笑聲，只是聽聽已教人心醉傾倒。

房內的韓柏先往秦夢瑤望來，苦笑搖頭，嘆了一口氣。秦夢瑤看得芳心一顫，知道韓柏決定正面與盈散花交手，所以立時顯露出一種灑脫不羈的神韻，比之浪翻雲的瀟灑亦不遑多讓，自有股動人的既天眞又成熟的味道，教情根漸種的她也不能自已。

適時韓柏的長笑震天而起，打破了房內的寂靜，分外引人注目，只聽他以要死不活的無賴聲音道：「尤兄說得對了又錯了，房內確有位女兒家，不過散花姑奶奶指的卻是小弟。她能猜到小弟不想見她，是因小弟一聽到她姑奶奶放浪的笑聲，立刻被嚇得噤若寒蟬，於是猜到先前在房內怪叫的必是小弟。」

房外各人想不到他忽然長笑一聲，且擺出針鋒相對的戰鬥格局，愕然靜默下去。秦夢瑤差點給韓柏惹得失笑出來，這小子竟叫對方作姑奶奶，又直認不諱怕了她。但另一方面又深爲韓柏全無成規應變的方法動容，不過回心一想，這小子若非手段厲害，怎會連她秦小姐都給他調戲輕薄了。韓柏向秦夢瑤眨了眨眼，裝了個俏皮愛玩的模樣，然後側起耳朵，擺出留心傾聽門外動靜的姿態。一種無邊無際忘憂無慮的感覺，湧上秦夢瑤澄明的心湖，這是一種韓柏才能予她的感受，那也是韓柏最使她抗拒不了的超凡魅力。

窗簾掀起，一位白衣俏女郎婷婷走入，進來後放下布簾，笑意盈盈地看了秦夢瑤一眼後，望向韓柏，剛想說話，韓柏故作驚奇道：「姑奶奶爲何不在外面和我互通款曲，你不覺得那比面對著面更有趣嗎？有甚麼事亦較好商量，又或討價還價呀！」

至此連秦夢瑤也要佩服韓柏，因爲他愈放肆，越教人不會懷疑到她是秦夢瑤，試問誰相信有人敢當著身分尊貴的她這樣向另一個女子調情？

盈散花淡淡瞪了韓柏一眼，大方地坐到韓柏右側，含笑打量了對坐著的秦夢瑤一會，眼中閃過驚異對方美麗的神色，低聲問道：「這位姊姊是誰？」

秦夢瑤心中亦讚嘆對方的天生麗質，尤其是她那種輕盈巧俏的風流氣質，特別動人，難怪能引來那麼多狂蜂浪蝶，纏在裙下，只不知與韓柏有何瓜葛，聞言道：「我是他的夫人，不知小姐找我的夫君有何貴幹？」

韓柏雖明知秦夢瑤在作戲爲他掩飾，仍禁不住甜入心脾，魔性大發，俯身過去，湊在盈散花耳邊低聲道：「我的夫人很凶的，千萬別告訴她你有了我的孩子。」

除非他是以聚音成線送出這些話，否則秦夢瑤怎會聽不到，聞言下啼笑皆非，差點想找劍砍這無賴小子，竟敢派她秦夢瑤是河東獅！枉費自己還對他如此情有所鍾。

盈散花聽得先是呆了一呆，接著「噗哧」一笑，眉梢眼角盡是掩不住的誘人春意，橫了坐回位內的韓柏一眼，扭頭向外道：「尤兄你們先到鄰房坐下，吃點東西，散花和兩位愛玩的嫂嫂哥哥閒聊兩句後，立即過來陪你們。」外面那幾名追求者一聽是對夫婦，放心了點，無奈下走進鄰房去了。

盈散花望向秦夢瑤道：「姊姊！散花懷了他的孩子了。」

秦夢瑤這才明白韓柏爲何先前表現得如此顧忌盈散花，因爲眼前這絕色美女和韓柏實屬同類，都是不講規矩任意妄爲的無賴。

秦夢瑤眼力何等高明，略窺數眼，已大致把握了盈散花的情性，並想出應付的方法：就是交由韓柏這傢伙自己負責，實行「以毒攻毒」，故微微一笑道：「誰叫姑娘生得那麼美麗，小女子這夫君最見不得漂亮女人。」說罷盯了韓柏一眼，頗有戲假情眞的味道。

韓柏給秦夢瑤盯得靈魂兒飛上了半空，暗忖若可使秦夢瑤爲他嫉妒別的女人，那將是他最偉大的成就，只不知她是眞還是假的，同時亦對秦夢瑤的蘭心蕙質佩服得五體投地，事緣她完全不知他和盈散花間有甚麼糾纏瓜葛，但應付起來虛虛實實，教盈散花莫測高深，實在恰到好處。

韓柏嘻嘻一笑，伸手過去往盈散花可愛的小肚子摸去，道：「來！讓我摸摸我們的孩子，看看姑奶奶是否仍像以前那麼愛說謊。」

他們三人的一對一答，都蓄意以內功凝聚壓下的聲音送出，不虞會被隔壁豎起耳朵偷聽的人知道內容。盈散花本意是進來威脅韓柏，以遂其目的，豈知給這小子插科打諢，瘋言瘋語，弄得一場糊塗，使她失去了控制場面的能力，由主動變成被動，一時竟對韓柏生出不知如何下手的混亂感覺。一直以來，她仗之以橫行江湖的最大本錢，就是她近乎無可匹敵的美麗，使她不把天下男人看在眼裡，但今天碰上秦夢瑤，對方那淡雅如仙的氣質，無懈可擊的頂尖高手的氣勢風範，連她也自嘆弗如，暗想這假專使若眞有如此嬌妻，怎還會將她放在眼裡？令她對自己能玩弄天下男人於股掌的自信，大打折扣，措手不及下才智發揮不出平日的一半，於是落在下風。另一方面，亦使她對韓柏另眼相看，一來是因爲他今天表現出神來之筆般的撒潑耍賴；更重要的是生出了好奇心：這小子爲何竟有吸引眼前這絕世無雙的美女的魅力？

這時韓柏的大手伸了過來，要摸在她的小肚處。盈散花嬌嗔道：「你敢！」撮起手掌，指尖往韓柏手背掃去。

韓柏感到她指尖的氣勁鋒利如刀，暗忖范良極說得不錯，此姝的武功確是出奇地高明，若讓她的纖指拂在掌背上，保證筋絡盡斷，笑道：「孩子都有了，摸摸何妨？」就在盈散花拂上掌背前，以毫釐之差猛一縮手，旋又再抓去，要把對方柔荑握入掌裡。

盈散花想不到這假專使武技如此驚人，心中一懍，纖手五指蘭花般張開，發出五縷指風，分襲韓柏手心手腕和小臂五處穴道，指法精妙絕倫，同時笑道：「你這人如此負心，不守諾言，我定要你的好看。」語氣中隱含威脅之意。

韓柏倏地縮手，嘻皮笑臉道：「姑奶奶不必氣苦，爲夫怎會是負心的人，你生了孩子出來後，爲夫定會拿一株仙參來給你產後進補。」同時另一手往秦夢瑤伸過去，握著她柔軟的纖手，暗忖若不乘機佔秦夢瑤這仙子的便宜，實在太無道理。

秦夢瑤這時才聽出盈散花在威脅韓柏，不用說是看穿了韓柏假冒專使的身分，正要助他對付這充滿媚誘男人之力的美女，豈知這小子又在乘機佔自己便宜，暗嘆一口氣，任這無賴握著了玉手。誰叫自己認作他的嬌妻哩！眞想不到會和這小子如此胡鬧。

盈散花見兩人的手握在一起，芳心竟不由升起一絲妒意，瞪了韓柏一眼道：「快說！你怎麼安置人家？」

韓柏面對著這兩位氣質迥然有異，但均具絕世之姿的美女，心中大樂，一對虎目異芒閃動，形相忽地變得威猛無匹，先深情地看了秦夢瑤一眼，才向盈散花微笑道：「似乎連仙參也滿足不了姑奶奶的需求，唉！待姑奶奶把我們的孩兒生了出來後，爲夫當然會順著姑奶奶的意願，安排你們兩母子。不過可莫怪我要滴血認親來確定是否我的親生骨肉。」

他形相忽然的轉變是如此具有戲劇性的震撼效果，不說盈散花要看得眼前一亮，芳懷動盪；以秦夢瑤的修養，亦怦然心動，知道是他魔種顯示出來的魔力，那深情的一眼直鑽進她心坎裡去，引起了她道胎的微妙感應，差點就要投身他懷裡。這次與韓柏的再度相遇，秦夢瑤第一眼看到韓柏時，便感到他的魔種有長足的進展，也使她更難抗拒，亦不想抗拒他的魅力，否則怎會那麼輕易讓這小子得到了她珍貴無比，等於她貞節的初吻。

盈散花眼中射出迷亂的神色，好一會才回復清澈，跺腳向秦夢瑤道：「姊姊來評評理，他則享盡榮華富貴，妹子卻要流落江湖，他算不算負心人？還暗指我人盡可夫，侮辱散花。」

秦夢瑤乘機摔掉韓柏的大手，俏立而起，神色恬靜超逸，深深看了盈散花一眼，淡然一笑道：「我們以後不要睬他了！」玉步輕搖，由盈散花旁走過，揭帘而去。

盈散花給她那一眼看得膽顫心驚，好像整個人全給她看穿了，半點秘密都保存不住，哪知這是來自淨念禪宗的最高心法之一——照妖法眼。其實自見到秦夢瑤後，她便被對方超乎塵俗的高貴氣質吸引懾服，生出對秦夢瑤的敬畏之心，所以不住設法向秦夢瑤試探，希望能摸清這美女的底子，可是終究一無所得。

韓柏誇張的慘叫響起，低喊道：「夫人！你誤會了，不……」跳了起來，要追出房去。

盈散花一肚子氣抓到了發洩的對象，冷哼一聲，袖內射出一條比蜘蛛絲粗不了多少的白色細線，纏向韓柏腰間，運勁一扯，把他帶得轉著往她這裡跌回來。芳心一懍，爲何這麼容易得手？難道這小子不知這「冰蠶絲」的厲害，纖手抖了三下，藉冰蠶絲送出三股內勁，侵向對方經脈去。只要眞的制著韓柏，這次還不算她大獲全勝。韓柏悶哼了一聲，到了她椅旁，忽地嘻嘻一笑，伸手在她嫩滑的臉蛋捏了一把，又旋風般逆轉開去，「颼！」一聲破簾而去，傳聲回來道：「姑奶奶！麻煩你給爲夫結賬！我袋裡一個子兒也沒有。還有……小心我們的小乖乖……」聲音由近而遠，至不可聞。盈散花措手不及下，看著對方在眼前轉回來轉出去，一點辦法也沒有。不由伸手撫著臉蛋遭輕薄處，氣得俏臉發白，美目寒光暴閃。

這時鄰房諸男發覺不妥，湧了過來，齊聲詢問。盈散花掃了他們一眼，忽然「噗哧」一笑，玉容解凍，露出甜甜的笑意，像回味著甚麼似的，向眾人道：「棋逢敵手，將遇良材，散花終於找到個好對手，你們不爲散花高興嗎？」

韓柏在酒家門口追上了秦夢瑤，和她並肩走到街上，朝官船停泊的碼頭走去。韓柏想拉秦夢瑤的手，發覺對方又回復了冷然不可觸碰的態度，嚇得連忙縮手，不敢冒瀆，甚至不敢說話。兩人步伐雖不大，速度卻非常迅快，轉眼來到碼頭旁，眾守衛看到是專使大人，忙恭敬施禮。到了船上時，秦夢瑤回頭對韓柏甜甜一笑，主動拉起韓柏的手，和他進入回復原狀的艙廳。

韓柏得而復失緊抓著她的玉手，鬆了一口氣吐舌頭：「皇天有眼！我還以爲夢瑤惱我了。」

秦夢瑤微嗔道：「誰有閒心惱你！不過你若如此見一個調戲一個，將來怕你會有很多煩惱呢。」

這時兩人登上了往上艙去的樓梯，韓柏一把扯著她，拉起了她另一隻柔荑，把她逼在梯壁前天與朝霞親熱的相同位置，真誠地道：「有了三位姊姊和夢瑤你，我韓柏已心滿意足得甘願死去，絕不會再有異心，剛才只是不得不以無賴手段，應付那狡猾的女賊，夢瑤切勿誤會。」

秦夢瑤嫣然一笑，更添美艷。韓柏心中一震，暗忖我這好夢瑤實有兩種截然不同的氣質，既能聖潔超然若不可親近的觀音大士，更另具艷蓋凡俗的絕世媚態，教他看得呆了，也想得痴了。

秦夢瑤道：「基於某種微妙原因，夢瑤不能那麼快和你發生親密的關係，待會上去後，我要找間靜室，閉關潛修一天，出關後再和你仔細詳談，好嗎？」

韓柏點頭道：「我會順著夢瑤的意願行事，但我卻要問清楚夢瑤一件事。」

秦夢瑤淡然自若道：「你想問夢瑤爲何肯認作你的妻子嗎？告訴你眞相吧！那可能是我心中一直那麼想著，所以衝口而出，事後亦沒有後悔，這答案韓柏大甚麼的滿意了嗎？」

韓柏歡喜得跳了起來，一聲怪叫，待要說話，范良極可厭的聲音由上面傳下來道：「是否專使大人在下面發羊癇症？還不上來讓本侍衛長揍一頓幫你治病。」韓秦兩人對視一笑，往上走去。

韓柏湊到秦夢瑤耳根處道：「待會夢瑤可否不稱范前輩，改叫范大哥呢？」

秦夢瑤見他那喜得心癢難熬的樣子，必是與范良極私下定了賭約，又或誇下海口那類以她秦夢瑤爲對象的氣人之事。想起平日這雙活寶定曾拿她作不堪入耳的話題，登時記起自己曾向范良極表示過不會愛上韓柏，不由湧起羞意，硬著頭皮隨韓柏登梯而上。樓梯盡處迎接他們的不但有范良極，還有陳令方和左詩三女。

范良極一見秦夢瑤，神態立時變得正經規矩，打躬道：「夢瑤小姐好！」陳令方則看傻了眼，暗嘆天下竟有如此氣質驚人，超凡脫俗的美人。三女先瞪了韓柏一眼，才驚異地打量秦夢瑤，心想怪不得夫君會爲她顚倒迷醉，連她們看到亦不由生出崇慕親近的心。

秦夢瑤平靜地向各人襝衽施禮，先向范良極道：「范大哥你好！可不許笑夢瑤。」

范良極何曾見過秦夢瑤如此女兒嬌態，以他的靈巧心思，怎會不明白秦夢瑤的意思，是要他莫笑她出爾反爾，向韓柏投懷送抱。況且聽得她乖乖地叫他作范大哥，早喜翻了心，連五臟六腑都鬆透了，大力一拍韓柏的肩頭，笑得見眉不見眼，得意囂張至極。

秦夢瑤早聽浪翻雲說過船上的情況，向陳令方禮貌地道：「夢瑤拜見陳公。」

陳令方如夢初醒，慌忙行禮，心中暗呼僥倖，若此美女早到三天，韓柏可能連朝霞也沒有興趣要了。

接著秦夢瑤走到左詩三女間，主動挽著左詩和柔柔，再向朝霞甜笑道：「三位姊姊，不如我們到房裡聊天，好嗎？」又橫了韓柏一眼道：「你不可進來！知道嗎？」

三女本擔心秦夢瑤身分尊貴，高傲難以親近，所以雖得浪翻雲解釋了情況，仍是心中忐忑，現在見到秦夢瑤如此隨和，又甜又乖的喚她們作姊姊，都喜出望外，領著她興高采烈往柔柔的房間走去。

韓柏心中奇怪，柔柔那房間這麼窄小，眾女爲何不到他寬敞得多的專使房去？順口向范陳兩人問道：「浪大俠呢？」

范良極道：「他受了點傷，須閉房三天潛修靜養。」

韓柏駭然道：「天下間有何人能令浪大俠和夢瑤都受了傷，難道龐斑出手了？」

范良極道：「這事說來話長，遲些再說，你先回房去，應付了白芳華，我們還要趕著開船呢！」

韓柏一震道：「甚麼？」

陳令方艷羨不已道：「兄弟對女人比我行得多了，以老夫在年輕時的全盛期，仍沒有你的本領和艷福。」

范良極道：「她天才亮就來了，似乎抵受不住單思之苦，又或是假裝出來的，你要小心應付，最好摸清楚她的底細和目的。」

韓柏現在的心神全放在秦夢瑤身上，暗悔那晚不應和白芳華玩火，玩出現在的局面來，硬著頭皮，到了自己的專使房外，敲了兩下，聽到白芳華的回應，推門進去。

白芳華從椅上站了起來，襝衽施禮，柔聲道：「專使安好！」

她今天換了一身湖水綠的曳地連身長裙，高髻淡裝，香肩披著一張禦寒的羊皮披肩，玉立身長嬝嬝婷婷，風姿綽約，看得韓柏心中一顫，暗忖和這美女調情絕非甚麼痛苦的事，不過千萬不要說得太大聲，給隔鄰的秦夢瑤聽到就糟了。

韓柏直走過去，到了離這風華絕代，連站姿都那麼好看的名妓前尺許近處，望著她的秀目壓低聲音道：「白小姐是不是專誠來和我親嘴？」

白芳華抿嘴一笑，白他一眼道：「你怕人聽見嗎？說得這麼小聲？」

韓柏見佳人軟語，連僅有的一分克制都拋到九霄雲外，微微靠前，頭移到她的耳旁，忍著要咬她那圓潤小巧的耳珠的慾望，輕輕道：「是的！我的四位夫人都在隔壁，所以我們只可偷偷摸摸，不可張揚。」

話才完，秦夢瑤的傳音已在他耳旁淡淡道：「韓柏莫怪我警告你，秦夢瑤並沒入你韓家之門，你不可隨便向你的情婦說我是你的夫人。」

白芳華全無所覺，愕然道：「爲何又多了一位？」

韓柏的頭皮仍在發麻，暗驚秦夢瑤隔了數層厚夾板造的房壁，仍能準確把握到他的位置，傳音入他耳內，不教近在咫尺的白芳華知道，自己眞是望塵莫及。另一方面又暗暗叫苦，秦夢瑤語氣不善，當然是不滿他這樣拈花惹草，唯一安慰的是秦夢瑤這不理俗事的人會破例關心他，留意他在這裡的活動。

白芳華見他臉色微變，奇道：「你怎麼了？」

韓柏乾咳一聲，掩飾自己的手足無措，道：「剛才我出了去，就是……嘿！……你明白啦！所以多了……嘿……多了……你明白啦。」

白芳華仔細端詳他，奇道：「專使大人爲何變得如此笨口結舌，欲言又止？」

秦夢瑤的聲音又在他耳旁響起道：「唉！我的韓柏大人，放膽做你喜歡的壞事吧！只要你本著良心，不是存心玩弄人家，夢瑤怎會怪你？我現在到詩姊的房內靜修，到今晚才可見你了。」

韓柏豎起耳朵，直至聽到秦夢瑤離去的關門聲，才回復輕鬆自在，向白芳華道：「小姐是不是來要萬年參？」

白芳華正容道：「那會不會令你爲難呢？我知道萬年參的數目早開出清單，報上了朝廷去。」

韓柏大奇道：「你這麼爲我著想，當初又爲何要逼我送參給你？」

白芳華嫣然一笑道：「因爲那時我還未認識你，又怎懂得爲專使大人著想呢！」

韓柏心中一甜道：「不如我們坐下再說。」

白芳華道：「我們站著多說幾句吧！我不想官船因芳華延誤了啓航的時間。」

韓柏有點失望道：「這麼快要走了嗎？」

白芳華道：「放心吧！很快我們就可在京師見面了，因爲芳華也要到京師去。」

韓柏到這時才想起范良極的吩咐，應探查她的底細，再又問道：「我還是那句話，當初你爲何要向我討萬年參呢？」

白芳華道：「芳華只是想測試你是否貨眞價實的專使？」

韓柏一震道：「那你測試出來了沒有？」

白芳華道：「你是眞還是假，現在都沒有甚麼關係了，只要知道你和陳令方是一夥，與楞嚴作對，那便成了。」

韓柏愕然道：「你究竟是屬於哪一方的人？」

白芳華微笑道：「遲早會知道，好了！芳華走了。」

韓柏一驚，伸手抓著她兩邊香肩，急道：「我們的交易難道就此算了？」

白芳華嬌笑道：「假若你私下藏了幾株萬年參，送一株給我亦無妨，芳華自然不會拒絕。我喜歡你送東西給我。」

韓柏道：「只是看在白小姐昨夜幫我的情分上，讓楞嚴那奸賊看不出我的腦袋受過傷，就應送你一株仙參，讓芳華永保青春美麗。何況我也想送東西給你。」

白芳華吐氣如蘭仰臉深望著他道：「不用親嘴了嗎？」

韓柏嘿然道：「我看不用人參交換，我朴文正怕也可以親到白小姐的小甜嘴兒吧。」

白芳華俏臉一紅道：「讓芳華老實告訴你吧！我忽然打消求參之念，就是怕了和你親嘴，因爲芳華從未和男人親過嘴，害怕給你那樣後，以後都忘不了你，又不能隨你返回高句麗，以後備受相思的煎熬，所以昨夜想了一晚後，終於忍不住趁早來見你，求你取消這交易。」

韓柏聽得心花怒放，原來其實她並不懷疑自己專使的身分，差點要告訴她自己只是假扮的，但又想起防人之心不可無，誰知道她是否再次試探自己呢？強壓下這衝動，挺起胸膛道：「如此就不需親嘴，我也送你一株仙參。」頓了頓，心癢癢終忍不住道：「現在你又能把我忘掉了嗎？」

白芳華幽幽看他一眼道：「那總容易一點吧！好了！芳華眞的要走了。」

韓柏道：「那株仙參怎樣了？」

白芳華道：「專使到了京師後，芳華自會派人向你討取。」

韓柏愕然道：「你不是說會來見我嗎？」

白芳華秀目閃過黯然神傷之色，低聲道：「我怕見到專使後，再離不開專使大人，但又終要分開，那芳華更慘了。」

韓柏抓起她的纖手道：「隨我回高句麗有甚麼不好呢？」

白芳華只是搖頭，輕輕抽回纖手，垂下頭由他身側走到門處，停下來低聲道：「別了！專使大人，請勿送芳華。」輕輕推門去了。

聽著足音遠去，韓柏幾次想把她追回來，告訴她眞相，但終於壓下了那衝動，畢竟一天未清楚白芳華的眞正用意和身分前，他絕不可向她暴露自己的身世，因爲那已非他個人生死榮辱的問題，而是關係到中蒙的鬥爭，國運的興替，他只能把私情擱在一旁。箇中滋味，令人神傷魂斷。

戚長征撇下了被譽爲江湖十大美女之一的寒碧翠後，找了間破廟睡了一晚，第二天早上上了就近一間餃子鋪，揀了個角落，面牆而坐，當然是不想那麼引人注目，甚麼事也待塞飽肚子再說。他叫了碗特大號的菜肉餃，風捲殘雲吃個一點不剩。下意識地摸了摸接近眞空的錢袋，忍不住一咬牙再叫一碗，暗忖吃光了也不怕，待會讓我去典當他幾兩銀子，又可大吃特吃了。這些天來差不多晚晚都和水柔晶顚鸞倒鳳，快活無邊，忽然沒有了她，只覺不習慣又難受。奇怪以前沒有她時，日子不都是那麼過了，但現在卻很想找個女人來調劑一下，好發洩緊張拉緊了的情緒。在敗於赤尊信手底前，他和梁秋末兩人最愛到青樓打滾，這三年多來因發奮苦練刀法，才裹足歡場，不知爲何，現在竟很想去找個姑娘快活快活，待會典得了銀子後，撥部分作風流資，不算太過吧！這是不是窮也要風流，餓亦要快活呢？

想到這裡，自然地往掛在胸前的玉墜摸去，立時臉色大變。伸手把掛著玉墜的紅繩由襟口拉出來，玉墜竟變成了塊不值一文的小石片。檢視胸口，衣衫已給人割開了一道小裂縫。這是他闖蕩江湖多年從未遇過的窩囊事。憑他的觸覺和武功，誰可把他貼身的東西換走而不讓他發覺？但畢竟這成了眼前的事實。假若對方要暗算自己，豈非早得手了？剛才進餃子鋪前，曾和一位老婆子撞在一起，自己還扶了她一把，偷龍轉鳳的事必在那時發生。那婆子是在他身旁跌倒，他自然而然便加以援手，哪知卻是個陷阱。至此不由搖頭苦笑，暗讚對方手法高明至極。同時想到對方若是偷襲他，很難藏得住殺氣而不被自己察覺，但只是偷東西嘛！就是現在這局面。戚長征氣苦得差點要痛罵一場。唯一的「家當」沒有了。唉！怕應是那寒碧翠所爲，要報自己戲辱她之仇。況且也只有她才知這玉墜對他是如何重要，因爲她知道現在的他是如何窮困。

黑道裡最善偷東西的當然是黑榜高手「獨行盜」范良極；白道中以此出名的是一個叫「妙手」白玉娘的中年女人。這老婆子有九成是由她假扮的，否則怎能教他陰溝裡翻船。可以推想當時她必是先把小石片握在手中待它溫熱後，才換掉他的玉墜，否則只是兩者間不同的溫度，即可使他察覺。聽說寒碧翠立誓永不嫁人，好！有機會就讓我抓著她打一頓屁股，看她怎樣見人。媽的！但眼前怎麼過日子，難道眞的去偷去搶嗎？這時兩張檯外兩個人的對話聲吸引了他，原因是其中一人提到「酬勞優厚」四個字，這對現在的他確有無比吸引力，立即豎起耳朵再聽個清楚。

另一人道：「想不到當教書先生都要懂點武功才成……」

先前那人哂道：「甚麼一點武功？懂少點都不行。聽說最近那個便曾學過黃鶴派的武術，還不是給那小公子打得橫著抬了出來。唉！二兩銀子一天你當是那麼好賺的嗎？」

戚長征聽得疑心大起，往那兩人望去。這兩個中年人都作文士打扮，一看便知是當不成官的清寒之士，除了有兩分書卷氣外，面目平凡，一點都不引人注目。

其中一人又道：「聽說黃孝華給兒子弄得心也灰了，只要有人夠膽管束他的兒子，教得似個人樣的，其他甚麼都不計較了，可是現在仍沒有人敢冒性命之險去應聘。」

戚長征心中冷笑，暗忖天下間哪有這種巧事，這兩人分明是寒碧翠的人，故意覷準他急需銀兩，引他入彀。想到這裡，心中一動，橫豎對方偷了自己的東西，不如就把這兩人的錢搶來，以濟燃眉之急，又可出一口鳥氣。他心情轉佳，走了過去，毫不理會兩人驚異的眼光，坐到空出來的位子去，閃電般伸手，抓著兩人胸襟。他故意忽然出手，因為對方若是武林中人，在這種情況下，很自然會生出本能反應，露出武功底子，裝也裝不來，那時自己可揭破對方眞正身分，教對方被搶了錢亦要服氣。豈知兩人呆頭鵝般被他抓個正著，顯是不懂絲毫武功的普通人。戚長征心知出錯，還不服氣，送進兩道試探的內勁，豈知對方體內飄蕩蕩的，半絲眞氣均付之闕如。兩人瞠目結舌，給嚇得面色如土。

戚長征大感尷尬，趁店內其他數桌的食客仍未發現這裡的異樣情況前，急忙鬆手，訕訕一笑道：「兩位兄台請勿怪小弟，我只是向你們一顯身手，讓你們知道我有賺那黃孝華銀兩的能力。」

兩人驚魂未定，望著他說不出話來。戚長征這時哪還有半點懷疑，暗責自己魯莽，誠懇地道：「請問黃府在哪裡？」兩人定下神來，怒容泛起，眼看要把他痛罵一場。

戚長征忙道：「兩位仁兄請息怒，這一頓我請客，當是賠罪。」口中說得漂亮，心內卻為自己的荷包嘆息。

兩人容色稍緩。其中一人道：「隔鄰福寧街最大那所宅院，門前有兩頭石獅子的就是，非常好辨認。」另一人像怕戚長征反悔似的，站了起來，拉著那人走了。

戚長征苦笑搖頭，忍痛結了賬，走出店外，在附近的沽衣鋪買了件最便宜的文士長衫，蓋在身上。這時他身上剩下的錢只夠買幾個饅頭，眞是想不去做讓那小公子拳打腳踢的先生也不行。心想混他幾兩銀子也不錯，順便還可躲他一躲，仍算得是一舉兩得。再苦笑搖頭，依著那人說的，往黃府走去。

白芳華才離開，范良極閃了進來，坐下後道：「爲何不親她的嘴？」

韓柏坐到他身旁苦笑道：「她說從未和人親過嘴，怕抵受不了我的魅力，連萬年參都差點不要了。」

范良極冷笑道：「人家說甚麼，你這呆子就信甚麼嗎？」

韓柏一震道：「甚麼？」

范良極兩眼一翻道：「你若能弄她到床上去，包保你發現她床上的經驗比你豐富上百倍。」

韓柏失色道：「可是人人都知她是賣藝不賣身的。」

范良極哂然道：「她不賣身又怎樣，那代表她不和男人上床嗎？我老范別的不行，但觀人之術敢說天下無雙，這妖女舉手投足都有種煙視媚行之姿，若她仍是處子，我敢以項上人頭和你賭一注。」

韓柏呆了一呆，他絕非愚魯之輩，細想白芳華的風情，果然處處帶著適度的挑逗性，尤其涉及男女之事時，說話不但毫不避忌，還大膽自然，絕不似未經人道的少女。

范良極神色出奇凝重地道：「此女可能比盈散花更難對付，最令人頭痛的是不知她對我們有何圖謀，但手段卻非常厲害，把你這糊塗蟲弄得暈頭轉向，連秦夢瑤也差點忘掉了。她究竟是何方神聖呢？」

韓柏生起苦澀的味道，雖明知范良極說得非常合理，仍很難完全推翻他心中對白芳華的良好印象。范良極見他仍不是完全相信，微怒道：「你試想一下，最初她似乎當親嘴是微不足道的小事，爲何突來個一百八十度的轉變，變得惜吻如金。她明知『直海』的名字是她提醒你才懂得回答楞嚴，又看到我打手勢要謝廷石替你解圍，她爲何又忽然一絲不懷疑地相信你眞是高句麗來的朴文正，和你依依不捨要生喊死地分手，吊足你胃口，請用你那殘廢的小腦袋想想罷！」

韓柏苦笑攤手道：「死老鬼！我何時說過不相信你，只不過正如你所說，給她迷得昏天黑地，腦筋一時轉不過來罷了！給我點時間可以嗎？」

范良極見他仍算肯受教，點頭悶哼道：「她到京師後，必會再來找你，因爲騙人是最易騙上癮的，你到時好自爲之吧。是了！剛才你和瑤妹到哪裡去？」

韓柏汗毛豎起失色叫道：「瑤妹！」

范良極面不改色道：「我既成了她的范大哥，自然可叫她做瑤妹。」隨著啐啐連聲道：「你這浪棍可以佔她的便宜，我老范佔佔她稱呼的便宜也可以吧？何必那麼看不開。」

韓柏深吸一口氣道：「你當著她面這樣叫過了她沒有？」范良極老臉一紅，坦言道：「剛才我在走廊碰到她往詩兒的房中走去，唉！不知爲甚麼給她看一眼後，連『夢瑤』這麼稀鬆平常的稱謂都叫不出口來，這妮子的仙眼確是厲害，有時眞禁不住佩服你這浪棍的本事。」

韓柏失聲大笑，倏地想起盈散花，忙向范良極和盤托出。范良極聽完後直瞪著他。韓柏大感不自在，舉手在他眼前掃了幾下，囁嚅道：「這次我又做錯了甚麼事？」

范良極伸手搭在韓柏肩上，語氣出奇地溫和道：「難怪我能和你這小子胡混了這麼久，因爲你這浪棍對付女人確有一手。你不知在我跟蹤盈散花那幾個月裡，只有見過男人給她像扯線玩偶般擺佈得神魂顚倒，甚麼機密都透露給她知道。你這浪棍除了開始時稍落下風外，第二次碰面便略佔上風，不過此女極是好勝，定會有厲害的反擊手段。還有一點莫怪我不提醒你，千萬不要誤以爲她愛上了你，因爲你若見過她對男人翻臉無情的樣子，包管你明白我沒有胡謅。」

韓柏給白芳華一事早弄得信心大失，點頭道：「唉！我曉得了。」反摟著范良極肩頭，道：「老鬼！你以後說話可否精簡一點，不要像死前遺囑般，只要尙有一口氣在，就說個沒完沒了？」

范良極一把推開了他，走出房外道：「我是爲了你好，才多說幾句，眞不識好人心。」

韓柏捧腹忍笑追在他後面道：「你這叫做說話失禁，因爲以前忍得太苦了，哈！你的靜功到哪裡去了？」

兩人來到廊裡。官船剛於此時離岸開出。陳令方聽得兩人聲音，開門探頭出來道：「侍衛長大人！要不要來一局棋？」

范良極猶豫了片晌，搖頭道：「不！我下棋時定要吸住煙腦筋才靈光，現在天香草只剩下幾口，吸完了，以後日子怎麼過？」

陳令方笑道：「你聽過『醉煙』沒有？」

范良極動容道：「是否大別山的醉草？」

陳令方點頭道：「正是此草，念在你對我有救命之恩，所以我特別囑咐知禮這煙鬼送了三斤來，給你過過癮！」范良極歡呼一聲，衝進房去。

陳令方又向韓柏道：「專使大人，你那三位夫人到了艙底去釀酒，著我告訴你不可去騷擾她們，否則就向浪大俠告狀，說你阻礙她們釀酒呢。」

「砰！」門關上，留下韓柏孤獨一人站在長廊裡。韓柏嘆了一口氣。浪翻雲要閉關三天，陳范兩人下棋去了，三女顯然餘氣未消，不准自己找她們，想著想著，不覺到了秦夢瑤靜修的房門前。想起秦夢瑤就在一牆之隔的裡邊，血液翻騰了起來。進去看她一眼總可以吧！伸手握上門環，輕輕一旋，房門竟沒有鎖上，應手而開。韓柏反嚇了一跳。他本以為秦夢瑤定會關上門栓，那時他只好返回自己房去，看看怎樣打發時光，豈知竟輕易把這扇門推開。哪還忍得住，躡手躡腳溜了進去，把門掩上。

床上幃帳低垂，隱見秦夢瑤盤膝端坐的身形。韓柏心懷惴惴，戰戰兢兢走了過去，揭開帳角，偷看進去。一看下，韓柏心神劇震，差點跪了下來，為能目睹這樣的美麗景象感謝天恩。秦夢瑤脫掉了外衣，身上穿的只是緊裹嬌軀的單薄內衣，雖沒有露出肩臂等部分，可是那曼妙至驚心動魄、鍾天地靈秀的線條，卻能教任何人看得目瞪口呆。無領的內衣襟口開在胸項間，把她修美雪白的粉頸和部分特別嫩滑的豐挺胸肌，呈現在韓柏的眼睛下。可是韓柏卻絲毫沒生起不軌之念。秀目緊閉的秦夢瑤寶相莊嚴，俏臉閃動著神聖的光輝，進入了至靜至極的禪境道界，沒有半分塵俗之氣。連韓柏這具有魔種的人亦不能遐想邪思。他只感到一種難以形容的寧美感覺，剛才無所事事的煩悶一掃而空，終忍不住跪了下來，兩手按在床沿，腦袋伸進了帳內，仰望著聖潔若觀音大士的秦夢瑤。一串莫名的感動熱淚由他眼角瀉下來。

也不知跪了多久。秦夢瑤秀長的睫毛一陣抖動，然後張開美眸，射出精湛的采芒，深注韓柏猶見淚漬的臉上。韓柏這輩子從未有過像剛才那種被震撼得難以自已的情緒，此時仍未回復過來，口唇顫動得說不出半句話。

秦夢瑤臉上現出又憐又愛的神色，微俯往前，伸出纖柔雪白不屬塵凡的玉手，指尖輕輕揩著韓柏的淚痕，情深款款道：「韓柏！爲何流淚了？」一點沒有責怪韓柏擅進她的靜室，看到穿著貼身內衣的她的莽撞。

韓柏靈台澄明若鏡，半絲歪念也沒升起，將頭俯前，埋在她盤坐著芬芳醉人的小腿處，啞聲道：「夢瑤！我配不起你。」

秦夢瑤「噗哧」一笑道：「傻孩子！」

韓柏一震抬頭道：「你叫我甚麼？」

秦夢瑤嫣然一笑，白他一眼道：「沒聽到就算了，吻了你的白姑娘沒有？」

韓柏泛起羞慚之色，搖頭道：「我差點給她騙了。」

秦夢瑤含笑道：「她是真的怕你吻得她會情不自禁愛上你，因爲她騙你騙得很辛苦。」

韓柏愕然道：「你怎也知道她是騙我？」他這句話問得大有道理，因范良極能猜到白芳華騙他，是根據來龍去脈後作出的推論，而秦夢瑤對白芳華和他之間的事一無所知，甚至未和她碰過面，憑何而知她在騙他？

秦夢瑤恬然道：「你進房時，她身體內的血管立時收窄，心跳血行加速，而當她作違心之言時，體內的分泌卻大增，顯示她並不能以平靜心情去對付你。」

韓柏聽得目瞪口呆，並自愧大大不如，作夢也想不到秦夢瑤能以這樣的心法掌握另一個人的內在情緒，使其無所遁形。

秦夢瑤幽幽一嘆道：「你反要小心那盈姑娘，她的心志堅定無比，對你雖好奇，但爭勝之念卻強於一切，不會輕易對你屈服。」忽又抿嘴一笑道：「你跪在我床前幹嘛？坐上來吧！」

韓柏猶豫了片刻，才小心翼翼爬上床去，盤膝坐在秦夢瑤對面。秦夢瑤見他沒有藉機接觸她的身體，大感滿意，移轉嬌軀和他面對面坐著，點頭讚道：「這才是乖孩子，我也想和你好好談談。」

被秦夢瑤甜甜地稱著「乖孩子」，韓柏渾身舒服，用鼻子大力吸了幾下，嘆道：「夢瑤眞香！」

秦夢瑤見他開始故態復萌，不知如何心中竟沒絲毫嗔念，還一邊享受著和他在一起時那去憂忘慮，清淨自如的感覺，微俯向前，柔聲道：「你既吻不到白姑娘，要不要夢瑤給你找那三位好姊姊來，補償你的損失。」

韓柏全身一震，瞪大眼睛不能置信地望著秦夢瑤，顫聲道：「這話眞是你說的嗎？」

秦夢瑤瀟灑地聳了聳香肩，佻皮地道：「我倒看不出爲何我不可說出這種話。」

韓柏被她絕世嬌姿所懾，久久啞口無言，好一會才懂得道：「何不親由你補償給我？」

秦夢瑤知這小子魔性漸發，玉容微冷道：「我給人驚擾的清靜，誰來賠償我？」

韓柏頹然道：「是我不對，我走吧！」說完可憐兮兮地偷覷著秦夢瑤，卻絲毫沒有離開的動作。

秦夢瑤嘆了一口氣道：「夢瑤早知叫得你上床來，就很難把你趕下去。」

韓柏大喜，魔性大發，兩眼射出精芒，上下對秦夢瑤逡巡著，又伸手抓著秦夢瑤一對柔荑，輕搓細捏，道：「可以自動寬衣了嗎？看來夢瑤身上只有一件單衣。」

秦夢瑤俏臉飛紅，嬌嗔道：「老實告訴我，你剛才功聚雙目，是否看透了我的身體。」

韓柏吃了一驚，暗忖自己實在無禮至極，竟蓄意飽覽了這天上仙子衣服內那動人至極的玄虛，集宇宙靈氣的仙體，眞是大大不該，囁嚅道：「夢瑤！對不起，韓柏的俗眼冒瀆了你。」

秦夢瑤見他坦然直認，紅霞延透至耳根，垂下螓首，輕輕道：「韓柏，夢瑤恨死你。」話雖這麼說，卻一點沒有把玉手從韓柏的魔手裡抽退回來的意思。

韓柏感應不到她的眞正怒意，色心又起，緩緩湊過嘴，往秦夢瑤的紅唇逼去，柔聲道：「讓我們用最好的方法互相補償吧。」

秦夢瑤道：「你若這樣吻了我，事後我會好幾天不睬你。」韓柏嚇得連忙坐直身體。

秦夢瑤乘機把手抽回來，看到他像待判死囚的樣子，心中不忍，幽幽道：「韓柏啊！千萬勿忘記這是一張床，我的衣服既單薄，你和我又非沒情意的男女，這樣親熱很難不及於亂，但現在仍未是適當的時候。」

韓柏大樂道：「放心吧！只要我知道尙未是時候，就算夢瑤控制不了自己，我也保證能懸崖勒馬，所以親個嘴絕沒有問題。」

秦夢瑤甚麼劍心通明全給這小子攪亂了，大發嬌嗔道：「誰控制不了自己哩！我只是怕你強來，那時我便會爲遵守自己許下的諾言，離開你了。」

韓柏厚著臉皮道：「既然我們這對有情男女都有懸崖勒馬的能力，那麼親親摸摸應該沒有問題。」

秦夢瑤心叫完了，唯有指著房門佯怒道：「你這無賴給我滾出去！」

韓柏知道她心中半分怒意都沒有了，笑嘻嘻伸手往她繃著的臉摸去。秦夢瑤俏臉忽地變得止水不波地平靜，然後像被投下一塊小石般引起一個漣漪，逐漸擴大，化成嘴角逸出的一絲動人至不能言傳，超然於任何俗念塵想的飄然笑意。

韓柏一看下嚇得慌忙縮手，慾念全消，駭然道：「這是甚麼仙法？」

秦夢瑤淡淡道：「對不起，夢瑤因你慾念狂作，不得不以佛門玄功『拈花微笑』化解你的進侵，是不得已而爲之，否則絕不願對你出手。」語意溫馨，使人打心底感到她的溫柔體貼。

韓柏腦中仍留下她剛才微笑的強烈印象，一片清明，愧然自責道：「我惹怒夢瑤了，眞該死！」

秦夢瑤反伸出手來，主動摸上韓柏臉頰，愛憐地摩挲著，柔聲道：「你太不明白魔種和道胎貼體相觸時的後果，而一開始了，我們誰也不能停下來，若換了不是在床上，或者我們仍可勉強自持，但在這樣的氣氛下，最後必是男女歡好的局面。唉！你當夢瑤眞是不想和你好嗎？你可知我對你也是深有好感的。」

換了是平時，秦夢瑤這番話必會引來韓柏的輕薄，但這時被她以佛門最高心法化去了塵世慾念的韓柏，卻起不了半絲歪念，懇切地問道：「既然大家都想得發瘋了，我又要爲你療傷，爲何我仍不可和你相好？」

秦夢瑤俏臉更紅，縮手赧然道：「誰想得發瘋了？我說的忍不住，只是投入你懷裡，讓你擁抱憐愛，絕不是你想像中的羞人壞事。」

韓柏被她動人的嬌態惹得凡心再動，伸出雙手抓著她一對玉手，拉得貼在兩邊臉上道：「求求你，告訴我，何時才是得親你香澤的適當時機？」

秦夢瑤眼中貫盈萬頃深情，檀口輕吐道：「夢瑤心脈已斷，等於半個人，全賴自身先天眞氣和浪大哥輸入精純無匹的眞氣，接通心脈，若忽然與你進入熾烈的巫山雲雨裡，說不定會脈斷暴亡，所以只能按部就班，循序漸進。」

韓柏想不到她的傷勢嚴重若此，嚇得臉上血色褪盡，放下她的玉手，肅然坐好道：「爲何不早告訴我，現在給我天大的膽子，也不敢碰你半個指頭。」

秦夢瑤見他能如此違反魔性，遷就自己，心生歡喜，身子移前，偎入他懷裡，後腦枕在他肩上，仰起俏臉向他道：「何況夢瑤仍未達到雙修大法裡有慾無情的境界，魯莽和你相好，會落於後天之境，不能臻至先天道境，那夢瑤將永無復元之望。」

韓柏不敢抱她，對抗著旖旎溫馨的醉人引誘，愕然道：「雙修大法？」

秦夢瑤點頭道：「是的！只是魔種和道胎，仍不足以使我的傷勢復元，還需雙修大法，才可誘發眞陽眞陰，而大法最關鍵處，就是男的需有情無慾，女的需有慾無情。」

韓柏呆了半刻，猶豫地欲語還休。秦夢瑤鼓勵道：「想到甚麼就說出來吧！我們間還有甚麼禁忌？」

韓柏道：「我怕說了出來，會污了你的耳朵。」

秦夢瑤舒適地在他懷裡擠了擠，道：「在心理上，夢瑤早對你毫不見外，所以甚麼話都可向我透露。」

韓柏終忍不住，一把將她摟緊，俯頭在她唇上輕輕一吻，然後強迫自己離開，狂喜道：「得夢瑤這麼說，我感到自己是這世上最幸福的人了。」

秦夢瑤嗔道：「夢瑤對你的心意，只限於你我兩人間知道，若你讓第三者得知或在人前對我無禮，我會不再理睬你的。」

韓柏這時的手，摟在她腰腹處，給秦夢瑤吐氣如蘭，溫言軟語，淺嗔輕責，弄得意亂神迷，但又要強制著那股衝動，實在苦不堪言，皺眉道：「我這人對著夢瑤時總是方寸大亂，夢瑤要不時提點我。」

秦夢瑤道：「好了！說出剛才你想到的歪念吧！」

韓柏如奉仙諭，把嘴湊到她耳旁輕輕道：「假若我沒有慾念，怎可和夢瑤相好？」

秦夢瑤羞得呻吟一聲，轉身把俏臉埋在他頭頸間，不讓韓柏看到她春潮氾濫的眉目。慾火在兩人間燃燒起來。韓柏猛地一咬舌尖，使神志回復清醒。秦夢瑤雖感到他慾火消退，但仍是渾身軟熱，嬌喘久久不能平復過來。

好一會後，秦夢瑤稍轉平靜，仍不敢抬頭看他，輕輕道：「你現在應知道夢瑤根本抗拒不了你的侵犯，所以全靠你的自制力。」

韓柏顫聲道：「天呀！夢瑤怎能要我負起這樣的全責？」

秦夢瑤道：「夢瑤不理！總之就是這樣。」

韓柏從未想過秦夢瑤這仙子也會有這嗲媚嬌痴的一刻，慾火盛熾，一雙手又箍在秦夢瑤充滿彈力的小腹上。

秦夢瑤「喲」一聲叫了出來，責道：「韓柏！」

韓柏求道：「再施你那絕招吧！否則我怕會忍不了。」

秦夢瑤很想離開他懷裡，卻怎也辦不到，顫聲道：「這樣的情況下，教人如何出招？」

韓柏暗忖這下真個乖乖不得了，忙藉想起她的傷勢來克制狂竄而起的慾念道：「夢瑤你還未答我先前的問題呢？」

秦夢瑤一想下心搖神蕩，呻吟道：「韓柏啊！求你把我推開，這樣下去，必然會弄出亂子的。」

韓柏憑著腦內半點靈明，把秦夢瑤整個抱了起來，放到床的另一端，然後以無上意志，爬到床的另一邊，才敢再往秦夢瑤望去。秦夢瑤俏臉玉頸、美手纖足全泛起了奪人心神的嬌艷紅色，微微喘著氣，那誘人的模樣，差點惹得韓柏爬了回去。韓柏重重在腿上自掐一把，才清醒了點。秦夢瑤逐漸回復平靜，感激地向韓柏點了點頭。

韓柏頑皮之心又起道：「夢瑤！我這次算乖吧！你應怎樣謝我？」

秦夢瑤給他挑起了情意，失去了往日矜持和自制的能力，只能嬌柔地輕責道：「這樣也要謝你嗎？你若只為了快樂一次，夢瑤便捨身相陪吧！」

韓柏搖首道：「不！我不是這個意思，只是想以後你都喚我作柏郎吧！」

秦夢瑤氣得瞪他一眼，道：「我絕不會在人前這麼叫你的。」

韓柏大樂道：「如今沒有別人在側，你就試喚我一聲吧。」

秦夢瑤白了他一眼後，垂頭輕呼道：「柏郎！」

韓柏失魂落魄，身不由主爬了過去。秦夢瑤嚇得一把推著他胸膛，卻忘了他的大嘴，嚶嚀一聲給他吻個正著，纖手竟由推拒改為摟著對方的脖子。

在一番銷魂蝕骨的熱吻後，韓柏堅定地爬回床的另一頭，坐好後，心醉神迷地道：「夢瑤的小嘴定是這世上最甜的東西。」

秦夢瑤嬌羞地道：「不要亂說話，若讓你三位好姊姊知道，會不高興的。」

韓柏見她絲毫不怪責自己剛才的強攻猛襲，快樂得一聲長嘆道：「到現在我才眞正明白甚麼是只羨鴛鴦不羨仙，神仙怎及得我們快樂。」

秦夢瑤聽得全身一顫，如給冷水澆頭，眼神回復清明，盤膝坐好，柔聲道：「韓柏！容夢瑤回答你剛才的問題好嗎？」

韓柏見她回復正常，知道是因自己提起了仙道的事，使她道心復明，失落地道：「夢瑤說吧！」

秦夢瑤「噗哧」一笑道：「不要扮出那可憐樣子，你要夢瑤意亂情迷還不容易嗎？」韓柏一想也是，回復歡容。

秦夢瑤雖是釵橫鬢亂，但神色回復了止水般的平靜，恬然道：「有念而舉和無念自舉，正是後天和先天的分別，韓柏你明白嗎？」韓柏茫然搖頭。

秦夢瑤俏臉仍禁不住微紅，輕輕道：「道家修行的人，有所謂『活子時』，那就是男人在睡覺中，特別臨天明時，只要精滿神足，就會無念自舉，那是精足的自我現象，若能以適當功法導引採取，將可化精爲氣，是爲無念採取，可得先天之氣；若有念而作，採的只是淫念邪氣，有損無益。」

她一邊說著，玉臉由淺抹的淡紅逐漸轉爲深艷的玫瑰紅色，那種驚天動地的誘人秀色，柳下惠復生亦要把持不住。秦夢瑤一生素淡，不但說話從不涉及男女之事，芳心裡連想也沒朝這方向想過，現在偏要在一張床上，向一個年輕男子，主動說及這種羞人之事，可眞是冥冥中的定數。

韓柏眼不眨地瞪著她，好一會才深吸一口氣道：「那容易得緊，夢瑤只須睡在我身旁，一見我有那種情況出現，立即引導採取，豈非大功告成？待你療好傷勢之後，我們才眞正快活，豈不美哉！」

秦夢瑤這下是徹底吃不消了，羞澀至差點要鑽進被內去，顫聲嬌嗔道：「你眞是狗嘴裏吐不出象牙來，這樣的髒話虧你說得出口。」

韓柏最愛看她芳心大亂的樣子，故作驚奇道：「你不是說過只有我們兩人時，甚麼話都可以向你說嗎？」

秦夢瑤哪裡是眞的怪他，只是受不住能淹死人的羞意，聞言嘆了一口氣，壓下波盪的情懷，點頭道：「人家並不是眞的怪你，不過你那方法是行不通的，因爲你……你若見到我……那……心中邪念一生，會由無念的先天，回到有念的後天，以致功敗垂成。」

韓柏頹然道：「我試著克制自己吧！只要想起夢瑤的傷勢，我哪敢泛起邪念。」

秦夢瑤感激地瞅了他一眼，垂首道：「你的問題可能還不大，我自有一套心法，可使你達到我的要求。問題出在夢瑤身上，試問我怎可對你只有慾沒有情，掉轉來我或可輕易辦到。」

韓柏搔頭道：「要你有慾我自問有辦法，但若要你對我無情，我想想便感難受。」

秦夢瑤閉上秀目，好一會後才張開道：「柏郎！讓夢瑤告訴你吧！夢瑤自幼清修，已斷了七情六慾，連女人家的月事亦早停下，對你動心只是受不住魔種的刺激，除了你外，絕沒有男人能使我動情。我要潛修靜室，不是爲了療傷，只是希望能從至靜至極裡，與天心合爲一體，想出解決的辦法，所以柏郎定要給夢瑤一點時間才成。」

給秦夢瑤連喚兩聲柏郎，韓柏感動得差點哭了出來，爬了過去，將秦夢瑤擁入懷裡，深情地道：「我的好夢瑤，無論要我做甚麼事，只要能令你復元，我也會全心全意去做，我會盡所有力量使你快樂，不教你受到任何傷害。」

秦夢瑤嘆了一聲，轉身倒入他懷裡，玉手按在他緊箍著小腹的大手上，微笑道：「我對著你，你對著我，都是非常危險的事，一個不好，將淪入萬劫不復的境地，你可知道嗎？」

韓柏一震下往她望去道：「這話怎說？」

秦夢瑤道：「還不是道胎和魔種的關係。你的魔種會受到我道胎的壓抑，難作寸進；我的道胎亦因受到你魔種的刺激，使夢瑤不能保持劍心通明的道境。」

韓柏愕然道：「那怎辦才好？」

秦夢瑤道：「不要憂心，凡事均有正反兩面，若我們做得好，在魔道間保持平衡，我們將會突破目前的境界。到現在夢瑤才明白師父送我到凡塵歷練的深意，只有經過魔劫，夢瑤的道胎才能成長，臻至天人合一的至境，夢瑤眞的幸運，遇上了你這個使我動心的男人，縱使過不了魔劫，亦死而瞑目。」

韓柏狂震道：「不！我絕不許你死的。」

秦夢瑤道：「那只是打個比喻，讓你知道夢瑤對你的心意。柏郎啊！你絕不能變成行規步矩的應聲蟲，否則你的魔種將會完全臣服在我的道胎之下，不但功力減退，還會救不了我。」

韓柏大喜道：「那即是說無論我對你如何放肆，你也不會怪我，也不會不理睬我了。」

秦夢瑤無奈地點頭含羞道：「看來是這樣了，這是一場愛的角力，你可放膽欺負我，不要留手。我也要努力保持慧心，假設能以不分勝負作終結，我們便成功了，我們將會是這世上最好的一對。」

韓柏的目光不由從她的俏臉移往她在這角度下，襟口洩出來的無限春光裡。

秦夢瑤劇震下彈了起來，剛想逃開，已給魔性大發的韓柏俯前摟著，大嘴吻在她玉頸處，還一直往下吻去。秦夢瑤登時感到自己是這場比賽裡的弱者，偏又情迷意亂，眼看給這小子拉開衣襟，吻個痛快。敲門聲起，范良極的聲音傳入道：「韓柏！麻煩來了。」

位於洞庭北端，長江之旁的岳州府，一所華宅內。方夜羽、里赤媚、由蚩敵、強望生、柳搖枝五人，和一位宮裝華服美女，正在主廳內圍坐一桌，吃著燕窩美饌。這美女長得俏秀無倫，眉如春山、眼若秋水，體態窈窕，可惜玉臉稍欠血色，略嫌蒼白了點，但卻另有一種病態美，形成異常的魅力。六人默默吃過燕窩，方夜羽先向那美女溫柔一笑，而那美女亦以淺笑相報，玉臉泛起兩小片紅雲，在她蒼白的臉上分外動魄勾魂。

方夜羽看得呆了一呆，才收攝心神道：「強老！你的傷勢怎樣了？」

強望生平和地道：「最多三天，我將可完全康復過來。」

由蚩敵嘆道：「沒有了你的日子眞是難過，現在可好了。」

眾人皆現出欣然之色，這兩人合作慣了，聯手時威力倍增，連范良極也要給他們殺得落荒逃命，可知這兩人在一起時多麼厲害。那晚圍攻戚長征時，若有他在，包管戚長征逃不了。

方夜羽轉向柳搖枝道：「蒙大的毒傷有沒有起色？」

柳搖枝黯然道：「他的情況愈來愈壞，唉！我們確是低估了烈震北，他調配出來的毒怕是天下無人能解。」

里赤媚道：「他雖是我們的敵人，現在又死了，我仍對他的膽色才智和武功佩服非常。」

柳搖枝續道：「刁項怕也是危在旦夕，萬紅菊現在率領門人往京師去，希望能求鬼王虛若無念在以前的交情，出手療治刁項，看來她經此一劫，已心灰意冷，再無爭雄江湖之意，況且其兄長又敗於浪翻雲劍下，魅影劍派怕從此一蹶不振。」

里赤媚搖頭說：「搖枝你看漏了眼，那叫刁辟情的小子能擋浪翻雲一劍，功力已臻第一流高手境界，現在身體康復了，怎會甘心蟄伏不出，這人終會成為雙修府最可怕的敵人。」

方夜羽伸了個懶腰，微笑道：「戰場上總有人傷亡，橫豎人誰無死，只要能死得轟轟烈烈，就不枉活了一場。」

強望生現出興奮之色，道：「龜縮一角的日子太使人難受了，希望很快便可活動一下筋骨。」

那美女含笑聽著，教人感到她是個很好的聆聽者。

方夜羽微微一笑，道：「這次雖殺不了浪翻雲，但卻換了烈震北一命，兼且……，唉！」眼中掠過深刻的苦痛，嘆道：「秦夢瑤怕亦挨不過百天之數，對中原武林的打擊，實是非常沉重。」眾人均知他對秦夢瑤的情意，默然不語。

方夜羽轉向那宮裝美女道：「甄夫人會不會因夜羽不能忘情，心生不快？」

甄夫人深深望他一眼後道：「若小魔師能忘情，妾身才會感到不快。」

方夜羽眼中射出感激之色，伸手過去輕輕一握對方玉手後，才放了開來，向客人道：「現在整個江湖分作了兩個戰場，一在京師，另一就是我們身處的洞庭湖，形勢雖說清楚分明，事實上又極端錯綜複雜，不知各位有何看法？」

眾人都望向里赤媚，顯是除方夜羽外，唯他馬首是瞻。里赤媚舒服優閒地挨在椅背處，嘆道：「我現在只想脅生雙翼，飛到朱元璋的大本營去，參與武林史上最大的集會，一嚐龍爭虎鬥的滋味，也與虛若無完成我們未分勝負之戰，看看是我的天魅凝陰厲害，還是他的鬼啖邪魂了得。」眾人均泛起嚮往之色。

柳搖枝點頭道：「不知是否天助我也，鷹刀恰於此時出現，還給楊奉帶上了京師，弄至黑白兩道四分五裂，連八派聯盟也因各懷疑心，一派之內都不能團結，對我們大大有利。」

由蚩敵皺眉道：「年老師和法王他老人家都到了京師去，鷹刀最後會落到何人手上，恐怕京師的神算子都算不出那結果呢。」

甄夫人黛眉輕蹙道：「妾身有一事不明，楊奉既得鷹刀，為何不遠遁域外？如此豈非自陷羅網裡？」

強望生恭敬地道：「夫人剛抵中原，難怪不清楚這裡的情況。」頓了頓續道：「就是因為人人都猜楊奉想逃出中原，於是所有佈置，均針對這點作出，所以才累得楊奉不得不逃往京師，他是有苦自己知，哈……」各人不禁莞爾。

方夜羽忽然岔開話題道：「剛接到師兄傳訊，說那高句麗來的使節團沒有問題，可是我總覺他們有點不妥，除非我親自見過他們，否則總覺得他們就是韓柏和范良極。」

聽到韓柏之名，甄夫人的俏目忽地亮了起來。里赤媚鳳目深注著她道：「夫人似乎對那韓柏很感興趣。」

甄夫人微笑道：「哪個女人能不對可令秦夢瑤鍾情的男子感到心動，有機會我定要會會他。」

方夜羽眼中掠過痛苦的神色，隱隱中感到這是甄夫人對自己愛上秦夢瑤的反擊，苦笑不語。

柳搖枝想起花解語的前車之鑑，勸道：「這小子確有種接近龐老的懾人魔力，教人很難真的不喜歡他，夫人切勿玩火自焚。」

里赤媚和方夜羽心中叫糟，柳搖枝如此一說，適得其反，更勾起甄夫人對韓柏的好奇心和好勝心，更增她想見見對方的渴望。甄夫人確是怦然意動，不過卻知絕不可在這些人面前顯露出來，淡然一笑道：「正事要緊，妾身尚未有閒情去理他，除非小魔師授命由我去對付他！」里方二人見她這樣說，才放下點心來。

由蚩敵有點苦惱地道：「我們明知浪翻雲要到京師去，爲何總掌握不到他的行蹤？」

里赤媚失笑道：「你眞是白苦惱，若可掌握到他的行蹤，那浪翻雲必是假扮的，反是韓柏仍欠火候，即使有范良極助他，也應會出點紕漏，所以我很同意少主所言，那朴文正有七成是他冒充的，只是以大公子的才智眼力，怎會看不穿他的僞裝，令人費解。」

方夜羽道：「假若我們眞能揭破他們的身分，再加好好利用，當可掀起軒然大波，牽連很多當權大官，甚至燕王棣亦難以免禍，使明室內部四分五裂。這樣看來，韓柏這小子反幫了我們一個天大的忙。事實上師兄亦非全無疑心，所以勸我派人上京一趟，看看他們究是何方神聖。」

里赤媚道：「誰應是那個人選？」眼睛掃向甄夫人。甄夫人玉容恬靜，絲毫不透出內心的渴望。她眞的對韓柏有點心動。她想不透能比方夜羽更有吸引力、又能在里赤媚手下逃生的男子，究竟是甚麼樣子的？

方夜羽道：「我想親自秘密上京，里老師陪我走一趟吧！」

甄夫人心中暗喜，方夜羽早視她爲他的女人，自應帶她同去。豈知方夜羽道：「這裡對付怒蛟幫的事就由夫人主持大局，有三位老師，加上夫人和下面一眾高手，又有鷹飛助陣，怒蛟幫和戚長征還不是囊中之物。」

甄夫人心中一陣失望，表面卻不動聲色道：「怒蛟幫不知使了甚麼手法，全幫消失無形，就此點已可看出翟雨時這人極難對付，因爲若非深謀遠慮，平時早有佈置，絕不能忽然潛藏匿隱，故對付怒蛟幫之責，妾身實無把握。」

里方兩人均知她才智武功高明至極，這樣說只是不滿方夜羽不帶她到京師去，交換了個眼色後，方夜羽柔聲道：「夜羽豈想和夫人分離，只是撲滅怒蛟幫事關緊要，不得不借助夫人的才智武功和下面的如雲好手，京師事情一有眉目，夜羽會立即趕返來陪你。」

甄夫人低聲道：「小魔師是否想去見那秦小姐最後一面？」方夜羽微感愕然，有種被對方看破了心事的不安。眾人都感受到那異常的氣氛，可是又不知如何插嘴。

里赤媚心中一嘆，出言道：「正事要緊，兒女私情只好暫置一旁，若沒有少主首肯，我們也不敢發動對秦夢瑤的攻擊，夫人應可由此明白少主的心意。」

甄夫人嘴角綻出一個動人的微笑，向方夜羽道：「小魔師請恕妾身壓不下的妒意，怒蛟幫的事可放心交給妾身。」頓了頓傲然道：「現在戚長征已成了鬥爭的關鍵，怒蛟幫將被迫現身出來加以營救，就算他們能擋得住展羽主持的屠蛟小組，亦將避不過我和鷹飛及三位老師的聯手圍剿，小魔師請放心。」

眾人得她答應，均露出欣然的神色，於此亦可見他們對她多麼有信心。甄夫人心中卻在想，我定要製造機會見見韓柏，看這個能奪取秦夢瑤和花解語芳心的小子，能否也使自己愛上他。因爲她有信心自己不會全心全意愛上任何人，包括方夜羽在內。

戚長征來到黃府的豪華大宅前，抖了抖破舊儒服上的塵屑，整整頭上文士冠，深吸一口氣壯壯膽子，才以他能扮出最斯文的姿態登上長階，排闥而入。看門的兩個壯丁把他攔著。戚長征本想打躬施禮，可是看到黃府家丁們鄙夷的眼光，傲氣生起，昂然道：「清遠縣舉人韓晶，應聘作貴公子教席來也！」

兩名家丁呆了一呆，眼中射出可憐同情之色，上下打量了他好一會，見他軀體雄健，又見他背掛大刀，想亦能多捱幾天毒打，其中一人點頭道：「你先進來坐坐，我們去通知老爺。」

戚長征大搖大擺踏進府內，待了半晌，一名管家模樣的人物走了出來，隨便問了他的學歷後，延他入內。戚長征暗忖，這黃孝華眞是求才若渴，自己這麼容易便能見著他。

那管家帶著戚長征穿過正廳偏廳，來到後進一個房間的門前，輕輕叩門道：「老爺！韓舉人來了。」

戚長征生起苦澀的感覺，自己衝口而出說是姓韓的，顯示心中對美麗溫柔的韓慧芷尙未能忘情，不知玉人近況如何呢？房內傳出一個聲音道：「快請舉人老師進來！」戚長征聽出對方語帶喜意，忙收攝心神，隨那管家進去。

入房後環目一掃，立即頭皮發麻，差點掉頭便走。原來房內佈滿書櫃，收藏了無數經史詩書。他自知斤兩有限，一看對方飽學之士的架式，只要隨便問上幾句，已可教自己無辭以對，怎不大驚失色。這時一個圓球般的東西由大書桌後的椅子彈起來，「滾」到他身前，原來是個又矮又胖，滿臉俗氣的大商賈，看來就是那黃孝華了。瞧他敏捷的身手，應曾習過幾年拳腳，不過卻絕非高明。

黃孝華揮走了管家，繞著戚長征打了幾個轉，嘿然道：「韓舉人！看你身配長刀，當然習過武功，不知是何家何派的弟子？」

戚長征泛起荒謬至極的感覺，哪有應徵老師會先被問武功的怪事，順口胡謅道：「小生的鐵布衫乃家傳絕學，否則亦不敢來應聘。」

黃孝華的肥軀倏地再出現眼前，大喜道：「那你捱打的功夫必是一等的了，可否讓我打上兩拳看看。」

戚長征哭笑不得，點頭道：「老爺儘管放馬過來。」

黃孝華毫不客氣，躬身立馬，吐氣揚聲，「蓬蓬蓬」在戚長征小腹處擂上三拳，比他所說的多加了一拳。

戚長征晃都不晃一下，微笑道：「老爺的拳頭眞硬。」

黃孝華老臉一紅，退回桌後的椅子裡，吃力地喘氣道：「請坐！」

戚長征知道過了武的一關，現在應是文的一關，暗嘆一口氣，硬著頭皮在他對面隔桌坐下。

黃孝華瞇眼細察戚長征是否有受了內傷跡象後，才滿意地點頭道：「韓兄家傳武功好厲害哩！比那甚麼黃鶴派的混蛋好得多了。」

戚長征聽他說話比自己還粗鄙不文，暗感奇怪，房內這些書難道只是擺樣子的。他既生疑心，立即功聚鼻孔，用神一嗅，絲絲幽香，傳入鼻裡。

黃孝華見他似滿有興趣觀覽室中藏書，低聲道：「這都是我夫人的藏書。我嘛！是它們認識我，我卻不認識它們。」

戚長征剛起的疑心又釋去，難怪會有女人的香氣縈繞室內，奇道：「尊夫人既才高八斗，爲何不親自教導貴公子認書識字？」

黃孝華臉上現出苦惱之色，道：「慈母多敗兒，我這夫人……嘿！樣樣都好，唯有對著我這寶貝兒子時，縱容放任，連我說他一句都不可以，所以……唉！先生明白啦！」戚長征點頭表示明白，問道：「貴公子究竟是何派高人門下？」

黃孝華道：「唉！還不又是他娘教的，現在他娘到了西郊還神，待她回來考較過先生的文史之學後，先生便可正式在這裡當教席了。」

戚長征剛放下的心，立即提了起來，暗中叫苦，只要那夫人讀過一本這房內的藏書，已足可教自己當場出醜。

黃孝華見他臉色不佳，猶豫地道：「在這裡當教席，還有一個規矩，就是當小兒頑皮時，絕不能還手。」偷望了他一眼後，輕輕道：「這是夫人的主意，也是她答應讓外人教她兒子的唯一條件。不過以先生的鐵布衫，自然沒有問題。」

戚長征眉頭一皺，計上心頭道：「我也有個規矩，就是學費必須預付。」

黃孝華皺眉道：「我是做生意的人，先生的貨辦還未見到，教我怎知應否付款？」

戚長征啼笑皆非，暗想橫豎夫人回來後，自己即要捲蓆竄逃，不如現在硬撐到底，最多一拍兩散，冷然道：「老爺隨便問吧！甚麼諸子百家，無不在韓某腹內，你一問便知小生是甚麼貨色。」

黃孝華微怒道：「我不是說過大字不懂一個嗎！要夫人回來後才可考較你。」

戚長征哈哈一笑道：「甚麼考較都不成問題，以韓某的才學難道應付不了……」

一陣急驟的步聲由遠而近，一個胖嘟嘟十來歲的小子旋風般衝了進來，走到戚長征身後，伸手便來拿戚長征的肩頭。戚長征自然伸手擋格，一拉一拖，那小子立足不穩，整個人翻上了書桌，滑過檯面，滾進黃孝華懷裡。這小胖子最少有百斤之重，衝力何等厲害，黃孝華的椅子立即往後翻倒，兩父子同作滾地葫蘆。

小公子先跳了起來，不敢過來，隔桌戟指喝道：「你怎可還手？」他聲音雖是尖銳，卻非常好聽。

黃孝華到這時才爬得起來，大怒道：「你怎可對我的寶貝動手動腳，想夫人要我的命嗎？」

戚長征悠然道：「學費先惠。」

黃孝華一愕道：「好！先付三天。」

戚長征搖頭道：「一個月。」

黃孝華臉上肥肉一陣顫動，肉痛地道：「七天！」

戚長征伸手道：「十五天！不成就拉倒。」

黃孝華遲遲疑疑地伸手懷內，取出十五兩銀，狠狠瞪了戚長征一眼後，放在他手裡。

戚長征一把抓著銀兩，以最快速度塞入懷裡，道：「這是你情我願的交易，縱使你的夫人不聘請我，那也只是你夫人自己的問題，與這交易無關，絕不能要我還錢。」

黃孝華的臉立時漲紅，待要和戚長征理論，那公子歡天喜地道：「阿爹！這先生好玩得緊哩！你快出去，讓他立即給我上課。」接著又拉又扯，把他老子趕出房外，還關上了門。

戚長征心中好笑，喝道：「小子！你若不想我揍你，快乖乖坐到對面去。」

小公子跺腳道：「你若敢動手，破壞規矩，須立刻原銀奉還。」

戚長征暗忖這小子倒不笨，懂得覷準自己弱點，加以威脅，無奈道：「小子！你想怎樣？」

小公子嘻嘻一笑道：「站起來讓我打三拳，看看你有沒有資格當我老師？」

戚長征心道，這還不易，昂然起立，來到房中站定，笑道：「來吧！讓你見識甚麼是眞正的高手。」

身後風聲響起。戚長征暗忖這小子剛才定是給自己打怕了，竟不敢在前面出手。這個想法還未完，對方的手掌化狂猛爲輕柔，由緩轉速，剎那間在他身後拍了十八掌。戚長征心才叫糟，大力催來，整個人凌空飛跌，撲向十步之外的地面上，爬不起來，全身痠麻，卻沒受傷，可見對方用勁非常有分寸。那小公子掠了過來，一腳把他挑得翻過身來，十指點下，連制他五處大穴，才一聲嬌笑，傲然而立。戚長征窩囊得差點哭了出來，這事若傳了出去，他還有臉見人嗎？不過對方這陷阱確是高明至極，教他自願給人制住。這胖小子得意至極地看著他，緩緩脫下長袍，鬆開綁在身上層層疊疊的棉布，最後露出窈窕動人的纖長女體，又伸手把黏在臉上的特製「肉塊」一片片撕下，最後現出一張千嬌百媚的俏臉來。

戚長征心中暗叫道：「她生得眞美！」

美女眼中閃著歡喜的采芒，卻故作淡然道：「我的戚舉人，這回沒得說了嗎？」

戚長征仰躺地上，苦笑道：「想不到堂堂丹清派的寒大掌門，也會使這種見不得光的卑鄙手段！」

寒碧翠絲毫不以爲忤，俯視著他微笑道：「你不是說過武家爭勝之道，只有成敗之分，不拘手段嗎？現在爲何來怪本掌門？」

戚長征爲之語塞，可仍是極不服氣，道：「你想怎樣？」

寒碧翠冷冷道：「放心吧！我總不會傷害你的，最多當你是條豬般運走，教你不能在方夜羽面前逞英雄。」

戚長征發覺身內眞氣一點都提不起來，暗驚這寒碧翠的點穴手法厲害，長嘆一聲道：「你最好殺了我，否則若讓我回復自由，必要拿你上床睡覺，再把你賣到窯子裡，賺回玉墜的銀子來。」

絲。

寒碧翠俏臉一寒，纖手凌空一揮。「啪！」勁氣刮在戚長征臉上，立時現出五道血痕，鼻嘴溢出血

戚長征待劇痛過後，又笑嘻嘻看著她，道：「你不守不傷害我的諾言，我更定會把你賣到窯子裡去當姑娘，興起時就多光顧你一次。」

寒碧翠眼中射出森寒的殺機，以冷勝冰雪的聲音狠狠道：「你想找死嗎？」

戚長征哂道：「惡活不如好死，與其受你氣，死了還落得個痛快。」

寒碧翠明知他是故意激怒自己，可仍是心中有氣，劈空一掌照他肩頭擊去。「哎呀！」戚長征慘叫一聲，往旁翻滾開去，直至「砰」一聲碰到一個書櫃腳處，才停了下來。心中不怒反喜，原來他一直引寒碧翠出手，是要藉先天眞氣的特性來解開穴道。先天和後天眞氣的最大分別，就是前者能天然運轉，自動生出抗力；剛才寒碧翠雖制著他的穴道，體內先天眞氣自然生出抗力，使她的制穴並不徹底，絕非無可解救。就算戚長征甚麼都不做，穴道亦會自動解開來，不過那可能要十多個時辰才成。戚長征實在連一刻都待不下去，所以要引寒碧翠出手，藉她透體而入的氣勁刺激起他體內的先天眞氣。所以這隔空一掌雖打得他齜牙咧嘴，但一絲微弱的眞氣，已成功地在丹田內凝聚了起來。他估計寒碧翠武功雖高明，仍未臻先天境界，應看不破他的計謀。寒碧翠氣消了一半，走了過來，腳尖一挑，戚長征滾回房心處，大字躺著，眼耳口鼻全溢出血絲，形狀可怖。

寒碧翠升起不忍心的情緒，皺眉道：「爲何逼我出手呢？你不知我是幫助你的嗎？」語氣大見溫和，事實上她亦不知爲何動了前所未有的眞怒，意氣稍平立即心生悔意。

戚長征把心神鬆弛下來，苦候丹田內的眞氣逐漸積聚，哪還有閒情跟她說話，索性閉上眼睛，來個

不理不睬。

寒碧翠無名火又起，在他背後抽出天兵寶刀，指著他咽喉道：「你若不張開眼睛，就一刀把你砍死。」

戚長征閉目應道：「我才不信你敢殺死我老戚。」

寒碧翠聽到他自稱老戚，登時心頭火起，冷笑道：「那麼有自信嗎？看我把你的手每邊斬下一根指頭，教你以後都不能用刀。」

戚長征睜眼大笑道：「看！那你還不是不敢殺死我嗎？」

寒碧翠針鋒相對道：「你不也張開了眼睛嗎？是不是怕死？」

戚長征瞇著眼上下打量她，嘖嘖哂道：「我當然怕死！不過還是爲你著想，老戚死了，還有誰敢陪你這潑辣婆娘睡覺。」

寒碧翠一聲怒叱，閃電般踢出一腳，正中他的臀側，其實已是腳下留情。戚長征凌空飛起，不偏不倚，「蓬」一聲四腳朝天，落到大書桌上，跌個七葷八素，但體內先天眞氣倏地強盛起來。正要運氣衝穴，寒碧翠移到檯旁，嚇得他不敢運氣，怕對方生出感應。她杏目圓瞪，酥胸不住起伏著，有種不知如何對付他才好的神態，忽地伸手搭在戚長征腕脈處，好一會後才鬆了一口氣道：「我也知你沒有解開我丹清派獨門鎖穴手法的本領，來！我們談談條件，只要你答應和我合作，我立即放了你。」

戚長征微笑道：「除非大掌門肯陪我上床，否則甚麼都不用談。」

寒碧翠看得呆了一呆，滿臉血污竟不能掩去他那陽光般攝人的瀟脫笑容，一時使她忘了生氣。

戚長征看得虎目一亮，哈哈一笑道：「原來大掌門愛上了我，難怪苦纏不捨，又因愛成恨，對我拳打……喲！」

「啪！」一聲清響，寒碧翠結結實實打了他一巴掌，猶幸沒有運起內勁，否則他以後笑起來時，雪白的牙齒將不會像現在般齊整了。她眼中寒芒電閃，冷然道：「見你的大頭鬼，我寒碧翠早立志不嫁人，更不會看上你這種滿嘴污言穢語的黑道惡棍，若不是爲了對付蒙古人，並教別人知道白道除了爭權奪利之徒外，還有懂得分辨是非的人，本姑娘多看你一眼也怕污了眼睛。」轉頭向外喝道：「來人！給我把這小子關在牢裡，綁個結實，看他能嘴硬多久。」

第二章 道魔決戰

第二章　道魔決戰

韓柏推門外出，見到范良極正笑嘻嘻望著他，登時無名火起，不悅道：「若你是騙我出來，我定不放過你。」

范良極嘿然道：「你算甚麼東西？我哪有閒情騙你。看！」伸手在眼前迅快揚了一揚，又收到身後去。

韓柏眼力何等銳利，看到是個粉紅色的信封，上面似寫著「朴文正大人專鑑」等字樣，大奇道：「怎會有人寄信給我，這裏是四處不著岸的大江啊！」

范良極將信塞進他手裏，同時道：「有人從一隻快艇上用強弓把信綁在箭上射來，還正插在你專使的房間，顯示對船上情況極爲熟悉，唉！你說這是不是麻煩？」

韓柏好奇心大起，拿起信封，見早給人撕開了封口，愕然道：「這是指名道姓給我的私人信件，誰那麼沒有私德先拆開了來看？」

范良極怒道：「莫要給你半點顏色便當是大紅大紫，你這朴文正只不過是我恩賜予你的身分，我這專使製造者才最有資格拆這封信，再抗議就宰了你來釀酒。」

韓柏失笑道：「你這老混蛋！」把信箋從封內抽出。一陣淡淡的清香鑽進鼻孔裏去。信上寫道：

「文正我郎，散花今晚在安慶府候駕，乘船共赴京師，雙飛比翼。切記。否則一切後果自負。」韓柏一看下立時小腦大痛。

范良極斷然道：「不要理她！若她見我們受她威脅，定會得寸進尺。」

韓柏嘆道：「若她到處宣揚我們是假冒的，那怎麼辦才好？」

范良極沉聲道：「這叫權衡輕重，若讓這奸狡女賊到船上來，不但等於承認了我們是假貨，說不定還會給她發覺浪翻雲和秦夢瑤都在這裏，那時我們將會被她牽著鼻子走，受盡屈辱。所以寧願任她造謠，不過若她是聰明人，這樣損人不利己的行爲，怕亦有點躊躇吧！」

韓柏點頭道：「她應知我的武功不比她遜色，何況她曾被夢瑤的氣度所懾，應知壞了我們的事，絕不會有好日子過。」

「咿呀！」秦夢瑤推門而出，俏臉回復了平時的恬靜飄逸，清澈澄明的眼神掃過二人，淡然一笑道：「你們太不明白女人了，當她們感到受辱時，甚麼瘋狂的行爲都可以做出來，完全不會像男人般去思索那後果。」

范良極見到秦夢瑤，就像老鼠見到了貓，立即肅然立正，點頭道：「夢瑤說的是。」

韓柏故作愕然道：「你不是要叫夢瑤作瑤……」

范良極色變，側踢他小腿。韓柏以腳化腳，擋了范良極含恨踢來的凌厲招數，卻避不了秦夢瑤往他瞪來那一眼。那是深邃難測的眼神，含蘊著無盡無窮的愛，而在那愛之下，又有更深一重的愛，那不單包含了男女的愛戀，還含蘊著廣被宇宙的深情。韓柏猛地一震，感到秦夢瑤這扣人心弦的目光，像冰水般灑在他火熱的心上，把他的精神送往一個妙不可言的層次，塵念全消，竟渾然忘了嘲弄范良極。同一時間，心中升起一種明悟，知道由這刻起秦夢瑤正式向他挑戰，若他不戰而降，秦夢瑤將會因看不起他，以致對他的愛意減退。所以唯一贏得她芳心的方法，就是勝過她，看看誰的吸引力大一點。換句話說：「究是魔種向道胎投降，還是道胎向魔種屈服？」唉！這是多麼大的挑戰！秦夢瑤極可能是武林兩大聖地有史以來最出色的女劍手和修行者，他自問在才智武功兩方面均望塵莫及。憑仗的只有與他難分彼此的魔種，和秦夢瑤對他明許的芳心。不！我定要勝過她，收攝心神，微微一笑，不再言語，沉思對策。

范良極看了看韓柏，又望著秦夢瑤，皺起眉頭道：「不知是否我多疑，似乎有些微妙的事發生在夢瑤和小柏之間。」在秦夢瑤面前，他的說話態度都多了他老人家一向欠缺的禮貌和客氣，只看他「尊稱」韓柏作小柏，即可見一斑。

秦夢瑤只是盈盈俏立，嘴角含笑，不知為何，已給人一種恬靜祥洽的感覺；那離世獨立、超乎塵凡的氣質，尤勝從前。

韓柏忽地覺得盈散花的問題微不足道起來。笑道：「夢瑤是否在考較柏郎的智慧？」他故意在范良極這第三者前自稱柏郎，擺明不把秦夢瑤先前的警告放在心上。

范良極失聲尖叫道：「柏郎？我的天！夢瑤要不要你大哥出手代你教訓這口出狂言的小子。」

秦夢瑤瞪他一眼道：「你不是一直在偷聽我和韓柏說話的嗎？否則怎會被陳老殺得全無還手之力？困著了整條大龍給一截截地蠶食。現在還假裝不知我在房中早被他誘逼喚了他作柏郎。」她娓娓道來，似若含羞，又似若無其事，神態誘人至極！

韓柏心中狂震，原來剛才在房內，秦夢瑤一直在「反偷聽」范良極的「變態行為」，自己不但懵然不知，還以為完全俘虜了她的心神，落在下風還如在夢中。

范良極老臉一紅，尷尬萬分道：「夢瑤又不像這小子般大叫大嚷，我只聽到你斷斷續續的其中幾句話。」接著渾身一震，駭然望向秦夢瑤，色變道：「你原來是故意教我聽到那幾句話的，其他你不想我聽到的，都以無上玄功弄得模糊不清了。」

韓柏大叫糟糕，原來秦夢瑤一直保持著慧心的通明，看來除了自己在對她動手動腳時，才能使她亂了方寸。

秦夢瑤白了韓柏千嬌百媚的一眼，道：「夢瑤只讓大哥聽到了的那幾句話是『夢瑤對你的心意，只限於你我兩人之間』、『總之是這樣』、『韓柏啊』、『夢瑤便捨身相陪吧』、『不要扮出那可憐樣子』、『韓柏你明白嗎』、『這是一場愛的角力』、『我們將是這世上最好的一對』。總共九句話，九乃數之極，亦是愛之極。」

韓柏和范良極兩人愕然以對，秦夢瑤竟以這樣玄妙不可言喻的方法，耍了他們。亦教他們輸得口服心服，差點要請浪翻雲出關來助他們對抗這美若天仙的「大敵」。秦夢瑤「噗哧」一笑，若千萬朵鮮花同時盛放，把嬌軀移貼韓柏懷裏，忽然一肘打在韓柏的小肚上。

秦夢瑤若無其事地向范良極道：「范大哥！我一直都想揍這小子一頓，舒洩被他欺負之氣，所以不想讓你獨享這快樂。」范良極爲之瞠目結舌，啞口無言。她接著向韓柏嫣然一笑道：「韓柏大甚麼的，你輸了第一回合。」

這時再沒有人想起盈散花了，因爲韓范兩人全給這慈航靜齋三百年來首次踏足江湖的美女吸攝了心神。范良極一聲不響，拔出煙管，塞進剛得來的醉草，劃火打著，呼嚕呼嚕猛吸了十多口，一時廊道煙霧瀰漫，香氣撲鼻。

韓柏和秦夢瑤清澈的眼神對視著，嘆道：「這多麼不公平！我不知道夢瑤一直把這視作一場魔種和道胎的愛情決戰。」

秦夢瑤眼中射出如江海無盡般的情意，幽幽道：「你是男子漢，讓著夢瑤一些吧！我就是要你輸得不服氣，才會激起你爭雄的壯志，不會只是以無賴手段來對付夢瑤。」

韓柏一震後，雙目奇光迸射，沉聲道：「我韓柏定要勝得乾脆俐落、正大光明。由現在起，我絕不沾半根手指到你的仙體去，你也當沒有給我吻過，我定要教你情不自禁，對我投懷送抱。」

范良極喝采道：「他奶奶的好小子！范某佩服至極。嘿！我買你贏！因為我希望你贏。」

秦夢瑤嗔道：「大哥！為何你忽然幫起這小子來？」

范良極深吸一口煙後，由雙耳噴出來，眨也不眨瞧著秦夢瑤道：「因為現在的瑤妹才是最可愛的屬於人間的仙物。」他終於叫出了「瑤妹」。

秦夢瑤知道范良極正在助攻，這盜王的智計非同小可，一出言便擊中她的要害：就是虛無縹緲的仙道，怎及得上男女熾熱的相戀。這亦是范良極眞心的想法，故說出來特別具威脅力。秦夢瑤恬然淺笑，不置可否。

韓柏對秦夢瑤眞是愈看愈愛。相處得愈久，愈感到她的蘭根蕙質。只想把她摟進懷裏，蜜愛輕憐，可恨自己剛誇下不再碰她的海口，此時唯有以第二種方式和她玩這愛情的遊戲，微笑道：「夢瑤你有沒有膽量答我一個問題？」

秦夢瑤瞅他一眼，平靜地道：「不用說了！我知你想問夢瑤，和你在一起時，是否最快樂的時刻，告訴你吧！答案是肯定的，韓柏大甚麼的滿意了嗎？」

秦夢瑤接著道：「讓我去看看酒釀得如何了？」言罷盈盈去了。

兩人目瞪口呆地目送著她動人的背影，直至消失不見，范良極嘆道：「眞厲害！竟教我首次連雲清都忘記了。」

韓柏強壓下追在她背後的強烈衝動，因爲若那樣做了，便等於抵受不住她的魅力。

范良極喃喃道：「幸好很快就可見到雲清，否則愛上了自己的義妹，就眞慘了！」

韓柏一呆道：「爲何你可以很快見到雲清，約好她了嗎？」

范良極興奮起來，搭著他肩頭道：「八派聯盟即將在京師舉行元老會議，所有種子高手均須赴會，到時不但雲清會去，連她的小師妹那小尼姑都會去，這麼美麗的小尼姑，包你見到後會魔性大發。」

韓柏恍然道：「難怪你一點都不急著去找雲清，原來早知會在京師和她碰面。」

范良極嘿然怪笑，傳音向房內的浪翻雲道：「趁瑤妹不在，浪翻雲你教小柏應付妖女盈散花的辦法，否則瑤妹會看不起韓柏的。」

浪翻雲的聲音傳出來笑道：「我和你是小弟的當然軍師，但卻不可以這種犯規的方法助他，必須讓小弟全面引發魔種，突破他現在的境界，使他能有足夠的力量，續回夢瑤斷了的心脈。」頓了頓續道：「小弟只要謹記『無拘無束、率性而行』八個字，將可穩操勝券，因爲無論夢瑤如何高明，甚至比我們三人加起來更厲害，終是對你有情，所以只要你能挑起她遏不住的情火，早晚會向你投降的，不過那就要看你的魅力能否達致那程度了。」

韓柏呆了半晌，忽地舉步往下艙的階梯走去，道：「小弟明白了。」

范良極道：「那我們要不要在安慶靠岸停船？」

韓柏回頭高深莫測一笑道：「我自有應付這女飛賊的辦法。」

看著他雄偉的背影，范良極喃喃道：「這小子開始有點道行了。」

戚長征被凌空吊在地牢裏，手足均被粗若兒臂，經藥水浸製過的牛筋編結而成的繩索綁得緊緊的，縱使內功再好的高手，也弄它不斷，更何況四肢給裝在兩壁的絞盤扯得大字形張開來，不但用不上絲毫力道，還痛苦不堪。起始時戚長征本是全身肌肉寸寸欲裂，痛不欲生。不過他的意志堅強至極，咬牙苦忍，不一會竟能逐漸進入日映晴空的先天境界。先前積聚的先天眞氣，逐漸強大起來，在一個時辰內連續衝開四個被寒碧翠制著的穴道，到了最後的尾椎穴時，始遇上困難。原來寒碧翠點這穴道的手法非常奇怪，每當體內眞氣衝擊這閉塞了的穴道時，都牽連到整條脊椎，生出利針刺背的劇痛。不一會戚長征痛得汗流如雨，全身衣衫濕透，差點便想放棄。可是想起寒碧翠，他就心頭火起，唯有咬緊牙根，以意御氣，一波一波地向脊椎大穴衝擊。很快他已痛得全身麻木，意志昏沉，可是脊椎穴仍毫無可被衝開的跡象。而被激盪回來的先天眞氣，流竄往其他經脈裏，逆流而去，造成另一種痛苦。戚長征咬牙苦忍，誓死要衝開這被制的最後一個要穴。

「戚少俠！」戚長征嚇了一跳，暗忖自己全副精神放在解穴方面，竟不知有人進入囚室，嘆了一口氣，暫緩衝穴之舉，緩緩張開眼來。身下站著兩個人，正關切地望著自己。一個是年約六十的老人，長相慈祥，留著一撮山羊鬚，一對眼精靈非常。另一人是個相貌堂堂的中年大漢。兩人都腰插長劍，氣度不凡，想是丹清派的高手。

老人道：「老夫是『飄柔劍』工房生，這位是『閃電』拿廷方，見過少俠。」

戚長征亦聽過兩人之名，知道是丹清派的著名人物，那工房生還是寒碧翠的親叔，對自己倒相當客氣。

工房生乾咳一聲，有點尷尬地道：「這其中實在有點誤會，敝掌門本對少俠一番好意，不知如何會弄至如此田地。」

中年大漢拿廷方以他雄壯的聲音接著道：「少俠眞是條好漢子，這『凌吊』之刑，從沒有人能捱過一個時辰而不求饒，現在過了兩個時辰，少俠仍能悶聲不哼，我們兩人實不欲誤會加深，所以瞞著掌門，想放少俠下來。」

戚長征這時停止了運氣，反而體內眞氣迅速在丹田凝聚，逆流入其他經脈裏的眞氣，亦千川百河般倒流而回，通體舒泰，功力似尤勝從前，正在緊要關頭，聞言吃了一驚，喝道：「不！要放我下來，叫寒碧翠來，我要她親自用手爲我鬆綁，還要爲我按摩才成，否則怎消得這口鳥氣。」

兩人想不到他有此條件，愕在當場。就在此時，戚長征隱聞背後傳來一絲輕微的嬌哼，心中暗笑，原來這二人是寒碧翠差來作和解的說客，好讓她可以有下台階。

工房生眼珠一轉道：「少俠息怒，由敝掌門鬆綁一事還可商量，至多我們兩人跪求她答應，但按摩一事卻有點問題，敝掌門終是女兒家，不如由我兩人代勞，少俠意下如何？」

戚長征體內眞氣倏地狂旋起來，肚腹脹痛，以他的堅毅意志亦抵受不了，慘哼一聲，閉上雙目。兩人以爲他受不住這「凌吊」的活罪，慌忙撲往兩旁，想轉動絞盤放他下來。戚長征一聲狂喝，制止了兩人。同一時間丹田的眞氣驀地擴張，不但衝開了脊椎穴，還湧往全身經脈，連以前眞氣未達的經脈亦一併衝開，全身融融渾渾，眞氣生生不息，循環往復，說不出的舒服。和剛才相比，就是地獄和天堂的分別。戚長征隱隱感到，這番痛苦並不是白捱的，他的先天眞氣又深進了一層。一般來說，以身體的痛苦來激發潛力，只是下焉者所爲，修練心性和意志實有很多更佳的方法。達至先天境界的高手，更毋需藉苦行來提升層次。但這次戚長征的情況卻是非常例外的情況，他的目的只是爲了解穴，若他繼續以意運氣，說不定會走火入魔，全身經脈爆裂而亡。這是因爲先天眞氣講求任乎天然，蓄意爲之反落於下乘。偏在這危急關頭，這兩個丹清派高手引開了他的注意力。體內膨脹的眞氣自然而然一緊一放，反打通了幾條練武之人夢寐以求想要衝破的經脈，因禍得福，由此亦可知戚長征的福緣是何等深厚。

戚長征感到全身充盈著前所未有的力量，清靈暢活，向兩人道：「快叫寒碧翠來給我鬆綁，否則甚麼也不用談。」言罷閉目靜養，享受著體內暢快無比的感覺。他生性不愛記恨，尤其是對美女，無論對他做了甚麼壞事，他都很難擺在心頭。那並不是說他會放過寒碧翠，但他只會以玩耍的方式，舒洩一口冤氣。兩人默然半晌，對望一眼後，退出室外。不一會寒碧翠出現在他身前。兩人銳利的眼光一點不讓地對視著。

戚長征咧嘴一笑，露出他好看的牙齒和笑容，柔聲道：「記得我老戚說過要怎樣對付你嗎？爲何進來見我也不帶劍，你拿了我的寶刀到哪裏去了？」

寒碧翠微感錯愕，想不到這惱人的男子成了階下之囚仍如此嘴硬從容，冷哼一聲道：「你再這樣子，我只好被迫把你殺了。」

戚長征哂道：「這就叫懂得分辨是非的白道正派嗎？」

寒碧翠氣得跺腳道：「你既不肯講和，人家放了你又要賣人到窯子裏，你要人家怎麼辦？」

這幾句話一出，不但寒碧翠呆了起來，連戚長征亦瞪大眼愕然望著她。這哪還像一對敵人，簡直是女子向自己的情郎撒嬌。寒碧翠俏臉一紅，自己都不明白為何衝口而出說了這麼示弱的話。

戚長征仔細打量她，緩緩道：「都說你愛上我了，又偏不肯承認。」

寒碧翠俏臉更紅了，卻沒有像先前般立即發怒出手教訓他，瞪他一眼毅然道：「好！我親自放你下來，按摩卻是休想，最多和你公平決鬥，若我勝了，你須乖乖與我合作。」

戚長征嘿然道：「大掌門輸了又怎麼樣？」

寒碧翠俏臉一紅道：「任你如何處置。」

戚長征哈哈一笑道：「你若不想被賣到窯子裏，最好立即殺死我。」

寒碧翠叱道：「你這狂徒真不知天高地厚，勝過了我再說吧。」

戚長征嘻嘻一笑道：「寒小姐究竟是故意，還是真的忘了否認愛我。」

寒碧翠大怒，衝前一巴掌往戚長征刮去。戚長征一聲長笑，中氣充足，哪還有穴道被制之象，四肢牛筋寸寸碎裂，一把抓著寒碧翠的手腕。寒碧翠的武功本來非常高明，即使勝不過戚長征，亦所差無幾，這次失手，只是輸在事出意外。戚長征的內勁沿腕透入，寒碧翠驚叫一聲，嬌軀乏力，倒入戚長征懷裏。戚長征將她摟個結實，在她唇上重重吻了一口，才放開她，並解開了她的穴道。寒碧翠俏臉通紅，玉掌翻飛，往他擊來。戚長征見她像喝醉了酒般，連站穩也有問題，便對自己出手，哈哈一笑，使了下精妙手法，又把她一對玉掌握在手裏。

寒碧翠恨得咬碎銀牙，曲膝往他小腹頂過來。戚長征功聚小腹，「砰」的一聲，硬受了她一記勁道不足的膝撞，笑道：「還說不愛我，這是天下間最有情意的膝撞。」

寒碧翠氣得差點哭了起來，竟嬌嗔道：「放開我！」戚長征聽話得緊，立即鬆開她的手。

寒碧翠退到門旁，面寒如水道：「戚長征！你敢不敢和我決鬥？」

戚長征往她逼過去，到了兩人相距不足兩尺的近處，搖頭道：「我的刀是用來殺敵人，並不是用來玩耍的。」

寒碧翠顯已方寸大亂，氣苦道：「你這人究竟是怎麼搞的，這不成，那又不成，究竟想怎樣？我這樣對你，還不算是敵人嗎？」

戚長征含笑搖頭道：「你對我只是因愛成恨罷了！怎算是敵人？」

寒碧翠差點當場氣昏，自知心神大亂，使不出平日的五成功夫，絕非這堅毅不拔的年輕男子的對手。動手既行不通，難道竟任由對方如此調戲自己嗎？剛進來前，她曾吩咐門人離開地牢，不過就算可喚人來幫忙，她也不會那樣做，這種矛盾的心情，使她更是手足無措。她從未想過會給一個男人弄至這般進退維谷的情狀。戚長征忽地伸出雙手，抓著她香肩。寒碧翠嬌體一顫，茫然往他望去，忘了叫他放手。

戚長征誠懇地道：「我們的遊戲到此爲止，我的玉墜就當送了給你，你則回給我百兩銀子以作盤纏之用，我們的恨一筆勾消，你說這交易是否划算？」

寒碧翠輕聲道：「你不要把我賣到窯子裏去了嗎？」

戚長征放開雙手，大笑道：「寒掌門怎會對老戚的戲言如此認眞，就算你心甘情願，老戚也捨不得。好了！寶刀和銀子在哪裏？」

寒碧翠回復正常，幽幽一嘆道：「戚長征啊！爲何你總不肯接受人家幫助呢？不過這樣一鬧，我也無顏誇口可助你。好吧！我接受這交易吧。」

戚長征大喜道：「這才乖，他日有閒，老戚必來探看你。」

寒碧翠美目一轉，首次露出笑臉，點頭道：「是的！我們必有再見的機會。」

戚長征貪婪地看著她的俏臉，暗忖這樣嬌美的尤物，竟立定主意不嫁人，實在可惜。若非如此，自己可能禁不住向她展開追求，不過強人所難，實非己願，暗嘆一聲道：「再見了！」

岳州府。華宅內的主廳裏，對著門的粉壁有幀大中堂，畫的是幅山水，只見煙雲縹緲裏，隱見小橋流水，是幅平遠之作。中堂的條几前有一張鋪著虎皮的太師椅，美麗高雅的甄夫人正優閒地坐在椅上，輕逸寫意的模樣。四下陳設富麗堂皇，條几兩旁的古董櫃內放滿了古玉、象牙雕、瓷玩、珊瑚等珍品，都屬罕見奇珍。這時甄夫人的右側站著四個人，全是形相怪異，衣著服飾均不類中土人士，顯是隨甄夫人來中原的花刺子模高手。

站在首位的五十來歲老者，高鼻深目，尤使人印象深刻的是那頭垂肩的銀髮，形相威猛無倫。深邃的眼睛外緣有一圈奇異的紫紅色，使人想到他的武功必是邪門至極。此人在域外眞是無人不曉，聲名僅次於里赤媚等域外三大高手，人稱「紫瞳魔君」花扎敖，智計武功除甄夫人外，均爲全族之冠，乃甄夫人的師叔。站於次位者是個凶悍的中年壯漢，背負著一個大銅鎚，只看這重逾百斤的重型武器在他背上輕若無物的樣子，已知此人內功外功，均臻化境。這人叫「銅尊」山查岳，以凶殘的情性和悍勇名揚大漠，即使武功勝他的人，在生死決戰時，也因不及他的凶悍致含恨而死。只是此兩人，已足使甄夫人橫行中原，除非遇上浪翻雲、秦夢瑤或虛若無這類超級高手，否則連中原的一派宗主，又或黑榜高手，要戰勝他們亦絕非易事。

另兩人是一對年輕男女，只看他們站在一起時的親密態度，當知兩人必是情侶的關係。男的背上掛著一把長柄鐮刀，容貌獷野，予人飽歷風霜的感覺；女的生得巧俏美麗，腰佩長劍。兩人的形相氣質截然不同，但站在一起卻又非常匹配。事實上這對男女最善合擊之術，一剛一柔，男的叫廣應城，女的喚雅寒清，域外武林稱他們為「獷男俏妹」，聲名甚著。有這四人為甄夫人賣力，難怪方夜羽對她如此放心，把對付怒蛟幫的事託付到她手裏。

另一邊站的除了由蚩敵、強望生和柳搖枝外，還有一個一身黑衣，身材清瘦高挺的老者。這有若竹竿般的人，滿臉皺紋，年紀最少在七十開外，深凹的眼睛精光炯炯，脅下挾著一支寒鐵杖，支在地上。這人在域外與「紫瞳魔君」花扎敖齊名，乃「花仙」年憐丹的師弟，慕其名邀來助陣，人稱「寒杖」竹叟。只看這群域外頂尖高手對安坐椅上的甄夫人那恭敬的情狀，便知這甄夫人並非只單憑尊貴的身分，而是智計武功均有服眾的能力。於此亦可推想甄夫人的可怕。

柳搖枝乾咳一聲，發言道：「各地的消息已先後收到，仍未發覺戚長征和水柔晶的行蹤。」

甄夫人微微一笑道：「鷹飛的情況怎樣了？」

強望生向這新來的女主人答道：「飛爺為戚長征所傷，現正隱避潛修，看來沒有幾天工夫，亦難以動手對付敵人。」

由蚩敵狠狠道：「水柔晶這賤人，竟能背叛魔宮，我誓要將她碎屍萬段。」

甄夫人搖頭嘆道：「我早警告過鷹飛，不要碰自己人，看！這就是他惹來的後果。」

眾人默然無語，都知道甄夫人這見解極有道理，若水柔晶不是因愛成恨，絕不會那麼容易投進戚長征懷抱裏。由此亦可看出鷹飛對水柔晶動了眞情，否則豈會不顧甄夫人的警告，弄上了水柔晶。

甄夫人向「寒杖」竹叟道：「竹老師對這兩人的忽然失蹤，有何看法？」

眾人中以這「寒杖」竹叟和「紫瞳魔君」花扎敖聲望身分最高，不過花扎敖是她自己人，所以先出言請教族外人竹叟，以示禮貌和客氣。

竹叟和花扎敖交情甚篤，聞言笑道：「有老敖在，哪用得到我動腦筋。」

花扎敖「呵呵」一笑道：「竹兄太懶了！」望向甄夫人，眼中射出疼愛之色道：「愚見以為戚長征此子既能從鷹公子手上救回叛徒水柔晶，才智武功自應與鷹公子不相伯仲。只從這點推斷，他應懂得避重就輕，不會盲目逃往洞庭，致投進我們佈下的羅網裏。」眾人齊齊點頭，表示同意他的說法。

甄夫人從容道：「師叔說的一點沒錯，他極可能仍留在長沙府內，因那是這附近一帶唯一容易藏身之處。」

「銅尊」沙查岳操著不純正的華語道：「若換了是我，定會避開耳目眾多的大城市，在荒山野地找個地方躲起來，那不是更安全嗎？」

眾人裏除了柳搖枝、竹叟和那美女雅寒清外，眼中都露出同意的神色，只差沒有點頭而已！因為那將代表了不認同甄夫人的說法。

甄夫人胸有成竹道：「首先這與戚長征的性格不合，這人敢作敢為，要他像老鼠般躲起來，比殺了他還難受。」頓了頓，察看了眾人的反應後，微笑續道：「這人把義氣放在最重要的位置，生死毫不放在心上，所以必會以己身作餌，牽引我們，所以很快我們便會得到他主動洩出來有關他行蹤的消息。」

竹叟冷哼一聲：「這小子飛蛾撲火，我們定教他喋血而亡。」

那年輕花刺子模高手廣應城慎重地道：「他既能和飛爺鬥個平分秋色，甚至略佔上風，我們亦不可大意輕敵。」

甄夫人幽幽一嘆道：「既提起這點，我須附帶說上一句，鷹飛並不是輸在才智武功，而是因為未能忘情水柔晶，所以才失了先機，落得綁手綁腳，不能發揮他的真正力量。當他痛定思痛時，就是戚長征遭殃的時刻了。」

假若戚長征和鷹飛在此，定要嘆服甄夫人觀察入微的準確分析。因為鷹飛若是一心要殺死戚長征，早已成功。

甄夫人嬌笑道：「戚長征如此做法，反幫了我們一個大忙。我們立即將他仍在長沙府的消息，廣為傳播，怒蛟幫的人接到訊息，必會由藏身處走出來應援，那將是他們末日的來臨。他們就算過得展羽那一關，也將逃不出我的指隙。」接著心滿意足一嘆道：「聽聞翟雨時乃怒蛟幫第一謀士，便讓奴家會一會這再世的活諸葛吧！」

柳搖枝皺眉道：「雖說我們的攔截集中在通往洞庭湖的路上，但戚長征要瞞過我們佈在長沙府的耳目，仍是沒有可能的。會不會他真的沒有到長沙府去呢？」

甄夫人淡然道：「妾身早想過這問題，首先我肯定他仍在長沙府內，是以他既能躲過我們的耳目，必定得到當地有實力的幫派為他隱瞞行藏，你們猜這會是那一個幫派呢？」

眾人裏以柳搖枝最熟悉中原武林的事，暗忖小幫小派可以不理，與怒蛟幫有嫌隙的黑道亦可以不理，剩下來的屈指可數，恍然道：「定是丹清派，尤其他的女掌門寒碧翠一直想幹幾件轟動武林的大事，以振丹清派之名，與八大門派分庭抗禮，若有人敢幫戚長征，非丹清派莫屬。」

甄夫人一陣嬌笑道：「這正合我的想法與計劃，我們先放出風聲，明示要把丹清派殺個雞犬不留。

戚長征若知此事，無論丹清派是否曾幫過他，亦不肯置身事外，如此我們就把他們一併除掉，立威天下。」眾人無不拍案叫絕。

甄夫人微笑道：「只有這方法，我們才能集中實力，由被動取回主動，予敵人重重打擊，我倒想看看戚長征這次如何脫身。」沉吟半晌後續道：「鷹飛何時復元，就是我們攻襲丹清派的時刻，怒蛟幫則暫由展羽對付，上了岸的怒蛟幫，就像折了翼的雄鷹，飛也飛不遠。」眾人至此無不嘆服。

柳搖枝道：「既是如此！我立即傳令著『尊信門』的卜敵、『山城』毛白意、『萬惡沙堡』的魏立蝶、對怒蛟幫恨之入骨的『消遙門主』莫意閒，率領手下把長沙府重重包圍，來個甕中捉鱉，教丹清派和戚長征這些小魚兒一條都漏不出網外去。」

甄夫人俏目一亮道：「記得通知鷹飛，無論他多麼不願意，我也要他立即殺死戚長征，免得夜長夢多！」

韓柏回到他的專使房中，正待推門而入，給范良極在後面推著他背心，到了長廊的另一端，進入他范良極房內。

韓柏對剛才范良極拔刀相助的感激仍在心頭，破例沒有表示不滿，道：「有甚麼事？」

范良極臉色出奇凝重，嘆道：「收到妖女第二封飛箭傳書，你看！」

韓柏失聲道：「甚麼？」接過信函打開一看，只見函中寫道：「文正我郎：若你負心，不顧而去，賤妾將廣告天下，就說楊奉和鷹刀都是藏在貴船之上，還請三思。」

韓柏嚇了一跳，駭然道：「這妖女為何如此厲害，竟像在旁邊聽著我說話那樣。」

范良極有點興奮地道：「我早說這妖女夠嬌夠辣的了，怎麼樣？要不要索性弄她上船來大鬥一場。」

韓柏呆看了他一會後道：「她信上這麼寫，顯是不會隨便揭破我們的身分，又或知道即使揭穿我們，別人也可能不信，爲何你反要向她就範呢？」

范良極曲指在他的腦殼重重敲了幾下，道：「你若仍像往日般不動腦筋，怎能使瑤妹心甘情願向你投降，快用心想想看，爲何盈散花會給你寫這樣的情書。」

韓柏這次聽話得很，專心一想，立刻想出了幾個問題。假若他們眞的是來自高句麗的使節團，這個威脅自然不能對他們生出作用，甚至他們應對「楊奉」和「鷹力」是怎麼一回事也不該知道。所以若他們接受威脅，只是換了另一種形式承認自己是假冒的。但這可是非常奇怪，爲何盈散花仍要測試他們的眞假？唯一的解釋是在她作了調查後，得悉了昨晚宴會所發生的事，見連楞嚴也不懷疑他們，所以動搖了信心，才再以此信試探他們。想到這裏，心中一震道：「糟了！這妖女可能猜到我和夢瑤的身分。」

范良極眼中閃過讚賞之色，道：「算你不太蠢，這妖女眞厲害，消息這麼靈通，所以這先後兩封情書，看來毫不相關，其實都是同一用意，只不過更使我們知道她有威脅我們的本錢，教我們不得不屈服。」

韓柏透出一口涼氣道：「那現在怎辦才好？」

范良極瞪他一眼道：「我又不是活神仙，哪知怎辦才好！你剛才不是很有把握的樣子嗎？」

韓柏兩眼閃過精光，冷哼道：「她不仁我不義，我剛才早決定了離船上岸和她大鬥一場，看看她如何厲害，若收服不了她，索性把她幹掉算了，沒有了她，縱使其他人奉她之命造謠生事，應付起來也容易得多了。」

范良極嘆道：「在接到這第二封信前，我定會同意你這方法，不過若『謠言』裏點明這使節團是由你浪棍大俠和我這神偷假扮，又有天下第一俠女秦夢瑤在船上，我們就絕不容易過關，一番辛苦努力盡付東流。這妖女厲害處正在於此，就是教我們不能對她動粗。」

韓柏愕然半晌，忽地興奮起來，吞了一口涎沫進喉嚨，充滿信心地笑道：「既不能動粗，我便動柔，看這妖女如何應付？最大不了便暫時裝作受她威脅，先穩住她。」接著忽地皺眉苦思起來。

范良極點頭道：「這是沒有辦法中的辦法，喂！你在想甚麼？」

韓柏的神色有點古怪道：「我隱隱覺得對付這妖女的最佳人選，不是我而是夢瑤。因爲我們三個人在一起時，她似乎對夢瑤的興趣比我還大。」

范良極一震道：「她愛上了瑤妹。」

韓柏失聲道：「甚麼？」

范良極搖頭苦笑道：「本來我也不想告訴你這秘密，怕會影響了你對這妖女的興趣。」

韓柏想起當日在山瀑初遇盈散花時，她的拍檔秀色對他露出明顯的敵意，恍然大悟道：「難怪秀色那天明知我是誰，還對我如此凶惡，原來是怕我搶走了她的『情郎』或『情婦』。」

范良極點頭道：「秀色是姹女派傳人，自然對你的魔種生出感應，知道你是唯一有能力改變盈散花這不愛男人，只愛女色的人。」

韓柏微怒道：「你這死老鬼，明知她們的關係，仍來坑我，還算甚麼朋友？」

范良極哂道：「你眞會計較這點嗎，想想吧！若你能連不喜歡男人的女人也收個貼服，不是更有成就感嗎？」

韓柏暗忖自己確不會眞的計較這種事，喜上眉梢道：「這兩個妖女最大的失算，就是不知道你老兄深悉她們兩人間的秘密，只要針對這點，說不定我們可扭轉整個形勢，眞的把她們收個貼服，乖乖聽話。」

范良極道：「所以我才想到不如任她們到船上來，再讓你把她們逐一擊破。」

韓柏胸有成竹道：「不！她們絕不可到船上來，但我自有方法對付她們。」

范良極愕然道：「甚麼方法？」

韓柏往房門走去道：「現在只是有點眉目，實際的辦法還沒有，關鍵處仍是兩個妖女間的關係。」推開房門，回頭笑道：「待會我到岸上一趟，活動一下筋骨，你們就在安慶等著我凱旋而歸吧！」話完走出房外，往自己的專使臥房走去。

推門而入，房中只剩下秦夢瑤站在窗前，出神地凝望著岸旁的秀麗景色。韓柏心中奇怪左詩三女到了哪裏去，秦夢瑤頭也不回輕輕道：「她們到膳房去弄晚飯了，你若按不住魔性，可去找她們。」

韓柏聽出她語氣中隱含責怪之意，暗生歉疚，自忖若不能控制體內魔種，變成個只愛縱慾的人，無論基於任何理由，只會教她看不起自己，暗下決心，才往她走去。到了她身旁，強忍著挨貼她芳軀的衝動，把心神收攝得清澈若明鏡，才和她並肩站著，望著窗外。心中同時想到，每逢和左詩等三女歡好，當魔種運行到最高境界時，都會進入靈清神明、至靜至極，似能透視天地萬物的境界，顯然那才是魔種的眞正上乘境界，而非色心狂作，沉溺肉慾的下乘狀態。假若自己能持之以恆，常留在那種玄妙的道魔之境裏，豈非眞正發揮出魔種的威力。也等於無想十式裏最後一式的「內明」。想到這裏，一種強大的喜悅湧上心頭，忙依「內明」之法，一念不起，緊守靈台一點清明。連他自己也不知道，這因秦夢瑤幾句話帶來的「頓悟」，對他是如何重要。道心種魔大法的精要正是由道入魔，再由魔入道，直至此刻，韓柏才從過往的「修練」裏，體悟到魔種內的道心。秦夢瑤頓生感應，嬌軀微顫，往韓柏望去，眼中射出前所未有的采芒。

韓柏心中沒有半絲雜念，心神投注在窗外的美景裏，平靜道：「外面原來是這麼美麗的！」

秦夢瑤聽出他語意中的訝異，感受到他那顆充滿了好奇和純眞無瑕的赤子之心，心神油然提升，在一個精神的淨美層次與韓柏甜蜜地連結在一起。重新感受到那次和韓柏在屋脊上監視何旗揚時，當她知悉到師父的死訊後，與韓柏心靈相通時那剎那的昇華。就是在那一刻，她對韓柏動了眞情。這種玄妙的款曲相通，比之和韓柏在一起時那種忘憂無慮的境界，又更進一層樓，微妙至不能言傳。她不自覺地移到韓柏身前，偎入了能令她神醉的懷裏。

韓柏似對她的投懷渾然不覺，亦沒有乘機摟著她大佔便宜，眼中閃動著奇異的光芒，讚嘆道：「爲何我以前從來看不到大自然竟有如此動人的細節和變化？夢瑤啊！我多麼希望能拋下江湖之事，和你找片靈秀之地，比翼雙飛，過過神仙鴛侶的生活，每天的頭等大事，就是看看如何能把你逗得歡天喜地、快樂忘憂。」

秦夢瑤享受著韓柏那一塵不沾的寧美天地，閉上美目，陶醉地道：「若你能那樣待夢瑤，夢瑤便死心塌地伴在你身旁，做你的好妻子。」

韓柏一震望著秦夢瑤，心神震盪，呼吸困難地道：「除了和我在一起時的快樂時刻外，夢瑤可用其他時間修你的仙道大業，那不是兩全其美嗎？」

秦夢瑤搖頭微笑道：「不！」扭轉身來，纖手纏上他的脖子，嬌軀緊緊抵著他雄偉的身體，仰起俏臉，深情地看著韓柏，嘴角逸出一絲平靜的喜意，輕輕道：「夢瑤要把所有時間全獻給我的好夫君，唉！到現在我才明白浪大哥之言，和你在一起，對我在仙道上的追求，實是有益無害。夢瑤多想立即便和你共赴巫山。」

韓柏感動得差點掉下淚來，無限愛憐地道：「萬萬不可！我現在只能克制自己，並未能成功挑起你發自眞心的肉慾。不過夢瑤放心吧，由現在起，你的身心再無抗拒我之能力，所以放心將主動交給我，任我爲所欲爲，我自有方法弄到你無法自持，不像現在般你的慧心比之以往更是清明，連半點慾念都沒有。」

秦夢瑤默然垂頭，咬著唇皮低聲道：「對不起！」

韓柏愕然道：「這有甚麼需要說對不起的？」

秦夢瑤微嗔道：「夢瑤不是爲不能生出慾念而道歉，而是因一向低估了你感到羞慚。夢瑤素來自負，想不到你的天分一點不遜於我，難怪赤尊信他老人家見到你，亦忍不住犧牲自己來成就你。」

韓柏道：「我之所以忽然能突破以前的境界，全因著夢瑤的關係，若不是你以無上智慧，以種種手法刺激我的魔種，我怎能達至現在的層次，再不是只爲肉慾而生存的狗奴才。夢瑤！我愛你愛得發瘋了。」接著又「呵！」一聲叫了起來，道：「我明白了！」

秦夢瑤奇道：「明白了甚麼？」

韓柏眼中射出崇慕之色道：「當日在牢房裏，赤尊信他老人家特別關心你，可見他那時早想到你的道胎會對我有很大的作用，只是沒有說破罷了！」

秦夢瑤還想說話，韓柏的大嘴吻了下來，封緊她的香唇。秦夢瑤門禁大開，任由他爲所欲爲。無盡的情意，把她淹沒在那美麗的愛之汪洋裏，一股清純無比的先天眞氣，透脈而入，緩慢而有力地伸展至她斷了的心脈處，和她自身的先天眞氣融合旋接合而爲一，使她原本漸趨枯竭的眞氣，驀然回復了生命力、加強了斷處的連繫。兩股眞氣就像男女交配般結合，產生出新的生命能量，延續著秦夢瑤的生命。

韓柏離開她的檀口，輕柔地把依依不捨的她推開。

秦夢瑤輕嘆道：「當日我離開靜齋時，師父曾問夢瑤，究竟會不會有男人能令我動心？我答道：除了仙道之外，天下間再沒有能使我動心的事物。唉！當時師父還誇獎了我。所以希望柏郎能體諒我的心境，該給夢瑤多點準備的時間。」

韓柏神色凝重的道：「我剛才探測過你心脈的情況，若不能在十日內把它初步接上，一旦萎縮，將永無重續之望。所以我們甚麼方法都要試試看。好嗎？」

秦夢瑤橫他一眼，默默點頭。

韓柏滿意道：「我還要找頂帽子和向范良極要一件東西，我去了。」

第三章 賭卿陪夜

第三章　賭卿陪夜

長沙府。華燈初上。戚長征離開丹清派的巨宅，踏足長街，環目一看，不由暗讚好一片繁華景象。在寒碧翠的提議下，她在他臉上施展了「丹清妙術」，把他的眉毛弄粗了點，黏上了一撮鬍子，立時像變了另一個人似的，教人不由不佩服寒碧翠的易容術。大街上人車爭道，燈火照耀下，這裏就若一個沒有夜晚的城市。他隨著人潮，不一會來到最繁榮喧鬧的長沙大道，也是最有名的花街。兩旁妓寨林立，隱聞絲竹弦管，猜拳賭鬥之聲。戚長征精神大振，意興高昂下，朝著其中一所規模最大的青樓走去，暗忖橫豎要大鬧一場，不如先縱情快活一番，再找一兩個與怒蛟幫作對的當地幫會，好好教訓，才不枉白活一場。

戚長征邁步登上長階，大搖大擺走進窯子裏，一個風韻猶存的徐娘帶笑迎來，還未說話，戚長征毫無忌憚地拉開她的衣襟，貪婪地窺了一眼，將一兩銀子塞進她雙峰間，沉聲道：「這裏最紅的故娘是誰？不要騙我，否則有你好看！」

那鴇母低頭一看，見到竟是真金白銀的一兩銀子，暗呼這大爺出手確是比別人闊綽，被佔便宜的少許不愉快感立即不翼而飛，何況對方身材健碩，眉宇間頗有黑道惡棍的味道，更哪敢發作，忙挨了過去，玉手按在對方的肩頭處，湊到他耳旁嗲聲道：「當然是我們的紅袖姑娘，只不過喲！你知道啦……」

戚長征不耐煩地打斷她的話，斷然道：「廢話不必多說，今晚就是她陪我過夜，先給我找間上房，再喚她來陪酒唱歌。」

鴇母駭然道：「紅袖不是那麼易陪人的，我們這裏有權有勢的黃公子，追了她三個月，她才肯陪他一晚，你……」一驚下忘了挺起胸脯，那錠銀子立時滑到腰腹處，令她尷尬不已。

戚長征大笑道：「不用你來擔心，只要你讓我見到她，老子保證她心甘情願陪我上床。」

鴇母面有難色道：「紅袖現在陪了長沙幫的大龍頭到吉祥賭坊去，今晚多數不會回來了。」

戚長征冷哼一聲，暗忖這長沙幫怕是走了霉運，好！就讓我順便尋他晦氣，把紅袖搶回來，今晚她是我的了。當下問明了到賭場的路徑，弄清楚了紅袖今晚所穿衣服的式樣顏色，大步走去了。鴇母暗叫不妙，忙著人抄小徑先一步通知長沙幫的大龍頭「惡蛇」沙遠，以免將來出了事，自己逃不了罪責。戚長征夜市裏悠然漫步，好整以暇地欣賞著四周的繁華景象。他走起路來故意擺出一副強橫惡少的姿態，嚇得迎面而來的人紛紛讓路，就算給他撞了，也不敢回罵。這時他心中想到的卻是寒碧翠，在他所遇過的美女裏，除了秦夢瑤外，就以她生得最是美麗，韓慧芷與水柔晶都要遜她一籌，可惜立志不肯嫁人，眞是可惜至極點。同時心中暗罵自己，三年來不曾稍沾女色，可是和水柔晶開了頭後，只不過分開了兩天，便難捱寂寞，一晚沒有女人都似不行，眞是冤孽。這時他轉入了另一條寬坦的橫街，兩旁各式店鋪妓院林立，尤以食肆最多，裏面人頭洶湧，熱鬧非常。「吉祥賭坊」的金漆招牌，在前方高處橫伸出來，非常奪目。戚長征加快腳步，到了賭坊正門處。遂拾級而上，待要進去時，四名勁服大漢打橫排開，攔著了進路。

其中一人喝道：「朋友面生得很，報上名來。」

另一人輕蔑地看他背上的天兵寶刀，冷笑道：「這把刀看來還値幾弔銀子，解下來作入場費吧！」

戚長征跑慣江湖，哪還不心知肚明是怎麼一回事，微微一笑，兩手閃電伸出，居中兩名大漢的咽喉立時給他捏個正著，往上一提，兩人輕若無物般被揪得踮起腳尖，半點反抗之力也沒有。外圍的兩名大漢怒叱一聲，待要出手，戚長征左右兩腳分別踢出，兩人應腳飛跌，滾入門內。戚長征指尖發出內勁，被他捏著脖子的大漢四眼一翻，昏死過去，所以當他放手時，兩人都像軟泥般癱倒地上。他仰天打個哈哈，高視闊步進入賭坊內。門內還有幾名打手模樣的看門人，見到他如此強橫凶狠，把四名長沙幫的人迅速解決，哪還敢上來攔截。賭坊的主廳陳設極盡華麗，擺了三十多張賭桌，聚著近二百多人，仍寬敞舒適，那些人圍攏著各種賭具，賭得昏天暗地、日月無光，哪還知道門口處發生了打鬥事件。

戚長征虎目掃視全場，見到雖有十多個打扮得花枝招展的窯子姑娘在賭客裏，卻沒有那鴇母描述的紅袖姑娘在內，忙往內進的偏廳走去。離通往內進的門仍有十多步時，一名剽悍的中年大漢在兩名打手陪同下，向他迎了過來，向他喝道：「朋友止步！」戚長征兩眼上翻，理也不理，逕自往他們旁邊走去。那中年大漢臉色一變，使個眼色，三人一齊亮出刀子。戚長征倏地加速。這時附近的賭客始驚覺出了岔子，紛紛退避，以免受池魚之殃。「叮叮叮！」連響三聲，三把刀有兩把脫手甩飛，只有當中的中年人功力較高，退後兩步，但卻因手臂痠痲，不但劈不出第二刀，連提刀亦感困難。戚長征得勢不饒人，閃到沒了武器的兩名打手間，雙肘撞出，兩人立時側跌倒地，同時飛起一腳，把中年人踢來的腳化去，「啪啪」便給對方連續刮了兩記耳光。那人口鼻濺血，踉蹌後退。戚長征再不理他，踏入內廳。

這裏的佈置更是極盡豪華之能事，最引他注目的是待客的不像外廳般全是男人，而是十多個綺年玉貌、衣著誘人的女侍，端著水果茶點美酒，在八張賭桌間穿梭往來，平添春色，顯出這裏的數十名客人，身分遠高於外面的賭客。這裏的人數遠較外廳為少，但陪客的窯子姑娘的數目，較外邊多上了一倍多。打鬥聲把所有人的眼光都扯到戚長征身上來。那被他刮了兩巴掌的中年人，直退回一名坐在廳心賭桌上四十來歲，文士打扮的男子身後。那男子生得方面大耳，本是相貌堂堂，可惜臉頰處有道長達三寸的刀疤，使他變得猙獰可怖。男子旁坐了位長身玉立的美女，眉目如畫，極有姿色，尤其她身上的衣服剪裁合度，暴露出飽滿玲瓏的曲線，連戚長征亦看得怦然心跳。那刀疤文士身後立了數名大漢，見己方的人吃了大虧，要撲出動手，刀疤文士伸手止住。

戚長征仰天哈哈一笑，吸引了全場眼光後，才瀟灑地向那艷冠全場的美女拱手道：「這位必是紅袖姑娘，韓某找得你好苦。」

旁觀的人為之愕然，心想這名莽漢眞是不知死活，公然調戲長沙幫大龍頭的女人，視「毒蛇」沙遠如無物，實與尋死無異。那紅袖姑娘美目流盼，眼中射出大感有趣的神色，含著笑沒有答話。沙遠身後大漢紛紛喝罵。反是沙遠見慣場面，知道來者不善，只是冷冷打量著戚長征。

戚長征大步往沙遠那一桌走過去。與沙遠同桌聚賭的人，見勢色不對，紛紛離開賭桌，避到一旁。這時廳內鴉雀無聲，靜觀事態的發展。戚長征來到沙遠對面時，除了沙遠、紅袖和背後的五名手下外，只剩下瑟縮發抖、略具姿色，在主持賭局的一名女攤官。戚長征兩眼神光電射，和沙遠絲毫不讓地對視著。

沙遠給他看得寒氣直冒，暗忖這人眼神如此充足，生平僅見，必是內功深厚，自己恐加上身後的手下亦非其對手，不由心生怯意。只恨在眾目睽睽下，若有絲毫示弱，以後勢難再在此立足，硬著頭皮道：「朋友高姓大名？」

戚長征傲然不答，眼光落在那紅袖姑娘俏臉上，由凶猛化作溫柔，露出動人的笑容，點了點頭，才再向沙遠道：「你不用理我是誰，須知道我在你地頭找上你，定非無名之輩，只問你敢不敢和我賭上一局。」

沙遠爲他氣勢所懾，知道若不答應，立刻是翻臉動手之局，勉強一聲乾笑，道：「沙某來此，就是爲了賭錢，任何人願意奉陪，沙某都一樣樂意。」他終是吃江湖飯的人，說起話來自能保持身分面子，不會讓人誤會是被迫同意。那紅袖兜了沙遠一眼，鄙夷之色一閃即逝。

戚長征優閒地挨在椅背處，伸了個懶腰，先以眼光巡視了紅袖的俏臉和高挺的雙峰，才心滿意足地道：「我不是來賭錢的。」

全場均感愕然。那紅袖對他似更感興趣了。剛才被他打量時，紅袖清楚由對方清澈的眼神，感到這充滿男性魅力的年輕人，只有欣賞之意，而無色情之念，絕不同於任何她曾遇過的男人。

沙遠皺眉道：「朋友先說要和我賭一局，現在又說不是來賭錢，究竟怎麼一回事？」

戚長征虎目射出兩道寒霜，罩定沙遠，沉聲道：「我是要和沙兄賭人。」

沙遠色變道：「賭人？」

戚長征點頭道：「是的！假若我贏了，今晚紅袖姑娘就是我的了。」

全場立時爲之嘩然，暗忖這樣的條件，沙遠怎肯接受。

紅袖姑娘首次作聲，不悅道：「紅袖又不是財物，你說要賭便可以賭嗎？」

戚長征向她微微一笑，柔聲道：「姑娘放心，本人豈會唐突佳人？若我勝了，姑娘今晚便回復自由之身，至於是否陪我聊天喝酒，又或過夜度宿，全由姑娘自行決定，本人絕不會有絲毫勉強。」

紅袖呆了一呆，暗忖這人眞是怪得可以，明是爲了自己來此，不惜開罪沙遠，竟然不計較能否得到自己。

這時全場的注意力齊集沙遠身上，看他如何反應。沙遠是有苦自己知，對方雖隔著賭桌凝坐不動，但卻針對著他推發著摧心寒膽的殺氣，那是第一流高手才可做到的事，他自問遠不及對方，心想今晚想一親芳澤的事，看來要泡湯了。一個不好，可能小命也要不保，深吸一口氣後道：「若朋友輸了又是如何？」

戚長征仰天長笑，聲震屋瓦，意態飛揚道：「若我輸了，就把命給你。」全場默然靜下，暗忖這人定是瘋了。

紅袖見到他不可一世的豪雄氣概，一時間芳心忐忑亂跳。她雖閱人甚多，這種英雄人物還是首次遇上。

沙遠暗叫一聲謝天謝地，立即應道：「就此一言爲定，朋友既有如此膽色，又不會強迫紅袖小姐做她不願的事，我就和你賭一次，輸了的話，絕不留難。」他這番話說得極爲漂亮，教人看不出他是自找台階下，反覺他也是縱橫慷慨之士。

兩人同時望向那女攤官。這桌賭的原是押寶，由攤官把一粒象牙骰子，放在一個小銅盒內，把盒蓋套了上去，搖勻和旋動一番後開蓋，向上的顏色或點數，就是這局賭的寶，押中者勝。若兩人對賭，又可押雙押單，或賭偏正和顏色，非常簡單。

沙遠自問武功不及對方，但對賭卻非常在行，向戚長征道：「這位朋友若不反對，我們可不玩押寶，改以三粒骰子賭一把，未知意下如何？」

戚長征暗罵一聲老狐狸，知道他怕自己以內勁影響骰子的點數，故要用上三粒骰子，使難度大增，不過對方豈會知道自己功力已臻先天之境，毫不猶豫道：「使得！就擲三粒骰子吧！」

當下女攤官另外取出三粒骰子，非常鄭重地送給兩人驗看，然後熟練地擲進大瓷盆裏。骰子沒有在盆內蹦跳碰撞，只是滴溜溜打著轉，發出所有賭徒都覺得刺激無比的熟悉聲響。女攤官高唱道：「離檯半尺！」沙遠和戚長征同時收回按在檯上的手，以免教人誤會藉著檯子動手腳。全場各人的心都提到咽喉處，感到刺激至極。紅袖美目異采連閃，注定戚長征身上。女攤官將盆蓋套上，把載著骰子的盆子整個提了起來，嬌叱一聲，迅速搖動。骰子在盆內發出一陣清脆的響聲，扣緊著全場的心弦。「蓬！」盆子重重放回桌心處。紅袖緊張得張開了美麗的小嘴，暗忖這年輕的陌生男子若輸了，是否眞會爲她自殺呢？沙遠和戚長征對視著。

「且慢！」全場愕然，連戚長征亦不例外。各人循聲望去，只見場內不知何時多了位風度翩翩的貴公子，生得風流俊俏，龍行虎步來到賭桌旁，以悅耳至極的聲音道：「這賭人又賭命的賭，怎可沒有我的份兒。」

戚長征一眼便認出「他」是寒碧翠，心叫不妙，自己費了這麼多工夫，又巧妙地向紅袖施出挑情手段，可能都要給此姝破壞了，苦惱地道：「你有興趣，我可和你另賭一局。」

寒碧翠大模大樣地在兩人身側坐下，道：「你們先說何人押雙？何人押單，我才說出我的賭法和賭注。」她無論說話神態，均學足男兒作風，教人不會懷疑她是女兒身。

沙遠這時因不用和戚長征動手，心懷放開，亦感到這賭局刺激有趣，盯著那密封的瓷盆子，故作大方道：「這位朋友先選吧！」

戚長征對著寒碧翠苦笑一下，轉向紅袖道：「紅袖姑娘替我選吧。」

紅袖俏臉一紅，垂頭低聲道：「若選錯了！怎辦才好？」她如此一說，眾人都知她對戚長征大有垂青之意。沙遠亦不由苦澀一笑，大感顏面無光，不過紅袖乃全城最紅的姑娘，他儘管不滿，事後他亦不敢向她算賬。說到底仍是自己保護不周之過。

戚長征瀟灑地道：「生死有命，姑娘放心選吧！」

紅袖美目深注著盆蓋，輕輕道：「雙！」

戚長征長笑道：「儷影成雙，好意頭，我就押雙吧！」

他押雙，沙遠自然是押單。眾人眼光落到扮成貴公子的寒碧翠身上，看「他」有何話說。

寒碧翠不慌不忙，先得意地盯了戚長征一眼，才從容道：「我押十八點這一門。」

眾人一齊嘩然。要知三粒骰子，每粒六門，共是十八門，寒碧翠只押十八點，就是所有的骰子全是六點向上，機會少之又少，怎不教人驚駭。只有戚長征心中暗嘆。他生於黑道，自幼在賭場妓寨打滾，怒蛟島上便有幾間賭場，浪翻雲淩戰天全是賭場高手。年輕一輩裏，以他賭術最精，只憑耳朵即可聽出骰子的正確落點，故他早知盆內全是六點向上，只是想不到寒碧翠亦如此厲害。剛才他請美麗的紅袖為他選擇，其實只是騙術裏的障眼法，縱使紅袖選的是單數，他也大可推作意頭不好，不喜形單影隻，改選雙數，亦不會影響輸贏。現在紅袖既選對了，自是最爲完美。

沙遠定了定神，向寒碧翠道：「公子以甚麼作賭注呢？」

寒碧翠橫了戚長征一眼，意氣飛揚道：「若在下輸了，要人又或是足兩黃金百錠，悉聽尊便。」

眾人又再起鬨。這樣的百錠黃金，一般人幾輩子也賺不到那麼多錢，這公子實在豪氣至極。戚長征心知肚明寒碧翠是存心搗亂，破壞他和紅袖的好事，眞不知她打甚麼主意？若她不是立志不嫁人，他定會猜想她在吃醋。

沙遠好奇心大起，問道：「公子若贏了呢？」

寒碧翠瞪著戚長征道：「今晚誰都不可碰紅袖姑娘，就是如此。」眾人一齊嘩然，都想到「他」是來搗戚長征的蛋，壞他的「好事」。

戚長征一聲長笑，道：「我不同意這賭注。」

寒碧翠狠狠瞪著他蠻橫地道：「那你要甚麼條件？」

戚長征微笑道：「我要和你另賭一局，你敢不敢應戰？」

寒碧翠皺眉道：「你這人爲何如此婆媽，一局定勝負，不是乾脆俐落嗎？」

戚長征淡淡道：「我只說和你另賭一局，但仍是此局，何婆媽之有？」

不但寒碧翠聽得一頭霧水，沙遠、紅袖等亦是大惑不解，只覺這人每每奇峰突出，教人莫測高深。

戚長征眼中射出凌厲之色，望進寒碧翠的美眸裏，一字一字地道：「賭你贏，盆內三粒骰子都是六點向上。若你輸了，只有兩個選擇，一是讓紅袖姑娘視其意願肯不肯陪我，一是你自己陪我過夜。」接著伸個懶腰，打個呵欠懶洋洋道：「沒有女人，找個像女人的男人來陪我也不錯。」眾人一齊愕然相對，面面相覷，想不到他有此「偏好」。

寒碧翠玉臉刷地飛紅，胸脯氣得不住起伏，忽地一跺腳，旋風般橫越賭場，閃出門去。場內稍懂武功的人，看到她鬼魅般迅快的身法，都倒抽了一口涼氣。戚長征向那女攤官點頭，示意可以揭蓋。風聲又起。人影一閃，寒碧翠竟又坐回原處，俏臉寒若冰雪，鼓著氣誰也不看。女攤官猶豫了半晌，手顫顫地揭開盆蓋。這時場內諸人對戚長征畏懼大減，一窩蜂圍了過來，看進盆裏，齊聲嘩然。當然三粒骰都是六點朝天。

沙遠早猜到如此結局，長身而起向戚長征抱拳道：「沙某輸了，自是以紅袖姑娘拱手相讓，朋友雖不肯賜告姓名，但沙某仍想和閣下交一個朋友。」

戚長征冷冷看了他一眼道：「是友是敵，還須看沙兄以後的態度。」

沙遠聽出他話中有話，沉吟片刻，再抱拳施禮，領著手下抹著冷汗，逕自離去。

戚長征向團團圍著賭桌的眾人喝道：「沒事了，還不回去賭你們的錢。」

眾人見他連長沙幫也壓了下去，哪敢不聽吩咐，雖很想知道寒碧翠作何種選擇，也只好依言回到本來的賭桌上，不一會又昏天暗地賭了起來，回復到先前的鬧烘烘情況。

戚長征向那女攤官微笑道：「這位姑娘可退下休息了。」

女攤官如獲大赦，匆匆退下。只剩下一男「兩女」品字形圍坐賭桌。這情景實在怪異至極，整個賭廳都賭得興高采烈，獨有這桌完全靜止下來。

坐在中間的寒碧翠咬著唇皮，忽向紅袖道：「姑娘若今晚肯不理這江湖浪子，在下肯為姑娘贖身，還你自由。」

戚長征失聲笑了出來。寒碧翠凶巴巴地瞪他一眼，輕叱道：「笑甚麼？」再扭頭向紅袖道：「姑娘意下如何？」

紅袖含笑道：「那明晚又如何呢？」

戚長征聽得心中一酥，這紅袖擺明對他有情，這在一個男人來說，是沒有比這更好的「奉承」了。

寒碧翠狠狠道：「我只管今晚的事，明晚你兩人愛幹甚麼，與我沒有半點關係！」

紅袖「噗哧」一笑，兜了戚長征一眼，才柔聲向寒碧翠道：「公子為何這麼急躁？假若我根本沒有興趣陪這位大爺，你豈非白賠了為我贖身的金子，那可是很大的數目啊！」

寒碧翠冷冷道：「只要不是瞎子，就知道你對這惡少動了心，在下有說錯嗎？」

紅袖抿嘴笑道：「公子沒有說錯，我確有意陪他一晚，至於贖身嘛！不敢有勞了，我自己早賺夠了銀子，隨時可為自己贖身，回復自由。」

這次輪到戚長征感到奇怪，問道：「那你為何仍留在窯子裏？」寒碧翠眼中射出鄙夷之色，顯然覺得紅袖是自甘作踐。

紅袖幽幽一嘆道：「正因為我每晚都接觸男人，所以最清楚他們：例如那些自命風流的色鬼，只是那副貪饞的嘴臉，紅袖便受不了。如是老實的好人，我又嫌他們古板沒有情趣，最怕是假道學的人，外表正氣凜然，其實腦袋內滿是卑鄙骯髒的念頭，稍給他們一點顏色，立時原形畢露。」再嘆一口氣道：「若有能令紅袖從良的人，我怎還會戀棧青樓，早作了歸家娘。」

寒碧翠一呆道：「我不信，總有人具有令你傾心的條件。」

紅袖淡然道：「我承認的確遇過幾個能令我動情的男子，其中有個還是此地以詩詞著名的風流名士，可是只要想起若嫁入他家後，受盡鄙夷，而他對我熱情過後，也把我冷落閨房的情景，倒不如留在青樓，盡情享受男人們的曲意奉承好了。將來年老色衰，便當個鴇母，除此外我還會做甚麼呢？」她說出這一番道理，不但戚長征對她另眼相看，連寒碧翠亦對她大為改觀。

紅袖轉向戚長征道：「紅袖閱人無數，還是第一次遇上公子這種人物。」俏臉一紅，垂下頭去。

寒碧翠暗叫不妙，試探道：「那他是不是你願意從良的人呢？」

戚長征哂道：「從甚麼鬼良？我才不要甚麼賢妻良母，除了不可偷男人外，我可要她天天都像窯子姑娘般向我賣笑，那才夠味道。」

寒碧翠氣得俏臉發白，嬌喝道：「你閉嘴！我不是和你說話。」她一怒下，忘了正在扮男人，露出本來的神態和女兒聲。

紅袖呆了一呆，恍然掩嘴笑道：「這位姊姊放心吧！我還要試過他後，才可決定是否從他，有很多人是中看不中用的銀樣蠟槍頭呢！」寒碧翠驀地面紅耳赤，怔在當場。

戚長征捧腹狂笑道：「不要笑死我了，寒大掌門快下決定，究竟我是要向你們何人證實自己不是蠟槍頭呢？我憋得很辛苦了。」寒碧翠勃然大怒，二話不說，一巴掌朝戚長征頭沒腦刮過去。

韓柏全速沿岸奔馳，並全神注意江上的船隻。盈散花和秀色會在哪裏呢？若是一般人，自會猜她們應早一步到安慶去，待他們的船到來，立時上岸。可是韓柏知道盈散花絕不會這麼做。因爲若是如此，行蹤將全落到他掌握裏，要對付她們實是易如反掌。而更有可能的是她們根本不會登船，只是要看看他們的反應，探測他們受威脅的程度，然後再擬出下一步對付他們的計策。黑道人物都知道，凡事最難是開始，只要成功地屈服了對方一次，再作威脅時便容易多了。想到這裏，韓柏再不分神去找尋盈散花二女的行蹤，把速度提至極限，往安慶掠去。他感到體內魔功源源不絕，來回往返，生生不息，大勝從前，更不同者，是精神無比凝聚，遠近所有人事沒有半點能漏過他的靈覺。

他一邊分神想著秦夢瑤。人的確是很奇怪的，尤其是男和女。當尚未發生親密關係前，大家都劃清界線，不准逾越。更有甚者，還擺出驕傲、冷淡、倔強等種種面目。可是一旦闖越邊界，便是完全不同的一番態度，變成截然不同的兩回事。秦夢瑤當然是不會矯揉作態的人，可是自從吻了她後，她便向韓柏露出深藏的另一面，竟可變成那麼迷魂蕩魄，體貼多情。那種欲拒還迎的神態，確是動人至極點。難怪自己的魔種被她全面誘發出來。她的一顰一笑，舉手投足，都使他難稍忘懷，唉！眞想拋開盈散花的事，掉轉頭回去找她。此時早日落西山，天色轉黑，他雖是沿岸狂奔，亦不怕驚世駭俗。但以正事要緊，便不敢再胡思亂想，集中精神探測江上往安慶去的船隻。

一個時辰後，他終抵達安慶，卻始終找不到兩女的芳蹤。韓柏毫不氣餒，環目四顧，只見兩岸雖是燈火點點，但碼頭一帶卻沒有民居，最近的房舍亦在半里之外，實在沒有藏身的好地方。想到這裏，一拍額頭，望著對岸，暗忖最好觀察他們的地方，自是對岸無疑。哪還猶豫，就近取了些粗樹枝，擲到江上，藉著那點浮力，橫越江面，迅速掠向對岸。同時運轉魔功，施起縮骨之術，硬是把身體減低了兩寸的程度。尙未上岸時，心中便生出感應，知道正有兩對明眸，在一個小石崗上，灼灼地監視著他。韓柏心中暗笑，躍上岸後，取出以前在韓府時那類戴慣的小廝帽子，蒙著由秦夢瑤內衣撕下那香艷條幅包紮著的大頭，把帽沿壓低到連眉毛亦遮掩起來，又取出絲巾，蒙著臉孔，只露出一雙眼睛。要知縱是武林一流高手，除非到了浪翻雲、龐斑那級數的頂尖人物，否則誰在黑暗裏觀物的能力亦要打個折扣。所以他包紮好的腦袋，落在盈散花眼中，會因其反光而使她誤以爲看到的是一個光頭，兼之看到他戴帽的動作，自然以爲他是蓄意掩藏那個「假光頭」，這種詭計，也虧他想得出來。

韓柏身形毫不停滯，沒進岸旁一個疏林裏去，又待了半晌後，才由另一方往那小石崗潛過去。來到崗頂，兩女蹤影杳然，只有從大江上拂過來的夜風，帶著這些日子來親切熟悉的江水氣味。韓柏見不到她們，絲毫不以爲意，仰首望天。剛好烏雲飄過，露出圓月皎潔的仙姿。不由想起了秦夢瑤。她正像被烏雲掩蓋了的明月，若自己治好她的致命內傷，她不但會回復以前的亮光，還會更皎美照人。只爲了這原因，他就算拚了老命都要救回她。

「嗖！」身後破空聲驟響。韓柏拋開雜念，暗運「無想十式」的起首式「止念」的內功心法，心內正大平和，手往後拂，曲指一彈，「噗！」的一聲，向他激射而來的小石子立時化成碎粉，而他仍是背對著敵人。盈散花和秀色的驚咦聲同時叫起來。風聲飄響，香氣襲來，兩女分由後方左右兩側攻來。韓柏凝起「無想十式」第二招「定神」的心法，兩手擺出法印，倏地轉身。秀色的兩把短刃化作一片光網，反映著天上月色，就像無數星點，以驚人的速度，照著他頭臉罩過來，寒氣逼人。韓柏想不到她那對短劍竟可發出如此驚人的威力，比之雲清的雙光刃有過之無不及，心下懍然，輕敵之心盡去。另一邊的盈散花並不像秀色的玉面生寒，仍是那副意態慵懶、巧笑倩兮、風流嬌俏的誘人模樣，兼之在江風裏逆掠而至，一身白衣飛揚飄舞，那種綽約動人的丰姿，看得韓柏的心都癢了起來。暗忖無論自己的魔功達到何種境界，仍是見不得這般動人的美女。甚至連她攻過來幻出漫天掌影的一對玉掌都是那麼好看，半點殺意都沒有，就像要來溫柔地爲他寬衣解帶似的。韓柏這時才明白范良極爲何對此女如此忌憚，因爲她的功力已臻先天之境，才能生出這種使人意亂神迷的感覺。當日在酒樓自己能擰了她的臉蛋，不用說也是她蓄意向他隱藏起眞正實力，好讓自己低估了她。這對好柏檔，一出手便是驚天動地的攻勢。

韓柏倏地移前，兩手伸出。「叮叮噹噹」和「蓬蓬」之聲不絕於耳。三道人影兔起鶻落，穿插糾纏，在窄小的空間內此移彼至，眨眼間交手了十多招。無論秀色的一對短劍以何種速度角度向韓柏刺去，他總能在最後關頭曲指彈中刃鋒，把短劍以氣勁震開。而盈散花則在無可奈何裏，被迫和他拚鬥十多掌。三條人影分了開來，成品字形立著。秀色和盈散花美目寒光閃爍，狠狠盯著韓柏。韓柏像入定老僧，運起「無想十式」第三式心法「去意」，兩眼變得深邃無盡，自有一種至靜至寂的神氣。

盈散花一陣嬌笑道：「大師如此高明，當不會是無名之輩，請報出法號。」

韓柏功聚咽喉，改變了喉結的形狀，以低沉無比，但又充滿男性磁力的聲音道：「盈小姐不須知道我是何人，只須知道我對你們的圖謀瞭如指掌便可以了。」他其實哪知她們有何意圖，只不過目的是要把兩人弄得糊裏糊塗，那就夠了。

秀色一雙短劍遙指著他，冷哼道：「想不到以大師的武功，仍甘心做那朴文正的走狗，你最好回去告訴他，若以爲殺人滅口，就可遂他之意，實是妄想，就算我們死了，也有方法把他的身分揭露出來。」

盈散花笑吟吟道：「何況憑你的武功，仍未能殺死我們，所以你最好叫他親自來見我們，或者事情還有得商量。」

韓柏心中叫苦，兩女武功之高，大出他意料之外，自己或可在十招內勝過秀色，但和盈散花恐怕百招之內仍分不出勝負。以一人對著這合作慣了的兩女，更不敢穩言可勝，要殺她們則更屬妄想，唯一之法就是以策略取勝，不過看來盈散花比他還更狡猾，確使他煞費思量，口中卻平淡地道：「兩位姑娘眞是大禍臨頭也不知，我並不是出家人，亦和那甚麼朴文正的甚麼關係都沒有，只是奉了密令來調查兩位，自三年前便一直跟在兩位身後，只不過你們武功低微，未能覺察罷了！」

秀色一呆道：「密令？」

韓柏見她神色，顯是對「密令」這名詞非常敏感，心中一動，暗忖這胡謅一番，竟無意中得到如此有用的線索。

盈散花叱道：「不要聽他胡說，讓我們幹掉他，不是一了百了嗎？我才不信他不是朴文正的人。」

韓柏嘆道：「我對兩位實是一片好心，所以曾向盈小姐作出警告，希望兩位能知難而退，豈知盈小姐無動於衷，使本人好生爲難，不知應否將實情回報上去。」

這次輪到盈散花奇道：「甚麼警告？」

韓柏心中暗笑，伸入懷裏，取出范良極由她身上偷來的貼身玉佩，向著盈散花揚了一揚，又迅快收入懷中。

盈散花看得全身一震，失聲道：「原來是你偷的。」

秀色一聲嬌叱，便要出手。盈散花喝停了她，眼中射出前所未有的寒光，俏臉煞白道：「你既一直跟著我們，爲何不乾脆把我們殺了。」

韓柏心中叫苦，他只是想她們相信自己與「朴文正」沒有關係，哪曾想到爲何不殺死她們，難道說閒著無聊，愛跟著她們玩兒嗎？唯有再以一聲長嘆，希望胡混過去。黑暗裏，盈散花的手微動了一下。

韓柏知道不妙，凌空躍起，幾不可察的冰蠶絲在下面掠過，若給這連刀刃都斬不斷的冰蠶絲纏上雙足，明年今夜便是他的忌辰。

韓柏落回地上。盈散花收回冰蠶絲，點頭道：「你能避我寶絲，顯然眞的一直在旁觀察我們，快說出你是誰？爲何不對付我們？誰指示你來跟蹤我們的？」

韓柏心神略定，腦筋回復靈活，沉聲道：「你要對付的是甚麼人，就是那甚麼人派我來的。至於我爲何會對你們憐香惜玉，唉！眞是冤孽，因爲我愛上了你們其中一個，竟至不能自拔，違抗了命令。」

兩人齊齊一愕，交換了個眼色。要知兩人深信他是出家的人，除了誤以爲他帽內是個光頭外，更重要的是他所具方外有道高僧的氣質和正宗少林內家心法。偏是這樣，才能使她們更相信若這樣的人動了眞情，會比普通人更瘋狂得難以自制。官船終於駛抵安慶，緩緩泊向碼頭處。三人不敢分神看視，只是全神貫注對方身上。

韓柏心中一動，淡然道：「兩位等的船到了，不過本人可奉勸兩位一句，不要逼我把你們的事報上去，到了皇宮你們更是無路可逃。」

秀色怒叱道：「你這禿奴賊走狗，看我取你狗命！」韓柏心中暗笑，知道她們已對他的身分沒有懷疑。

盈散花向他露出個動人笑容，柔聲道：「大師好意，散花非常感激，只是……」

韓柏知她說得雖好聽，其實卻是心懷殺機，隨時出手，忙道：「盈小姐誤會了，我愛上的是秀色姑娘。」

盈散花不能置信地尖叫道：「甚麼？」

韓柏差點暗中笑破了肚皮，強忍著喟然道：「秀色姑娘很像本人出……噢！不！很像我以前暗戀的女子，不過比她動人多了，貧……噢！」

盈散花趁他分神「往事」，冰蠶絲再離手無聲無息飛去，纏上他左腳。韓柏這次是故意讓她纏上，其實左腳早橫移了少許，只給黏在腳上，沒繞個結實。內勁透絲而至，韓柏故作驚惶，當內勁透腳而上時，運起由「無想十式」悟來的「挨打功夫」，把本能令他氣脈不暢的眞氣化去，卻詐作禁受不起，一聲慘哼，往秀色方向踉蹌跌去。冰蠶絲收回盈散花手裏。盈散花如影隨形，追擊過來。秀色的短劍由另一方分刺他頸側和腰際，絕不因被他愛上而有絲毫留手。若不殺死這知悉她們「秘密」的人，甚麼大計都不用提了。哪知韓柏對她們的事其實仍一無所知。

韓柏裝作手忙腳亂，兩手向秀色的手腕拂去。秀色見盈散花的一對玉掌眼看要印實他背上，暗忖我才不信你不躲避，猛一咬牙，略變刃勢，改往他的手掌削去。豈知韓柏渾然不理盈散花的玉掌，驀地加速，兩手幻出漫天爪影，似要與秀色以硬碰硬。「蓬蓬！」盈散花雙掌印實韓柏背上。韓柏立即運轉挨打奇功，順順逆逆，勉強化去對方大半力道，仍忍不住口中一甜，噴出一口鮮血，朝秀色俏臉灑去。秀色大吃一驚，心想怎能讓這淫禿驢的髒血污了自己的玉容，又想到對方便要立斃當場，當下收刃橫移。哪知人影一閃，不知如何韓柏已來到了身側，自己便像送禮般把嬌軀偎到對方懷裏。

盈散花驚叫道：「秀色小心！」

韓柏一聲長笑，欺到秀色身後，避過了倉卒刺來的兩劍，同時拍上秀色背心三處要穴。環手一抱，把她摟個結實，迅速退走。盈散花驚叱一聲，全速追來。韓柏再一陣長笑，把美麗的女俘虜托在背上，放開腳步，以比盈散花還快上半籌的速度，沒進崗下的密林裏。

「啪！」一聲清響，全場側目。戚長征臉上露出清晰的指印，若非寒碧翠這一巴掌沒有內勁，他恐怕只剩下半張臉孔。

紅袖心痛地道：「你爲何要動粗打人？」

寒碧翠吃驚地以左手抓著自己剛打了人的右手，尷尬地道：「我怎知他不避開呢？」

戚長征先用眼光掃視朝他們望過來的人，嚇得他們詐作看不見後，才微笑道：「可能我給你打慣了，不懂得躲避。」

寒碧翠「噗哧」一笑道：「哪有這回事？」

紅袖道：「春宵苦短，看來姊姊還是不肯陪這位大爺度宿，今晚便讓紅袖好好伺候他吧！」

寒碧翠咬著唇皮道：「要我陪他上床，是休想的了，但我可以與他逛一整晚。」指著戚長征道：「好！由你來選，我還是她？」

戚長征愕然道：「願賭服輸，怎可現在才來反悔，今晚我定要找個女人陪我，你若不肯我便找紅袖。」

寒碧翠氣得差點哭出來道：「你這是強人所難！」

紅紬大奇道：「姊姊明明愛上了這位大爺，爲何卻不肯答應他的要求？而你阻了我們今晚，也阻不了明晚，這樣胡鬧究竟有甚麼作用？」

寒碧翠事實上亦不知自己在幹甚麼，自遇到戚長征後，她做起事來全失了方寸，既答應不再理戚長征的事，但忍不住又悄悄跟來。見到戚長征公然向沙遠爭奪紅袖，竟插上一手加以破壞，只覺一切都是理所當然，給紅袖這麼一說，呆了一呆，霍地站起道：「我絕不是愛上了他，只是爲了某些原因不想他在這時候尋花問柳，壞了正事，若他把事情解決了，我才沒有理他的閒情。」這番話可說強詞奪理至極，她說出來，只是爲自己的失常行爲勉強作個解釋而已。

戚長征站了起來，到了紅袖身後，伸手抓著她香肩，湊到她耳旁輕輕道：「小乖乖！你好好等我，我一找到空檔，立即來向你顯示眞正的實力，教你一輩子都忘不了。」

紅袖笑得花枝亂顫道：「我也有方法教你終生都離不開我，去吧！與這位姊姊逛街吧！」

戚長征順便在她耳珠嚙了一口，走到因見他們打情罵俏氣得別過臉去的寒碧翠身旁，向她伸出大手道：「小姐的玉手！」

寒碧翠嚇得忘了生氣，收起雙手道：「男女間在公開場合拉拉扯扯成甚麼體統？」

戚長征一嘆道：「偏是這麼多的顧忌，算了！走吧！」向紅袖眨了眨眼睛，便往外走去。寒碧翠俏臉一紅，追著去了。

秀色的帽子掉到地上，烏亮的長髮垂了下來。韓柏摟著她的纖腰，暗忖這秀色平時穿起男裝還不怎樣，可是現在回復秀髮垂肩的女兒模樣，原來竟是如此艷麗。尤其這時他摟著她疾奔而行，做著種種親密的接觸，更感到她是絕不遜色於盈散花的尤物，只不過平時她故意以男裝掩蓋了艷色罷了！而事實上盈散花有一半的艷名是賴她賺回來的。例如她的腰身是如此纖細但又彈力十足，眞似僅盈一握，可以想像和她在床上顚鸞倒鳳時的滋味，難怪能成爲每代只傳一人的「奼女派」傳人。他摟著秀色最少跑了二十多里路，在山野密林裏不住兜兜轉轉，卻始終甩不脫那女飛賊，心中苦惱至極。忽地停下，將秀色摟個滿懷。秀色毫無驚懼地冷冷瞪著他，眼中傳出清楚的訊息，就是你定逃不掉的。

韓柏一陣氣餒。盈散花剛才那兩掌差點就要了他的小命，想不到這妖女功力如此清純，連他初學成的挨打功亦禁受不了。這一番奔走，使他的內傷加重，所以愈跑愈慢，若給她追上來，定是凶多吉少。唯一方法就是迅速恢復功力。而「藥物」就是眼前這精於奼女採補之術的絕色美女。所以他定要爭取一點空隙時間。韓柏不懷好意地笑了笑。秀色當然看不到絲巾下的笑容，但卻由他眼裏看到這有著某種吸引她的魅力的神秘男子，有著不軌的企圖。

「嗤！」秀色上身的衣服，給他撕了一幅下來，露出雪白粉嫩的玉臂和精繡的抹胸。韓柏並不就此打住，還撕下她的褲子，把她修長的美腿全露了出來。秀色皺眉不解，暗忖這人既受了傷，又被人追得像喪家之犬，難道還有侵犯她的閒情嗎？韓柏把她的破衣隨意擲在地上，然後把她也放在地上。嘻嘻一笑，忽地橫掠開去。「劈劈啪啪」聲裏，也不知他撞斷了多少樹枝。好一會後，韓柏凌空躍來，攔腰把她抱起，縱身一躍，升高三丈有多，落在丈許外一株大樹的橫椏處，又再逢樹過樹，不一會藏身在濃密的枝葉裏，離地約兩丈許處。秀色給他以最氣人的男女交合姿勢，緊摟懷裏，感覺著對方的熱力和強壯有力的肌肉緊逼著她，心中忽地升起奇怪的直覺。這是個年輕的男子。難道是個年輕的和尙。想到這裏，她芳心湧起強烈的刺激，有種要打破他戒律的衝動。

風聲在剛才兩人停留處響起。盈散花停了下來，顯然在檢視韓柏從秀色身上撕下來的碎布。盈散花怒叱一聲，罵道：「死淫禿！」風聲再起，伊人遠去。這正是韓柏期待的反應。他要利用的正是盈散花和秀色間畸情的愛戀關係。盈散花眼見「愛侶」受辱，無可避免急怒攻心，失去狡智，無暇細想便循著痕跡追去。韓柏毫不客氣，一把撕掉秀色的褻衣褲，又給自己鬆解褲帶。雖說這與強姦無異，他卻絲毫沒有犯罪的感覺。因爲姹女派的傳人怎會怕和男人交合，還求之不得呢。而他則確實需要藉秀色的姹女元陰療治傷勢。秀色雙眼果然毫無懼色，只是冷冷看著他，直至他闖進了她體內，眼中才射出駭然之色，因爲她這時才發覺到對方是她前所未遇過的強勁對手。

月夜裏，樹叢內一時春色無邊。韓柏依著從花解語那裏學來的方法，施盡渾身解數，不住催逼秀色的春情。秀色雖精擅男女之術，但比起身具魔種的韓柏，仍有段遙不可及的距離，兼之穴道被制，根本沒有能力全面催發姹女心功，不片晌已大感吃不消，把元陰逐漸向韓柏輸放，任君盡情採納。韓柏乘機吸納元陰，又把至陽之氣回輸秀色體內。每一個循環，都使他體內眞氣凝聚起來，靈台更趨清明。那種舒暢甜美，教兩人趨於至樂。秀色雖對男人經驗豐富，還是首次嚐到這種滋味。

破空聲由遠而近。盈散花急怒的聲音在下面叫道：「我知你在上面，還不給我滾下來。」

韓柏嘆了一口氣，拉好褲子，湊到秀色耳旁道：「遲些我再來找你。」

風聲響起，盈散花撲了上來，兩掌翻飛，朝他攻來，一時枝葉碎飛激濺，聲勢驚人。韓柏功力盡復，摟著秀色使了個千斤墜，往下沉去。盈散花嬌叱一聲，冰蠶絲射出，往兩人捲去。韓柏重重在秀色香唇吻了一口，不敢看她令人心顫的眼神，將秀色赤裸的嬌軀送出，任由冰蠶絲把她繞個結實，他則往後疾退，迅速沒進黑暗裏。

第四章 一著之差

第四章 一著之差

戚長征才踏出賭坊，立即停步。寒碧翠追到他身旁，亦停了下來。只見外面密密麻麻攔著過百名大漢，全部兵器在手，擋著了去路。戚長征回頭一看，賭坊的石階處亦站滿了武裝大漢，人人蓄勢待發。想不到才踏出賭坊，便陷入重重圍困裏。

戚長征仰天長笑道：「好一個沙遠，我放過你也不識趣，便讓我們見過眞章罷。」

一名手搖摺扇，師爺模樣的瘦長男子，排眾而出，嘻嘻一笑道：「戚兄誤會了，這事與沙幫主絕無半點關係，我仍湘水幫的軍師吳傑，奉幫主尙亭之命，來請戚兄前往一敘，弄清楚一些事。」

戚長征一拍背上天兵寶刀，冷然道：「想請動我嗎？先問過我背後的夥伴吧！」

兵器振動聲在四周響起。吳傑伸手止住躍躍欲試的手下，慢條斯理地道：「戚兄還請三思，所謂雙拳難敵四掌，何況這裏共有二百零六對手，只要戚兄放下武器，隨我們去見幫主一趟，即使談不攏，我們也不會乘人之危，還會把兵器交回戚兄，事後再作解決。」

戚長征哂道：「要我老戚放下寶刀，你當我是三歲孩兒嗎？有本事便把我擒去見你的幫主吧！」

吳傑臉色一變道：「敬酒不吃吃罰酒，便讓你見識一下我們湘水幫的眞正力量。」言罷往後退去，沒入人叢裏。寒碧翠一聲清叱，攔在戚長征身前。吳傑見狀，忙下令暫緩動手。

戚長征愕然望向寒碧翠道：「你若不喜歡介入這事，儘可離開，我才不信你亮出身分，他們仍敢開罪你。」

寒碧翠嗔道：「戚長征你若大開殺戒，不是正中敵人圈套嗎？」

戚長征苦笑道：「有甚麼圈套不圈套，湘水幫早公然與我幫作對，我殺他們百來二百人有甚麼大不了。」眾大漢一齊喝罵，形勢立時緊張起來。吳傑噘唇尖嘯三聲，眾漢才靜了下來。

吳傑道：「這位公子是誰？」

寒碧翠索性一把扯掉帽子，露出如雲秀髮，答道：「我就是丹清派的寒碧翠。」吳傑吸了一口涼氣，一時間竟說不出話來。

寒碧翠向戚長征道：「戚長征啊！聽碧翠一次吧！你若胡亂殺人，不止影響了你的清名，還使你背上的黑鍋永遠都卸不下來，現在他們是請你去說話，又不是要立即殺你。」

戚長征嘆了一口氣，搖頭道：「還是不成！你讓開吧，我對他們既沒有好感，也不擔心別人怎樣看我。」

吳傑在眾手下後邊高叫道：「他既執迷不悟，寒掌門不用理他了，讓我們給他點顏色瞧瞧。」

寒碧翠道：「閉嘴！我只是爲你們著想。」才又向戚長征勸道：「當是碧翠求你好嗎？」

戚長征仰天一陣悲嘯，手往後握著刀把，殺氣立時往四周湧去，大喝道：「不行！我今夜定要殺他們片甲不留，讓人知道怒蛟幫不是好惹的。」

眾大漢受他殺氣所逼，駭然後退，讓出以兩人爲中心的大片空地來。

寒碧翠知道血戰一觸即發，跺足道：「好吧！今晚我依你的意思，這該可以了吧！」

戚長征虎軀一震，不能置信地望向寒碧翠道：「你眞肯陪我……」頓了頓傳音過去道：「上床？」

寒碧翠霞燒雙頰，微微點了點頭，嬌羞不勝地垂下頭去。

戚長征移到她前，低聲問道：「你不是曾立誓不嫁人的嗎？」

寒碧翠嗔道：「人家只答應讓你使壞，並沒有說要嫁你，切不要混淆了。」

戚長征仰天長笑，一言不發，解下背後天兵寶刀，往遠處的吳傑拋過去，叫道：「好好給我保管，若遺失了，任你走到天涯海角，我老戚也要你以小命作陪。」

吳傑接過天兵寶刀，叫回來道：「還有寒掌門的長劍。」

寒碧翠垂著頭，解下佩劍，往前一拋，準確無誤落到吳傑另一手裏，然後嫣然一笑挽起戚長征的手臂，柔聲道：「戚長征！我們走吧！」

洞庭湖畔。梁秋末來到碼頭旁，走入一艘狹長的快艇裏。兩名早待在那裏，扮作漁民的怒蛟幫好手一言不發，解纜操舟。快艇先沿岸駛了半個時辰，才朝湖裏一群小島駛去，穿過了小島群後再轉往西行，不一會抵達洞庭東岸。不久後他們緩緩進入一個泊滿漁舟的漁港裏，快艇輕巧自如地在漁舟群中穿梭，當快艇離開時，早失去了梁秋末的蹤影。縱使有人一直跟蹤著他們，到這刻也不知他究竟到了湖上哪條漁舟裏。假若敵人有能力把整個漁港團團圍住，逐船搜查，亦阻不了他們由水底離去。說到水上功夫，江湖上沒有人敢和怒蛟幫相比的。這樣的大小漁港漁村，在煙波浩蕩的洞庭湖，怕不有上千之多。於此亦可見縱使憑方夜羽和楞嚴兩方面的力量，想找到怒蛟幫的人是多麼困難。此時梁秋末登上其中一艘漁舟裏，與上官鷹、翟雨時和凌戰天會面。

梁秋末道：「胡節派出了水師艦隊封鎖了通往怒蛟島的水域，又派人登島佈置，顯有長期駐守的意思，近日更把大量糧食運到島上，教人憤恨至極。」

上官鷹微笑道：「不用氣憤，只要我們人還在，就有東山再起的機會。」

梁秋末奇怪地看他一眼，暗忖一向以來這幫主兼好友的上官鷹，最著重父親留下給他的幫業，為何今天能比自己更淡然處之呢？

凌戰天向他眨眨眼睛，笑道：「秋末定會奇怪為何幫主心情這般好，我向你開盅揭蓋吧……」

上官鷹俊臉一紅打斷道：「二叔！」

凌戰天哈哈一笑道：「好！我不說了，秋末你自己問他吧！」

梁秋末一見這情況，立知是與男女之事有關，心中代上官鷹高興，續道：「現在搜索我們最緊的是展羽率領來自黑白兩道百多高手組成的所謂『屠蛟隊』，實力不可小覷，據我所知，其中最少有十多個是龍頭和派主級數的人物。」接著說了一大堆名字出來。

翟雨時從容一笑道：「若非如此，我們才會奇怪。我雖沒有輕敵，但一直不太把展羽放在心上，原因並非我認為他不夠斤兩，而是認為他不敢全力對付我們。」

眾人一點便明。要知中原武林裏，任何人無論奉蒙人又或朱元璋之命來對付怒蛟幫，都不能不考慮到浪翻雲這問題，尤其像「矛鏟雙飛」展羽這類首當其衝的出名人物，怒蛟幫若出了事，浪翻雲算賬時第一個找上的必是他無疑。那時無論因功賺來了任何權力富貴、金錢美女，都只能落得一場空歡喜。

翟雨時續道：「所以可以推想楞嚴在說動展羽和其他有身分勢力的人來對付我們前，必有先解決了浪大叔的先決條件，而觀乎目前展羽等按兵不動，應知雙修府之戰，浪大叔已威懾天下，直接粉碎了楞嚴組織起來對付我們的江湖力量。」

梁秋末道：「不過只是胡節的水師，在我們失去了怒蛟幫的天險後，已是令人頭痛。」

上官鷹道：「這樣說來，楞嚴為了重振聲威，將不得不再想辦法對付大叔，這可實在教人擔心。」

凌戰天英俊的面容抹過一絲充滿信心的笑容道：「方夜羽手中的實力，只是已知的部分，誠然強大非常，不過大叔現在身旁既有范良極韓柏這種頂級高手，又有天下白道無不要敬她七分的秦夢瑤，除非龐斑親自率眾圍攻，我倒想不出有任何人能對上他是不吃大虧而回的。」

翟雨時道：「楞嚴處心積慮要引大叔到京師去，當然包藏禍心，不過大叔甚麼風浪不曾見過，我對他有著絕對的信心。」

凌戰天向梁秋末問道：「有了長征這傢伙的最新消息嗎？」

梁秋末露出振奮之色道：「這小子果然了得，屢屢逃出方夜羽的羅網，現在已成了天下注目的對象。據最新的情報，他現正在長沙府大搖大擺過著日子，看來是要牽制著方夜羽的力量。」

上官鷹又喜又憂道：「這小子眞不知天高地厚，當足自己是大叔的級數，也不秤秤自己的分量。雨時！我們定要想辦法接應他。」

翟雨時長嘆道：「誰不想立即趕往長沙，和他並肩抗敵，但若如此做了，便會落在敵人算計之中，那時不但有全軍覆沒的危險，也影響了大叔赴京的艱巨任務，所以萬萬不可如此做。」

上官鷹色變道：「我們豈能見死不救？」

凌戰天平靜地道：「小鷹切勿因感情用事失了方寸，若我們不魯莽地勞師遠征，長征反有一線生機。」

翟雨時點頭道：「二叔說得對極了。長征孤軍作戰，看來凶險，但卻毫不受牽制，發揮敵弱則進，敵強則退，避重就輕的戰術。觀乎方夜羽直到此刻仍莫他奈何，可知我所言非虛。一旦我們介入，他便會失去了這種形勢，末日之期亦不遠了。」上官鷹欲語還休，最後也沒有再說出話來。

梁秋末道：「雙修府之戰，里赤媚等域外高手都吃了大虧，把整個形勢扭轉過來。假若長征能牽制著方夜羽，展羽又按兵不動，我們豈非可以和胡節好好打一場硬仗，把怒蛟島奪回來？」

翟羽時微笑道：「這是個非常誘人的想法，不過大叔曾傳訊回來，著我們非到萬不得已，絕不可和敵人打任何硬仗，萬事待他上京後再說，所以我們現在最好的事，就是秘密練兵，閒來和這裏的美女風花雪月一番。」言罷，瞅了上官鷹一眼。

梁秋末終憋不住，向臉色有點尷尬的上官鷹道：「幫主是否有了意中人？」

上官鷹一拳擂在翟雨時肩上，笑罵道：「小子最愛耍我。」

凌戰天笑道：「小鷹不如早點成親，這樣動人的漁村美女，確是可遇不可求。」

翟雨時撫著被打的地方笑道：「二叔語含深意。因為方夜羽一旦知道我們仍躲藏不出，定會集中力量來找尋我們，那時我們又要東躲西避，沒有時間顧及其他事了。」

梁秋末以專家身分道：「情場變化萬千，但有一不變的真理，就是要把生米煮成熟飯，幫主請立下決定。」

翟雨時笑罵道：「你這小子也懂愛情嗎？你和長征都是一籃子裏的人，長征這些年來還懂得絕足青樓，你則仍夜夜笙歌，偎紅倚翠，究竟何時才肯收起野性？」

梁秋末笑道：「你這古老石山當然看我和長征不順眼，待我帶你去快活一次，包管你樂而忘返，跪地哀求也要我再帶你去第二次呢。」

凌戰天看著這幾個小輩，心中洋溢著溫情，向梁秋末道：「你這傢伙負起整個情報網的責任，最好少涉足青樓，尤其不可找相熟的姑娘，否則敵人可依循你的習慣，針對你而設下必殺的陷阱，知道嗎？」

梁秋末苦笑一下，點頭應諾。凌戰天站起來道：「小鷹你隨我走一趟，我將以你尊長的身分，向你的未來岳丈正式提親，不准你再扭扭捏捏了。」眾人一齊拍腿贊成。

上官鷹心中掠過乾虹青的倩影，暗嘆一口氣道：「一切由二叔爲小鷹作主吧！」

泊在長江旁安慶府碼頭的官船上。專使房內。

范良極聽得拍腿叫絕，怪叫道：「我眞想目睹當你說愛上了秀色而不是盈妖女時，那女賊臉上的尷尬表情。這妖女玩弄男人多了，你眞的爲我們男人出了一口氣，不愧浪棍大俠。」

敲門聲起，左詩在門外不耐煩道：「大哥！我們可以進來了嗎？」

范良極皺眉道：「可以進來我自然會喚你們，妹子們多給點耐性吧！我們男人間還有些密事要商討。」

韓柏亦心急見她們，尤其是秦夢瑤，不知她在靜室裏潛修得如何呢？

范良極沉吟道：「現在看來盈妖女一天未找到你假扮的淫和尚，亦不會到船上來找我們麻煩。不過也不要低估她們，盈妖女失於不知你身具魔種，才會吃了這個大虧。」頓了頓陰笑道：「你猜秀色會不會因此愛上了男人，對盈妖女再沒有興趣呢？」

韓柏春風得意道：「那還用說嘛！後來她不知多麼合作哩！否則我的傷勢也不能如此迅速復元過

來。」想了想道：「為何我們不乘夜開船？」

范良極道：「當然不可以，若你回來後立即開船，盈妖女會猜出你這淫禿和我們定有關係。若待上一段時間才走，她又會誤以為我們受了她威脅等她登船。所以索性留上一晚，就像不想在晚間行船那樣，教她們摸不透我們。」

韓柏愈想愈好笑，嘆道：「我真想跟在她們身旁，看看她們會怎樣說我。」

范良極拍拍他肩頭道：「你知道這種渴望就好了，以後你說話時若再蓄意凝聚聲音，不讓我聽到，我會要了你的小命。」

韓柏失聲道：「那我豈非全無私人生活和隱秘可言嗎？」

范良極道：「私人隱秘有甚麼打緊，只有讓我全盤知悉事情的發展，才能從旁協助你。好吧！給你一件好東西，你就明白了。」

韓柏看著他從懷裏掏出一個精緻的錦盒，奇道：「這是甚麼鬼東西？」

范良極神秘一笑，打開錦盒，原來竟是一本精美巧緻的真本冊頁，寫著「美人秘戲十八連環」八個瘦金字體。

韓柏愕然望向范良極道：「原來你才是真正的老淫蟲，希望你不是一直聽著我和嬌妻們在巫山銷魂時，一邊在看這些春宮畫。」

范良極怒刮他的大頭一記，惡兮兮道：「不要胡亂猜想，我剛才特地走了近百里路，到我分佈天下的二十個寶庫之一取來了這春畫藝術的極品，拿來給你暫用，你不但毫不感激，還以淫棍之心，度我聖人之腹，小心你的小命。」

韓柏連忙賠個不是，好奇心大起，翻了幾頁，立時慾火大盛，「呵！」一聲叫了起來，臉紅過耳。

范良極道：「不要感到不好意思，當日我看這畫冊時，情況只比你好了一點點。唉！這眞是天下極品，稀世之珍，只不知出於前代哪個丹清妙手的筆下。不過這人定是對男女情慾有極高的體會和品味，否則怎能繪得如此具挑逗性，又不流於半點淫褻或低下的味道。」

韓柏著了迷般一幅幅翻下去。這十八幅彩畫全是男女秘戲圖，畫中女的美豔無倫，男的壯健俊偉，尤其厲害的是其連續性發展，由男女相遇開始，把整個過程以無上妙筆栩栩如生地描繪出來。更引人入勝處是始終看不到那男人的正面，更強調了畫中豔女的眉眼和肉體洋洋大觀的各種欲仙欲死的浪態春情。兼之顏色鮮豔奪目，予人視覺上極度的刺激。

韓柏看完後閉目定了一會神，才張開眼道：「不管你願意不願意，這冊子由今夜起歸我所有，你若要讓雲清看，我可忍痛借你一會兒。」

范良極色變道：「這算是強搶嗎？」

韓柏珍而重之地把冊頁藏入懷裏，哂道：「誰可搶你的東西，莫忘記我成功使你多了個瑤妹，你還未向我斟茶道謝哩！你把這冊頁送我，我們間的壞賬亦算扯平了。」言罷站了起來，不理瞪著他的范良極，推門而去。

臨天明時，范良極又來拍門。

韓柏摸出門外，范良極神色凝重道：「盈妖女和秀色來找你了！」

韓柏駭然道：「甚麼？」

戚長征和寒碧翠在一所大宅裏見到湘水幫的第一號人物尚亭。這尙亭作文士打扮，身材瘦削，神氣穩重，一對眼神光內蘊，顯是內外兼修之士，難怪湘水幫能成爲洞庭湖附近僅次於怒蛟幫的另一大幫。尚亭只是孤身迎接兩人，其他手下都被揮退廳外，教兩人大感奇怪。他和兩人禮貌地說了幾句客氣話後，領著兩人往內堂走去，最後到達一間優雅的房子裏，他的夫人褚紅玉躺在床上，容色平靜，像熟睡不醒的樣子。尚亭把服侍褚紅玉的兩個丫嬛遣走，仔細看著戚長征的表情。

戚長征眼中射出憐惜歉疚的神色，嘆道：「是我累了她！」

尚亭平靜地道：「我只想要戚兄一句話，這是否你幹的？」

戚長征坦然望向他道：「不是！」

尚亭毫不驚異道：「我早知答案。紅玉明顯有著被姦污的痕跡，而制著她穴道的手法卻非常怪異，不似中原家派的手法，我曾請了各地名家來給她解穴，竟無一人敢貿然出手，怕弄巧成拙。這次請戚兄來，就是想問戚兄，這究竟是哪個淫徒的惡行。」

寒碧翠大感意外道：「尚幫主絕不會只因制著貴夫人的手法奇怪，就不懷疑戚長征，說不定他機緣巧合下，又或憑自己的才智，練成這種手法也說不定。」

尚亭眼中射出悲痛憤怨之色，點頭道：「當然！不過人總不會突然轉變的，戚兄雖是風流，但江湖上誰不知他是情深義重的好漢子，只是爲了怒蛟幫的清譽，就不肯做這種事。況且若他眞的如此做了，只是浪翻雲和凌戰天就不肯放過他，所以我絕不信戚長征會這樣做。」

寒碧翠走到床沿，伸手搭到褚紅玉的腕脈上，默然沉思。

戚長征冷哼一聲道：「幫主既對我幫有如此評價，爲何又助朝廷和方夜羽來對付我們，難道不知狡兔死走狗烹之理。」

尚亭兩眼射出寒光，冷笑道：「若換了往日，戚兄暗諷尚某為走狗，我定會和你見個眞章。」忽然默下來，望著褚紅玉，沉聲道：「但現在我忽然失去了爭霸江湖的雄心，只想和紅玉好好地過這下半輩子就算了。」

戚長征愕然道：「幫主又不是未曾遇過風浪的人，爲何如此意氣消沉。」

尚亭嘆道：「實不相瞞，這次尚某肯應楞嚴之邀出手，實因楞嚴保證能殲滅浪翻雲，可是雙修府一戰後，浪翻雲聲勢更盛，直逼龐斑，開始時答應對付貴幫的人，誰不在打退堂鼓？說實在的，除了魔師宮外，誰惹得起浪翻雲？尚某仍有這點自知之明，所以才禮請戚兄到此一會，問明姦污紅玉的究是何人後，立即退出這是非之地。」

戚長征哂道：「二百多人聲勢洶洶將我圍著，算甚麼禮請？」

尚亭道：「戚兄見諒，當時我藏在暗處，暗中觀察戚兄的反應，見戚兄怨憤塡膺，更證實了我的看法。若眞動上手時，我自會出來阻止。」戚長征心中暗懍，想不到尚亭亦是個人物，看來自己是低估他了。

寒碧翠向他們望來道：「這點穴的人肯定是第一流的高手，竟能以秘不可測的手法，改變了經脈流動的情狀。本來人身內經氣的循環都是上應天時，盛衰開闔，氣血隨著時辰，在十二經內隨著某一節韻，周期性地流動：寅時至肺經、卯時大腸經、辰時胃經、巳時脾經、午時心經、未時小腸經、申時膀胱經、酉時腎經、戌時心包經、亥時三焦經、子時膽經、丑時肝經、循環往復。這人的厲害處，就是減慢了這速度，所以尚夫人才會沉睡不醒，非經二十八天之數，待經流再次上到正軌，才可甦醒過來，手法之妙，教人深感嘆服。」

尚亭動容道：「寒掌門不愧穴學名家，你還是第一個看穿對方手法的人。」

戚長征苦笑道：「沒有人比我更清楚寒掌門點穴手法的厲害了，只不知寒掌門有沒有解決之法？」

寒碧翠白了他一眼，才道：「這手法對尚夫人沒有大害，醒來後只會感到疲倦一點，幾天後可完全復元，但若冒險救她，則可能會弄出岔子，這人的確厲害，算準即使有人能破解他的手法，亦會因這理由不願冒險出手。」

戚長征自知穴學上的認識，遠及不上寒碧翠，惱恨地道：「鷹飛這混蛋如此費工夫，其中定有陰謀。」

尚亭眼中厲芒一閃道：「鷹飛？」

戚長征乘機把鷹飛的事和盤托出，然後道：「雖然我知道不應這樣說，還是要勸幫主忍這一口最難忍的濁氣，起碼待夫人醒來後，才決定怎樣去對付他。」

尚亭臉色難看至極，好一會後忽地像蒼老了十多年，頹然道：「戚兄說得對，我們現在仍惹不起方夜羽，不過辱妻之仇，豈能不報？唯望貴幫終能得勝，浪翻雲能擊敗龐斑，那時我會看看能否報這深仇。」頓了一頓道：「由今天起，本幫將全力助戚兄對付鷹飛，務使戚兄能逃出他的魔掌，我亦算間接出了一口氣。」

戚長征大喜道：「尚兄只須在情報上匡助小弟，老戚已心滿意足。」兩人當下交換了聯絡方法，又商議了一會後，戚寒兩人才告辭離去。

他們離開時，天已大亮。戚長征用肩頭碰碰寒碧翠道：「寒掌門！我們該到哪間旅館去風流快活，你對這裏比我熟一點。」

寒碧翠若無其事道：「大白天到旅館幹嘛？」

戚長征失聲道：「當然是做你答應做的事。」

寒碧翠「哦」一聲道：「我只是答應陪你過夜，卻沒有說『過日』，最好弄清楚這一點。」

這時街上行人逐漸多了起來，充滿了早晨的朝氣。戚長征霍地立定，苦澀一笑，轉過來看著寒碧翠道：「縱是給你騙了，我也絕不會怪你，勉強亦沒有意思，不過從今以後，你走你的陽關道，我過我的獨木橋，以後各不相干。」

寒碧翠垂頭低聲道：「說出這樣的絕情話來，還說不怪碧翠嗎？」

戚長征忽地捧腹大笑起來，惹得行人駐足側目。寒碧翠嗔道：「有甚麼好笑的哩！」戚長征瀟灑地轉身大步前行，不再理她。

寒碧翠憤然追到他身旁，大發嬌嗔道：「戚長征，你若再以這種態度對我，碧翠會惱你一輩子的。」

戚長征微笑停下，忽地伸手抓著她香肩，凝視著她道：「坦白點吧！你根本是愛上了我，喜歡和我在一起，且不惜爭風吃醋，爲何仍要騙自己？」

寒碧翠雙頰升起動人心魄的玫瑰紅霞，垂下頭去，輕輕道：「罷了！這裏轉入橫街，最後的一間小屋是我的秘密物業，帶我到那裏去！你要怎樣便怎樣吧！」

范良極和陳令方兩人進入專使房旁的鄰房裏，另一邊就是柔柔的房間。

陳令方看著范良極取出一支錐子，在板牆鑽了個小洞後，忙移到小洞前，試著對小洞說了一句話後，回頭向范良極懷疑地道：「要不要大聲一點？」

范良極道：「低聲點才對。」伸掌按在陳令方背上，內力源源輸出。

陳令方的耳目，甚至皮膚都靈敏起來，聽到三個人的腳步聲由遠而近，接著隔鄰專使房的門被推了開來。范豹的聲音道：「兩位小姐請坐一會，專使立即來了。」接著他關門離去。房中響起一女坐進椅內的聲音，另一人則來到窗前。陳令方大感有趣，雖說是借了范良極的功力，但畢竟能一嚐當上高手的滋味，也算完成了畢生憧憬著的其中一個夢想。韓柏這時推門而入。秀色回復女裝，垂著頭坐在靠窗的椅子裏，艷麗無倫，竟一點不比盈散花遜色。盈散花則曲著一膝跪在椅上，兩手按著椅背，背著他凝視窗外岸旁的景色。

韓柏的心忑忑跳了起來，硬著頭皮來到兩女之前，先低頭審視秀色，嘻嘻一笑道：「原來你不扮男人時是這麼漂亮的。」

秀色俏臉一紅，卻沒有抬頭看他。韓柏心中叫糟，看情況定是自己出了紕漏，給秀色看穿了昨夜強姦她的人就是自己。

盈散花回過身來，發出銀鈴般悅耳動聽的笑聲，好一會後才道：「專使為何不在樓下的大廳接見我們，卻要我們到這裏來會你？是否想殺人滅口呢？」

韓柏聳肩道：「姑奶奶要見我，自然要犧牲色相，讓我佔佔便宜，在大廳怎及房內方便，這裏起碼多了張大床。」言罷走到床旁，坐了下來，身後正是那個小洞。

盈散花笑吟吟坐了下來，看了垂著頭的秀色一眼，淡淡道：「韓公子打算怎樣安置我們姊妹？」

韓柏差點嚇得跳了起來，幸好表面仍能不動聲色，愕然道：「你喚我甚麼？」

盈散花嬝嬝婷婷，來至他旁挨著他親熱地坐下，兩手交疊按在他的寬肩上，又把嬌俏的下頷枕在手背上，脈脈含情看著他道：「韓柏不用騙散花了，那天和你在一起的絕色美女定是秦夢瑤，昨晚的淫禿亦必是你這無情浪子，散花心悅誠服你裝神弄鬼的本領，不過你卻犯了個最大的錯誤，就是藉秀色來療傷，天下間只有身具魔種的人才有征服秀色的能力，何況你不覺得在這時間找上我們是太巧了點嗎？幾方面拼起來，你還不承認是韓柏嗎？」

韓柏暗暗叫苦，若讓這妖女坐在這位置，空有陳令方亦發揮不出作用。轉臉往盈散花望去，兩人的嘴相隔不及一寸，氣息可聞，那種引誘力差點使他無法自持。他皺眉道：「我眞不知弄甚麼鬼？誰是韓柏？」

盈散花其實並非那麼肯定他是韓柏，尤其知道秦夢瑤乃深有道行的人，應不會和韓柏那麼毫不避男女之嫌，只是在秀色堅持下，才姑且一試，但當然亦不會如此輕易死心，淺笑道：「好！既然你不認，那你是誰？不要告訴我你是來自高句麗但又不懂高句麗話的專使。」

韓柏嘆了一口氣道：「姑奶奶有所不知了，當日我們來中原前，我王曾有嚴令，要我們入鄉隨俗，不准說敝國的話，所以才使姑奶奶誤會了。」

盈散花一陣嬌笑，忽地說了一輪高句麗話，然後笑道：「你雖不可說高句麗話，但本地話總可以說吧，來！翻譯給我聽，我剛才說了甚麼話？」

韓柏嘆道：「你先到椅子上坐好，我才告訴你。否則我會受不住你的身子引誘，把你按在床上吻個痛快了。」

盈散花眼中閃過驚懼之色，嚇得跳了起來，乖乖走到仍垂著頭的秀色身旁站好。

韓柏故作驚奇地瞧著她道：「你又喚我作甚麼文正我郎，原來竟然害怕被我吻你。」

盈散花給看穿了秘密，玉面一寒道：「不要胡扯，快翻譯給我聽。」

韓柏一陣長笑，掩飾從小洞傳過來陳令方的聲音，悠然道：「那有何難？你在罵我是混蛋，根本不值得秀色愛我，還說我是個臭不可聞的大淫蟲，見一個女人喜歡一個。媽的！這樣的話，你也說得出口。」最後三句卻與翻譯無關，是他出自肺腑的有感之言。

盈散花和秀色同時一震，不能置信地往他望來。秀色和他目光一觸，射出無限幽怨之色，又橫他一眼，才再垂下頭去。韓柏心中狂震，知道破綻出在哪裏了：就是他的眼神。當他和秀色交合時，哪還能保持「出家人」的心境，登時露出了底子。不過他仍隱隱感到秀色不會出賣他，那是一種非常微妙的感覺，是秀色的眼睛告訴他的。

盈散花呆望著他，好一會後不忿地又說了一番高句麗話。韓柏聽著後面陳令方的提示，自是應付裕如，答完後，攤手道：「盈小姐既說出了對我這臭男人的眞正心意，我們也無謂瞎纏在一起，從今以後，你我恩消義絕，各不相干，若給我再見到你，定必脫光你衣服大打屁股，你自己考慮一下吧！」

盈散花俏臉陣紅陣白，忽地一跺腳，招呼都沒向秀色打一個，旋風般推門去了。

秀色站了起來，緩緩來到韓柏身前，看著他道：「告訴秀色，你是否也要和我恩消義絕，以後各不相干呢？」

韓柏幾乎要大叫救命，本來他一直沾沾自喜，佔了這美女的大便宜又不需負責，實是最愜意的事，豈知仍是天網難逃。他怎忍心向秀色說出絕情的話呢。忙站了起來，把秀色擁入懷裏，先來一個長吻，才道：「我怎麼捨得，那兩句話只送給盈散花，與你半點關係都沒有。」

秀色馴若羔羊地道：「韓柏！秀色以後都是你的了，再不會和別的男人鬼混，唉！我要走了，希望再見時，你並沒有變心，就算是騙秀色，也要一直騙下去。」

韓柏待要說話，給秀色按著了他的嘴，幽幽道：「不要說話，秀色要靜靜離開，你若說話，我定忍不住留下來，那花姊就看穿你是誰了。」說畢緩緩離開了他。

韓柏一把又將她抱緊，感激地道：「你沒有怪我昨晚那樣不經你同意便佔有了你嗎？」

秀色悄然道：「當然怪你，看不到人家連眼也哭腫了嗎？」

韓柏奇道：「你的眼一點也沒有哭過的樣子啊？」

秀色忽地嬌笑起來，笑得花枝亂顫，與剛才那樣子眞是判若兩人。韓柏大感不妥。「砰！」房門打開。

盈散花去而復返，兩手各提著一件行李，笑道：「柏郎啊！我們姊妹睡在哪裏呢？」

韓柏愕然望向秀色，心內亂成一片。秀色反手把他摟緊，不讓他離開，笑嘻嘻地道：「放心吧！若花姊想害你，我也不肯放過她，有了我們，對你們京師之行實是有利無害。」

盈散花喘著氣笑道：「柏郎啊！你有你的張良計，姑奶奶亦自有她的過牆梯，大家互騙一次，兩下扯平。」

韓柏首次感到自己成了這世上最大的笨蛋。范良極的傳音進入他耳內道：「認輸吧！我早說過她厲害的了。」

盈散花掩嘴笑道：「隔鄰的是否大賊頭范良極，我在這裏也可以嗅到他從那小洞傳過來的臭煙味。」

范良極的憤怒聲音傳來道：「莫忘了你是在我的船上，看我把你這女妖賊治個半死。」

盈散花哈哈笑道：「同行三分親，包管你很快便對我愛護也唯恐不及，說不定還會愛上我呢！」

范良極怪叫一聲：「氣死我了！」「砰！」一聲撞門而出，不知到哪去了。

盈散花向秀色皺眉道：「你還要抱他多久？」

秀色的吻雨點般落到韓柏臉上，道：「柏郎不要惱我，秀色會好好補償你。」

韓柏忽地覺得一切都不眞實起來。只希望現在只是一個噩夢，很快便會醒過來，那時一切或會回復正常了。

風行烈攜著三位嬌妻美妾和俏婢玲瓏，悄悄抵達南康。五人棄舟登岸，改乘當地雙修府屬下早爲他們備妥的馬車，進入城內，正値清晨時分。車廂內有三排座位。谷倩蓮和白素香坐前排，風行烈和谷姿仙居中，小俏婢玲瓏在後。

谷姿仙扭身向後面正大感興趣，透過窗簾往外觀看的玲瓏微笑道：「小丫頭是第一次離開雙修府到外面來，感覺如何呢？」

玲瓏興奮地低喚道：「小婢聽就聽得多了，原來眞是這麼熱鬧的。」

風行烈聽她語氣天眞可人，回頭向她柔聲道：「到了京師，你才知道甚麼是繁華世界呢。」

玲瓏哪敢和風行烈明亮懾人的眼神相觸，垂下頭去，玉臉通紅，羞澀得手足無措，微「嗯！」一聲，算是答了。

谷倩蓮收回看往街上行人的目光，向玲瓏笑道：「待會求香姊把我們打扮成男裝，我便帶你到街上逛逛，讓你這鄉巴佬一開眼界。」

玲瓏吃驚道：「不！玲瓏要服侍姑爺和小姐啊！」

谷姿仙向倩蓮瞪眼責備道：「小蓮你最好給我安分守己，你當我們是來遊山玩水嗎？」谷倩蓮吐吐小舌頭，向玲瓏做了個無可奈何的表情，轉回頭去。

風行烈見有人能管治這最愛頑皮生事的小精靈，不由莞爾。

谷倩蓮給他送上迷人的笑容，快樂地轉回頭去，和白素香唧唧噥噥耳語起來。聽著兩女傳來銀鈴般的輕笑聲，風行烈感到一片溫馨，伸手過去，握緊谷姿仙的柔荑。

谷姿仙反抓著他，深情地瞅了他一眼道：「行烈，姿仙有點擔心。」

風行烈點頭道：「你是否想到方夜羽？」谷姿仙點了點頭，沒有再說話。

馬車這時駛進「安和堂」的後院去，門關上後，停了下來。風行烈是第二次到這外進是藥材鋪、內進是住宅和製藥工場的院落的安和堂來。不由想起上次谷倩蓮帶他來時，不先說明，使他誤會了是在亂闖。

一會後五人來到當日他與谷倩蓮調情的偏廳內，那莫伯早恭迎一旁。眾人在廳內椅子坐定，莫伯歡喜地道：「恭喜小姐！現在所有人都放心了。」接著不勝欷歔長嘆道：「想到我莫商還有踏足故土的可能。便忍不住流下淚來。」

谷姿仙俏臉一紅，偷看了自己種情愈深的夫君一眼。風行烈感受到莫伯語氣間對故國深切的情懷，暗下決心，定要助他們打敗年憐丹，取回無雙國。

莫伯平定情緒，道：「我們依小姐吩咐，把我府與里赤媚等的戰況廣爲傳播，現在弄得天下人盡皆知。浪翻雲這一出手，立即鎮住了整個武林，使方夜羽聲勢大爲削弱；除非龐斑立即出手對付浪翻雲，否則很多在目前仍搖擺不定的幫會門派，將只會明哲保身，隔岸觀火，試問誰還肯開罪或惹上浪翻雲？」谷姿仙暗忖假若龐斑把與浪大哥的決戰提前，究竟是福是禍呢？莫伯續道：「而且夢瑤小姐亦親自出手對付方夜羽，她的身分非同小可，隱爲白道至高無上的精神領袖，代表著兩大聖地，八派聯盟豈能全無反應，所以八派在京師舉行的元老會議將會作出決定，是否要插手到現仍基本局限在黑道的爭鬥裏。」

谷姿仙低聲問道：「我們在八派內的眼線，有沒有八派對阿爹還俗作出反應的消息呢？」

莫伯道：「其他人說甚麼，不講也罷！總之不會是甚麼好話。反是無想僧的反應最奇怪，只罵了聲『好小子！』便不置一詞，看來還是他最超然和看得透。」

谷姿仙點頭道：「爹說這人是小事糊塗，但到了重要關口，卻絕不含糊，看他肯任由阿爹處理馬峻聲的事，已可見一斑。」

風行烈因曾答應浪翻雲協助怒蛟幫，所以最關心亦是這方面的事情，問道：「怒蛟幫現在形勢如何？」

莫伯有點不知從何說起，想了好一會才道：「情況錯綜複雜至極點，勉強說來，則要分三方面報導。首先是怒蛟幫忽然銷聲匿跡，只要想想他們龐大的船隊，便可知這是一個奇蹟，由此推之，凌戰天和翟雨時確是非凡之輩，早預見會有此一朝，才可以幹得如此漂亮。」

白素香奇道：「如此爲何莫伯還像很擔心的樣子？」

莫伯一向疼愛白素香和谷倩蓮，慈祥一笑道：「我擔心的是戚長征，此子算神通廣大，竟屢破方夜羽向他撒下的天羅地網，現在更招搖過市，公然向方夜羽挑戰，若方夜羽眞的拿他沒法，方夜羽就不用再在江湖上混了。因此我才擔心他的安危。若他有任何不測，對怒蛟幫打擊之大，可能只僅次於浪翻雲，因爲他現在已成了武林景仰的英雄。」

風行烈點頭道：「戚長征目前的處境確是非常危險，若我猜得不錯，方夜羽是故意造成這等局面，逼怒蛟幫現身，加以屠戮。」

莫伯點頭道：「這正是江湖上最流行的一個說法，因爲戚長征雖是不凡，可是方夜羽只要派出紅顏白髮這類高手，保證戚長征會飲刃當場。可是當我作了個深入的調查後，根據方夜羽和楞嚴兩方面人馬的調動情勢，判斷出戚長征是眞的已進入絕頂高手的境界，是憑著實力保命至這一刻的。」

風行烈等一起動容。至此風行烈才知道莫伯是第一流的情報專才，否則無法拋開江湖上種種說法的影響，獨特地分析判別出確實情況。

莫伯嘆道：「這還不是我最憂慮的事。」

谷倩蓮嬌嗲道：「莫伯莫要呑呑吐吐，快點說給倩蓮聽吧！」

莫伯無奈笑道：「你這小靈精，除了小姐外，沒有人可治你了。」

谷姿仙道：「現在有行烈爲她撐腰，我也拿她沒法呢。」

眾人笑了起來，不過心懸莫伯剛才說的話，都笑得非常勉強。

莫伯向谷姿仙道：「我前天接到一個驚人的消息，就是方夜羽和里赤媚秘密離開了武昌，看樣子應是到京師去，所以我想請求小姐和姑爺暫避一避，因爲說不定他們是要來對付你們。」

風行烈和谷姿仙等同時色變，明白了莫伯擔憂何事。要知方夜羽和里赤媚若可隨意離開，那證明了即使沒有他們在，留下的力量仍可足夠對付怒蛟幫和任何想幫助這黑道大幫的勢力，這當然包括雙修府在內。那問題就來了，怒蛟幫論武功有凌戰天和戚長征、論智計有翟雨時，加上雙修府和風行烈，實力不可輕侮，而方夜羽和里赤媚仍敢抽身離去，那即是說，他留下的人裏有著能對付以上所有人的厲害人物在坐鎮著大局。谷姿仙望著風行烈，把決定權交給了自己的男人。

莫伯轉向風行烈道：「方夜羽手上控制著的幾股勢力：包括了卜敵和毛白意的尊信門、乾羅舊日的勢力，萬惡沙堡與逍遙門，還有一群江湖上頭有懸賞價格的劇盜，正往戚長征曾公然現身的長沙城趕去，目的不問可知。」

風行烈訝然道：「這眞的奇怪，戚長征是吃慣江湖飯的人，理論上應是隱蔽行藏的時刻，爲何要弄得好像人人都知道他在那裏的樣子？」

三女一起動容，對風行烈縝密的心思佩服不已，亦對戚長征的行爲感到奇怪。

莫伯亦佩服地道：「姑爺一眼便看破了最關鍵的地方，我們追查過消息的來源，雖不得要領，但肯定有人蓄意將這戚長征的行蹤傳播開來，否則不會在那麼短的時間內弄得天下皆知。」

白素香道：「這散播消息的幕後人很有可能是方夜羽的人，目的仍是使怒蛟幫的人沉不住氣。」

谷姿仙道：「官府方面有甚麼動靜？」

莫伯道：「胡節的水師把怒蛟島重重圍住，又派人佔領了怒蛟島，至於爲朝廷效力的高手，包括了展羽在內，則仍是行蹤隱秘，教人看不破他們下一步的行動。」

風行烈嘆了一口氣道：「目前最需要援手的看來是戚長征。」望向谷姿仙道：「我們改變行程吧！

先到長沙城去，看看有甚麼地方可以幫上一把，否則我會感到有負你浪大哥所託。」

谷姿仙欣喜道：「姿仙全聽烈郎的吩咐。」轉向莫伯道：「明天一早我們從陸路趕往長沙，莫伯給我們安排一下吧！」

谷倩蓮失望地向玲瓏道：「暫時不能帶你這丫頭到京師去開眼界了。」

白素香笑道：「小蓮也暫時見不到那范老賊和韓小賊了。嘻！你昨天不是告訴我，他們很好玩嗎？」

谷倩蓮不依道：「以後我再不告訴你任何事了，竟當著行烈笑人家。」

風行烈爲之莞爾，問莫伯道：「有沒有年老妖的消息？」

莫伯眼中射出深刻的仇恨，道：「他應無疑問是到京師去了。」

谷姿仙向風行烈送出個迷人的笑容，道：「行烈！玲瓏先服侍你到客房休息，我們和莫伯要安排一下赴長沙的瑣事。」

谷倩蓮嘻嘻一笑，摟著玲瓏道：「你代我們陪夫郎了。」

風行烈望著羞紅了臉的玲瓏，心中湧起難言的滋味。

戚長征昂首闊步，沿著小巷深進。寒碧翠小鳥依人般傍在他旁，想到的卻是褚紅玉被制的高明手法，暗忖若解不了她的禁制，豈非會被鷹飛竊笑中原無人，可恨自己又眞的是沒有破解的把握。

戚長征停在一間普通的小平房前，向她問道：「是否這一間？」

寒碧翠一震醒了過來，記起了到這裏來是幹甚麼事，立時臉紅過耳，一咬銀牙，越牆而入，低嗔道：「來吧！」

戚長征追在她背後，看著她動人的背影，竟不由自主地暗想道：「放著如此身分崇高的美女不追，日後定會後悔不已，可是如此把她得到，又像非常不妥，究竟我老戚應如何取捨呢？」

兩人來到屋內小廳裏。寒碧翠轉過身來，兩手收往背後，挺起胸脯，閉上美目道：「戚長征你若問過良心都沒有問題，隨便欺負碧翠吧！」

戚長征愕然望向神態撩人的寒碧翠，氣往上湧，原來這成熟的美女直至此刻仍不是心甘情願向自己獻出肉體，還在耍賴皮。自己本可乘機戲弄她一番，到最後關頭才停手，看看她的窘態。可是這樣做卻太沒有風度了，冷哼道：「我的良心一點不妥當的感覺也沒有，但老戚從不勉強女人，我這就去找紅袖，你便回去當你永不嫁人的貞潔掌門好了。」

寒碧翠猛地睜開美麗的大眼睛，俏臉氣得發白道：「去罷去罷！到街上隨便找個女人幹你的壞事吧！我寒碧翠發誓以後不再理你了。啊！」

最後那聲驚呼是因戚長征移了過來，把她整個嬌軀攔腰抱起，往內房走去。寒碧翠渾身發軟，玉手無力地纏上戚長征的脖子，俏臉埋在他的寬肩裏，渾身火燒般發著熱。

戚長征開懷笑道：「終於肯承認愛我老戚了，這樣我辦起事來才夠味道。」

寒碧翠一顆芳心忐忑狂跳，不要說出言反對，連半根指頭都動不了。

戚長征坐到床沿，把她放在腿上，硬扳著她巧俏的下巴，細看嬌容道：「你再不張開眼睛，我的手可不會對你客氣了。」

寒碧翠嚇得張開俏目，滿臉紅暈嗔道：「你這樣摟抱人家，算是尊重嗎？」

戚長征道：「甚麼？你帶我到這偷情的好地方來，原來是給我機會表現對你的尊重嗎？」

寒碧翠招架不住這歡場老手的花語，嚶嚀一聲，偏又不能別過臉去，更不敢閉上眼睛，只見這「惡棍」一對色眼，盯緊自己爲扮男裝緊裹了的酥胸，更是身軟心跳，一邊感覺著身體與對方的親密接觸，嗅著對方強烈的男人氣息，默然無語反駁。

戚長征在她唇上輕吻一口後道：「不如這樣吧！你乖乖的答應嫁我爲妻，那今天就當我是預支大掌門的初夜，噢！應是『初日』才對，那我便不用問過良心，亦受之無愧了。」

寒碧翠一震下清醒過來，按著他肩頭坐直嬌軀，幽幽瞅了他一眼，道：「你這人眞懂得寸進尺。」接著輕嘆一口氣，白了他一眼道：「就算你現在立即收手，可是人家這樣給你抱過，若眞要嫁人，也只好將就點嫁給你算了。但我寒碧翠並非普通待嫁的閨女，要人下嫁你，還要約法三章。不過這都是找話來說，因爲直到此刻我仍未考慮破誓嫁人。噢！不要那樣瞪著人家，最多我要嫁人時，第一個考慮你吧！」

戚長征湧起被傷害了的感覺，暗忖我征爺肯娶你爲妻，已是你三生有幸，保證讓你生活得快活無邊，但現在這樣明著表白不肯嫁給我，我老戚若佔有了她，還是因她對自己做了件化凶爲吉的好事，自己豈非變了乘人之危的卑鄙小人。下了決心，將她移到一旁坐好，然後長身而起，往房門走去。

寒碧翠臉上現出愛恨難分的神色，低喚道：「戚長征！你到哪裏去。」

戚長征立定坦然道：「去找個不會令我良心不安的女人共赴巫山。」

寒碧翠淡淡道：「爲何你如此沒有自制力？不達目的，誓不罷休呢？」

戚長征嘆了一口氣道：「但願我能告訴你原因，或者這是個心理的問題，又或是生理的問題。大戰瞬即來臨，老戚自問生死未卜，很想荒唐一番，好鬆弛一下緊張的神經，就是如此而已，這答案大掌門滿意嗎？」寒碧翠看著這軒昂男兒氣概逼人的背影，秀目異采連閃，卻沒有說話。

戚長征沒有回過頭來，心平氣和地道：「若大掌門再無其他問題，我要走了！」

寒碧翠狠聲道：「若你這樣走了，寒碧翠會恨足你一輩子。」

戚長征一震轉身，不知所措地看著她。寒碧翠垂頭坐在床沿，低聲道：「告訴我！男人愛面子，還是女人愛面子？」

戚長征苦笑道：「無論男女，誰不要面子？不過女人的臉皮應是更薄一點的。唉！起碼是嫩滑點。」

寒碧翠嗔道：「現在人家甚麼薄臉嫩臉都撕破了，肯與你苟且鬼混，你還想人家怎樣呢？我可是正正經經的女兒家。」接著以微不可聞的聲音道：「女人若給你奪了她的第一次，以後便將是你的人了，碧翠何能例外？你難道仍不明白人家的心意嗎？」

戚長征喜上眉梢，到她身旁坐下，摟著她香肩親了她臉蛋一口笑道：「這才像熱戀中的女人說的甜話兒，現在我又不想佔有你了。」

寒碧翠愕然道：「你轉了性嗎？」

戚長征嘻嘻笑道：「我一向追女人都是快刀斬亂麻，劍及履及，直截了當，但和大掌門在一起時，卻發覺只是卿卿我我，已樂趣無窮，所以又不那麼心急了。」

寒碧翠被他的露骨話弄得霞燒雙頰，氣苦道：「拿開你的臭手，若你現在不佔有本姑娘，以後休想再有機會。」

戚長征臉皮厚厚地一陣大笑，好整以暇脫掉長靴，又跪了下來為寒碧翠脫鞋，心中暗笑；我老戚對付女人的手段，豈是你這男女方面全無經驗的姑娘家所能招架？

寒碧翠見他似要為自己寬衣解帶，手足無措地顫聲道：「你又說不要，現在……噢！真的又要……嗎？」

戚長征握著她脫掉鞋子的纖足，把玩了一會，將她抱起放在床上，然後爬了上去，躺在她身旁，把她摟個結實，牙齒輕嚙著她耳珠道：「老戚累了，陪我睡一覺吧！」

寒碧翠心顫身軟，空有一身武功，偏是無半分力氣把這男人推開。戚長征不知是真是假，氣息轉趨均勻悠長，竟就這樣熟睡過去。寒碧翠暗嘆一聲罷了，閉上美目。寒碧翠迷迷糊糊裏，又兼奔波折騰了一天一夜，嗅著戚長征的體息，竟亦酣然入睡。這對男女就如此在光天化日下，相擁著甜甜地共赴夢鄉。

第五章 姹女心功

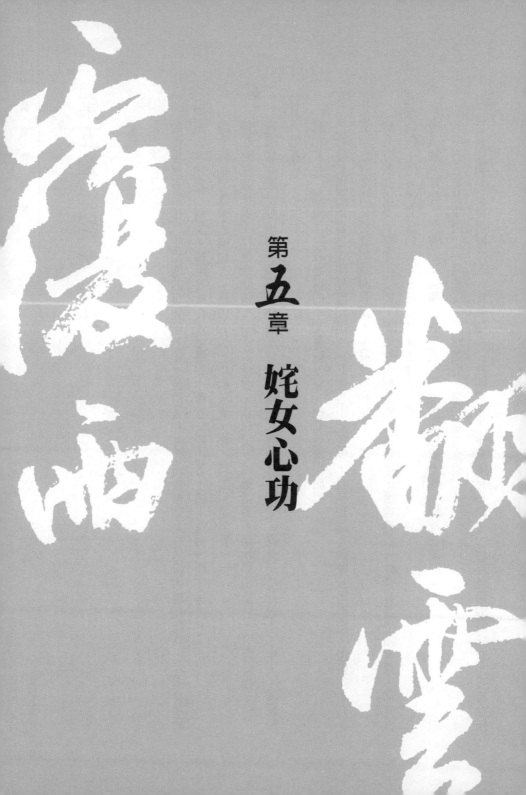

第五章 姹女心功

韓柏垂頭喪氣推門走出他的專使房，留下盈散花和秀色這兩個妖女在他房中慶祝勝利，往秦夢瑤的房間走去，才走了兩步，給范良極在後老鷹捉小雞般一把抓著，擒了進另一間空房去。

陳令方跟了進來，嘆道：「爲山九仞，功虧一簣，唉！可能只是半簣。」

韓柏對范良極攤手作無奈狀道：「不要怪我，連你這老賊頭都看不穿她們的詭計，怎能怪我？」

范良極兩眼一翻道：「不怪你怪誰？你這浪棍給那秀色嗲上兩句，靈魂兒立即飛上了半天，連爹娘姓甚名啥都忘了。」

韓柏神色一黯道：「我是眞的不知爹娘是誰，想記也無從記起。」

范良極知道語氣重了，略見溫和道：「其實也不能怪你，我早知這女飛賊狡猾至極，但仍想不到她完全看穿你既多情又心軟的致命弱點，累得我也輸慘了。」

陳令方獻計道：「無毒不丈夫，不如乾脆把她們兩人殺了，至於她們另外還有甚麼撒手鐧，那時再兵來將擋，憑我們鼎盛的人才，有甚麼會應付不了？」

范良極「啐啐」連聲道：「還自號惜花，居然如此心狠手辣，要摧花滅口。」

陳令方若無其事道：「老夫又未見過她們，怎知是否應惜之花？」

范良極重新打量著陳令方，恍然道：「我明白了！原來陳兄心動了，想見見那兩個妖女，看看女妖精究竟是如何誘人。」

韓柏自言自語道：「不如我對盈妖女也來個霸王硬上弓，哈。」

范良極嗤之以鼻道：「你征服了秀色嗎？她收拾了你才眞。韓大浪棍啊！人家是以文比贏了我們，若你和我稍有點大丈夫氣概，亦只能用斯文漂亮的方法，勝回一局，就像和棋聖陳下棋那樣。靠的是棋術，而不是旁門左道的卑鄙手段。」

韓柏自知理虧，老臉一紅，囁嚅道：「你這老小子有時也有些撞得正的歪理。」

「呀！」門給推了開來。秀色探頭進來道：「小姐著我來問三位大爺，哪間房是給我們的？」眼光深注在韓柏臉上，若有所思。

陳令方一看下色授魂與，走了過去道：「這個讓我來安排一下，我隔鄰那間房應可空出來的。」

范良極看著房門關上，聽著兩人離去的足音，頹然道：「我們現在手上剩下的籌碼所餘無幾了，眞可能鬥不過她們，將來傳了出去，我和浪翻雲再不用在江湖上混了，瑤妹則須回慈航靜齋懺悔，你這降格的小淫蟲大俠，則應像白癡般被關起來。」

韓柏對牢獄最爲忌諱，聽到「關起來」三字，勃然大怒道：「死老鬼！看我的吧！我定要把這兩個妖女徹底收服，以後都要看我的臉色做人，始肯罷休！」

范良極冷冷道：「你好像忘了盈妖女是不喜歡男人的。」

韓柏傲然道：「這才顯得出我的手段和本領。」

范良極還要說話，秦夢瑤的聲音傳入兩人耳內道：「大哥請讓韓柏到我房裏來！」

兩人對望一眼，都奇怪秦夢瑤爲何會主動邀請韓柏到房內密談。范良極向韓柏打了個曖昧至極的眼色，指了指他藏在衣袖內的秘戲圖。韓柏會意，猛點了兩下頭，不懷好意的無聲一笑，出房去了。

「咯咯咯！」秦夢瑤的聲音在房內響起道：「請進來！」

韓柏這時早忘了盈秀兩女，心臟不爭氣地忐忑跳躍起來，推門進去。秦夢瑤一身雪白，淡然自若坐在臨窗的太師椅處，含笑看著他。

韓柏摸了摸袖內的寶貝，戰戰兢兢坐到几子另一邊的椅裏，嘆道：「韓柏有負所託，終鬥不過那兩個妖女。」

秦夢瑤柔聲道：「戰事才剛開始，誰知勝敗？而且我看最後也沒有任何人能分得出究竟誰勝誰敗。」

她的話隱含深意，韓柏不由思索起來。秦夢瑤微微一笑道：「韓柏你是雖敗猶榮，因爲她們利用的是你的優點而不是缺點——那就是你善良的本性和多情，所以只要你明白了她們勝你的關鍵所在，便可以之反過來對付她們。」

韓柏仔細玩味著她的話，一拍大腿道：「我明白了，她們能勝我，就是看穿了我既善良又多情，那就是說她們對我的印象其實很好，哼！」忽地愕然向秦夢瑤道：「爲何你不喚我作柏郎，而叫我作韓柏？」接著顫聲道：「天！你變回以前那末下凡前的樣子了！」

秦夢瑤失笑道：「你好自爲之了，你因受挫折，魔功大幅減退，所以影響不了我的慧心，使我恢復了劍心通明的境界。雖然希望不高，說不定不用你的幫助，也可接回斷了的心脈，你說你是否應好自爲之呢？」

韓柏嗒然若失，那本好東西更不敢拿出來丟人現眼，忽然湧起意冷心灰的強烈感覺，站了起來，頹然往房門走去。

人影一閃，秦夢瑤攔在門處，優閒地挨著木門，仰起天仙般的俏臉，愛憐地輕責道：「夢瑤只是想振起你韓柏大甚麼的意志，哪知你這小子變本加厲，夢瑤收回剛才那些話吧！沒有了你，夢瑤必然活不過百日之期，亦不會感到稱心遂意。」

韓柏一震下抓著她兩邊香肩，大喜道：「原來你在騙我！我還以為自己在你面前一點用處也沒有了，而且你還像不再傾心於我的樣子，眞是嚇壞我了，唔！你定要賠償我的損失。」一對眼賊兮兮地在她身體巡視著。

秦夢瑤眼神清澈澄深，淡然道：「你若下得了手，要夢瑤賠償甚麼就賠甚麼吧！」

韓柏和她眼神一觸，慾念全消，還生出自慚形穢的心，鬆手連退兩步，頹然道：「對著夢瑤我眞的不濟事了，怎辦才好？」

浪翻雲的聲音傳入兩人耳內道：「小弟你過來！」

玲瓏打開了客廂內小廳的兩扇大窗後，垂著頭背著風行烈道：「小婢到房內弄好被鋪，再服侍姑爺沐浴更衣。」

看著她巧俏的背影消失房內，風行烈解下背上的丈二紅槍，放在几上。舒服地伸展了一下筋骨，挨在椅上，手往後伸，十指扣緊，放在頸後，權充枕頭，想著一些問題。以方夜羽的龐大勢力，年憐丹的武功才智，為何莫伯可以如此肯定地掌握了年憐丹和那兩位花妃的行蹤呢？假若是方夜羽故意如此佈局，讓人知道年憐丹是往京師去，又有甚麼目的呢？他費神思索了一會，始終猜不破其中玄機，索性閉目假寐養神。一會後，玲瓏的足音響起，往他走過來。風行烈暗忖，這妮子的步聲輕巧，武功顯然相當精純，怪不得谷姿仙放心讓她跟來涉險。玲瓏來到他旁，不知如何是好。風行烈睜開眼來，懶洋洋地望著這美麗的小俏婢。玲瓏正拿著一雙又大又明亮、純眞可愛的眸子在瞧著他，與他目光一觸，嚇了一跳，嬌羞地垂下頭去，顫聲道：「姑爺請隨小婢到房內去。」風行烈嘴角逸出笑意，站了起來，順手拿起放著丈二紅槍的革囊。玲瓏慌忙在前引路。風行烈步入房內，見到房中有一個大木盆，放了半盆清水，房的另一角安了個燃著了的炭爐，爐火上的大水鐺，正發出沸騰著的水響聲。他心中奇怪，難道畏怯的玲瓏，竟敢爲自己洗澡嗎？那定是非常誘人的一回事。玲瓏來到澡盆旁，背著他俏立著。

風行烈知她害羞，來到她身後，低聲道：「玲瓏你到鄰房休息吧！我會打理自己的了。」

玲瓏一顫回過頭來，驚惶地望向他道：「不！小姐要小婢服侍姑爺的。」抖著手爲他脫下外袍。

風行烈心中一蕩，微俯向前，在離她俏臉不足兩寸許處道：「你眞要伺候我入浴嗎？」

玲瓏像下了決心似的，勇敢地點頭道：「小婢終身都要服侍小姐和姑爺。」

風行烈憐意大生，伸手抓著她香肩，入手處豐滿腴滑。玲瓏呻吟一聲，倒入他懷內，身子像火般發燙。風行烈把她擁緊，心中卻沒有半絲慾念，有的只是愛憐之意。

玲瓏仰起俏臉，不勝嬌羞道：「讓小婢先服侍姑爺寬衣沐浴，否則小姐會怪我服侍不周的。」

風行烈的身體忽地僵硬起來。玲瓏嚇了一跳，以爲惹得這英俊瀟灑的姑爺不高興，正要說話，風行烈把手按著她的小嘴，神色凝重地輕聲道：「有高手來了！」

韓柏有負所託，羞慚地坐在浪翻雲的對面。

浪翻雲含笑看了他一會後，道：「老范說得不錯，若我們不助你收拾盈散花，我們這些老江湖哪還有面子在江湖上混飯呢。」

韓柏信心全失道：「這兩個妖女如此高明，我怕自己不是她們的對手。」

浪翻雲點頭道：「天地間的事物從不會以直線的形式發展，不信的話可看看大自然裏的事物，人為的除外，哪有直線存焉！所以山有高低、水有波浪、樹木有曲節，練武亦然，尤其是先天之道，更是以高低起伏的形式進行。」韓柏若有所悟地點頭受教。浪翻雲續道：「你在對付她們前，因被夢瑤蓄意的刺激，猛跨了一大步，臻至前所未有的高峰，所以遇到這大挫折，跌得亦比以往任何一次更低更慘，卻不知若能捱過這低谷，將會創造出另一大突破，那時你又可破去夢瑤的劍心通明了。」

韓柏先是大喜，旋又頹然道：「可是我現在信心全失，好像半點勁兒都沒有的樣子。」

浪翻雲沉吟片晌，緩緩道：「小弟是否很多時候會忽地生出意冷心灰的感覺，甚麼都不想做，亦提不起勁去爭取呢？」韓柏點頭應是。

浪翻雲正容道：「那只因你的魔種是由赤尊信注入你體內，沒有經過刻意的鍛鍊磨礪。明白了這點，你即知道振起意志的關鍵性，否則過去一切努力，將盡付東流。」

韓柏一震道：「那我現在應怎麼辦？」

浪翻雲道：「夢瑤說得對，你看似一敗塗地，其實仍未眞的輸了。若我猜的不錯，這妙計必是秀色想出來的，當她與你歡好時，憑直覺感到你善良多情的本質，也就是說，她對你生出眞正的瞭解，那是用上了全心全靈才能產生的感受，尤其在你們那種敵對的情況裏。」

韓柏神態倏地變得威猛起來，但仍有點猶豫道：「大俠是否暗示她其實愛上了我，但為何又要和盈妖女來玩弄我呢？」

浪翻雲道：「這問題非常複雜，秀色若真的愛上了你，又或對你生出愛意，當然要弄清楚那征服了她肉體的人是不是你，只有揭穿了你，她才可像現在般跟在你身旁，看看有甚麼法子可把你從她心中趕出去。」

韓柏失聲道：「甚麼？」

浪翻雲淡然道：「不要訝異，秀色精於姹女之術，自然不可鍾情於任何男子，否則身心皆有所屬，還如何和其他男人胡混？」

韓柏吁出一口氣，道：「現在我給弄得糊塗了，究竟應怎辦才好？」

浪翻雲道：「你要設法傷透秀色之心，使她首次感到愛的痛苦，才可以使她甘心降服。若攻破了秀色這一環，使盈散花失去了伴侶，必然沒法子平靜下來，而對你恨之入骨，那時只要你能把她的恨轉成愛，將可漂亮地贏回一局，說不定連她們的老本都吃了。」

韓柏兩眼閃起精芒，像變了另一個人似的。

「篤……篤篤……篤。」銅環叩門的聲音傳入耳內。戚長征和寒碧翠同時醒來。

寒碧翠依依不捨爬了起來，在他耳旁道：「這是我們丹清派叩門的手法，表示有十萬火急的事找我，你好好躺一會，碧翠再來陪你。」

戚長征一把扯著她，懶洋洋道：「陪甚麼？」

寒碧翠俏臉一紅道：「睡也陪你睡了，還想人家陪你幹甚麼？」掙脫他的手，出房去了。

戚長征心中甜絲絲的，暗忖這俏嬌娘確是非常有味道，尤其她那永不肯降服的倔勁兒，確是誘人至極。

開門關門聲後，一個陌生的聲音響起道：「李爽參見掌門！」

寒碧翠的聲音在廳內響起道：「不必多禮，李師兄這樣來找我，必是有十萬火急的事。」

李爽像知道了戚長征在房內般，壓低了聲音，說了一番話。戚長征心中一懍，知道李爽說的必是與自己有關，可恨卻不知他們談話的內容。兩人再談了一會後，李爽告辭離去。寒碧翠神色凝重回到房內，坐到床沿處。戚長征毫不客氣，一把將她摟到床上，翻身把她壓著，重重吻在她的香唇上。出乎意料之外，寒碧翠以她稚嫩的動作，對這「眞正」的初吻作出熱烈反應。良久後才分了開來，兩雙眼睛難捨難分地交纏著。

戚長征待要再親她，寒碧翠道：「讓我歇一會好嗎？碧翠有重要的話和你說啊！」

戚長征經這小睡，精足神滿，這樣和美女在床上廝磨，情火狂升道：「若是有關我老戚的安危，不說也罷，那是我早預料的，現在我眞的滿腦子邪思，不管你是否肯嫁我，也要把你佔有呢。」

寒碧翠哪會感覺不到他的強烈慾望，俏臉通紅，仍強作平靜地柔聲道：「現在已不是你個人的事了，方夜羽正式向我們下了戰書，今晚子時到來和我們算幫助你的賬。」

戚長征一震下慾火全消，駭然道：「甚麼？」

寒碧翠道：「現在他們的人把長沙城完全封鎖，逃都逃不了。」

戚長征呆了一呆道：「我豈非害了你們。」

寒碧翠平靜地道：「你說錯了，是我們害了你才對。」

戚長征當然明白她的意思，在這樣的情況下，他亦被迫要和寒碧翠並肩打一場勝算甚微的硬仗，那也就是說他失去了以往進可攻、退可逃的靈活之勢。

戚長征吻了她一口，嘻嘻笑道：「現在離子時還有一大段時間，我們應否先尋歡作樂呢？」

寒碧翠伸出纖手把他摟個結實，熱情如火。

戚長征心中一震，終於明白了寒碧翠剛才被吻時爲何如此熱烈。因爲她知道極可能再沒有明天了。

「鏘！」丈二紅槍接了起來。風行烈剎那間閃過無數念頭，最後決定了不往聲響傳來的東南方追出去。道理非常簡單，安和堂並非一處沒有防衛的地方，恰好相反，因他們的到來，莫伯從附近調來了三十六名好手，不分晝夜護衛他們。而在安和堂的四周，則另有百多人佈下警戒網，注視著所有接近該處的疑人。現在敵人既能無聲無息地潛到安和堂內，自然是除去了其中一些崗哨，從破口潛了進來，只從這點推之，就知道對方是第一流的高手。假若對方針對的人是他風行烈或谷姿仙，則極可能是里赤媚和年憐丹之輩，否則怎敢前來生事。繼而再想，若對方的目標是他風行烈，大可公開搦戰，不用如此偷偷摸摸，所以對方的獵物，必是谷姿仙無疑。風行烈差不多肯定了來襲者必是年憐丹，因他被浪翻雲擊傷仍未痊愈，才會如此耍手段，換了里赤媚，大可光明正大闖進來，誰能攔得住他？所以風行烈聽到在東南方屋簷處傳來的異響，便料定只是調虎離山之計。

風行烈摟著玲瓏推門而出，來到天井裏，以內勁逼出聲音狂喝道：「年憐丹來了，快保護公主！」聲音傳遍安和堂。「砰！」風行烈撞入另一屋內，由另一邊門衝出。眼前長廊伸延，只要轉左，就抵達谷姿仙等所在那偏廳外晾曬藥材的大天井。四周人聲響起，顯是紛紛趕往保護谷姿仙。風行烈心中稍安，仍不敢稍有延誤，拖著小玲瓏，全速往前掠去。兩道劍光，分由兩邊屋頂破空而下。風行烈計算對方的勢子速度，暗嘆一聲，知道若不停下招架，給對方取得攻勢先手，更難脫身，唯有甩手將玲瓏送出去，喝道：「去保護小姐，我即刻來！」玲瓏倒也精乖，頭也不回，足不沾地順勢往前掠去。兩把劍這時已刺至近處，劍氣撲體而來，發出嗤嗤之聲，氣勢懾人至極。

風行烈看也不看，丈二紅槍施出「燎原槍法」三十擊裏的「左右生風」，槍尖先點往左方，一觸對方劍尖，槍尾立時往另一方吐去。「鏘鏘！」兩聲激響。來人分別飄往風行烈前後兩方，成了合圍之勢。前方的美女紫紗飄拂，面籠輕紗，正是年憐丹其中一位花妃，丰姿綽約，神秘邪艷。後方的花妃一身黃紗，也以輕紗罩臉，體態尤勝那紫紗花妃三分。兩女尚未站定，已挽起劍訣，劍尖在窄小的空間裏不住變換，隱隱封死了風行烈所有進退之路。同一時間偏廳那方傳來兵刃交擊和慘叫聲。風行烈一見兩女劍勢，立時大感頭痛，因兩女單挑獨鬥，誰也不是他百招之敵，但聯合起來，要擋他一時半刻，卻絕非難事。

紫紗妃嬌笑道：「公子陪我們姊妹玩一會兒吧！」風行烈心懸嬌妻，哪有時間陪她們調笑，冷哼一聲，施出三十擊裏最凌厲的「威凌天下」，一時槍影翻滾，長江大河般往紫紗妃潮湧過去。紫紗妃夷然不懼，一聲嬌叱，掣起千重劍影，迎了上來。槍劍交擊的「叮叮」聲裏，紫紗妃輸虧在內力稍遜，劍勢散亂。風行烈待要乘虛而入，背後寒氣逼來。他心中懍然，知道身後的黃紗妃功力更高，無奈下放棄眼前良機，橫移開去退出長廊，踏足草坪，變成面對著兩女。兩女齊聲怒叱，兩把劍彈跳而起，組成一張劍網，往他罩來。風行烈早知對方必有聯擊之術，仍猜不到能如此威力倍增，這時遠處又再連續傳來三聲慘呼，顯示形勢非常危殆。風行烈猛一咬牙，人槍合一，硬生生撞入對方劍網裏。紫紗妃的劍尖在風行烈右肩處劃過，深幾見骨，黃紗妃的劍亦狠狠在風行烈右腰擦過，去掉了一層外皮，眞是險至極點。但劍網亦被徹底破去，紅槍在剎那的時間裏，槍頭槍尾分十次敲在兩把劍上，把兩女殺得左支右絀。三人乍分倏合，變成近身搏鬥，亦等於破了兩女合成的劍陣，兩女被迫各自爲戰。

紫紗妃當長劍被風行烈格開時，另一手驀地伸出，五指作爪形往他胸前抓來。黃紗妃和紫紗妃合作已慣，立即配合攻勢，捨劍不用，移往風行烈右後側，反手一指點向風行烈背心。風行烈眞是愈戰愈驚，想不到兩女如此厲害，行個險著，不理抓往胸前那一抓，扭身一槍往武功較強的黃紗妃那一指迎去。紫紗妃怒叱一聲，因風行烈扭轉了身體，變成抓在他肩膀處，暗忖這次還不教你肩胛骨盡碎，五指發勁運力，豈知對方肩頭生出反震之力，不但抓不碎對方肩胛，反被震得鬆開了手，她心中雖是駭然，仍迅速變招，手指往風行烈額角拂去，勁風颯颯。黃紗妃則想不到風行烈會把攻勢全集中到她身上，怎敢以手指去擋對方凌厲的一槍，無奈下往後退去，回劍守住中門。「噹！」擋了丈二紅槍一擊。風行烈是全力一槍，她卻是倉卒應敵，強弱立判。黃紗妃握劍的手痠軟無力，踉蹌而退。風行烈頭顱盡力後仰，避過了紫紗妃那一拂，紅槍由脅下飆出，激射向紫紗妃。紫紗妃亦是了得，右手的劍呼一聲迎頭往風行烈劈來。

這時黃紗妃劍交左手，又掠了過來。風行烈知道能否逃出重圍，就在這剎那之間，收攝心神，將對嬌妻的懸念全排出腦外，覷準劍勢，竟閃電出手，抓住了劍鋒，紅槍往對方小腹刺去。紫紗妃想不到風行烈有如此迅若閃電、精紗絕倫的手法，一聲驚呼，抽劍猛退。豈知這正中風行烈下懷，送出一股三氣合一的怪異勁道，透劍而去。紫紗妃一劍抽空，勁氣已透體而入，胸中如受雷擊，噴出一口鮮血，自己的力道再加上風行烈送來的勁氣，斷線風箏般拋跌開去。黃紗妃的長劍攻至。風行烈哈哈一笑，頭也不回，往前衝去，乍看似是要對紫紗妃痛下殺手。黃紗妃情急之下，不顧一切全力向風行烈追擊過去，豈知風行烈前撲的身形忽變成後退，槍尾由脅下穿出，與黃紗妃的長劍絞擊在一起。黃紗妃慘叫一聲，長劍脫手。風行烈後腳一伸，撐在她小腹處。黃紗妃噴出一口鮮血，拋跌開去，這還是風行烈的腳踢偏了點，否則保證她立斃當場。風行烈哪敢遲疑，全速往長廊另一端掠去，肩膀的劍傷亦無暇理會。

剛轉入天井，立時大叫不妙。地上橫七豎八躺了十多名大漢，或受劍傷、或被掌擊腳踢，都是一招致命。兵刃聲從偏廳另一邊的後園傳來。風行烈衝進廳內，只見窗戶檯椅全成碎片，地上又伏了十多條屍身，可知戰況之烈。他由破開了的後門掠入園裏，只見莫伯仰屍地上，雙目睜而不閉，胸前陷了下去。風行烈一陣惻然，這老人家終不能完成踏足故國的夢想。園外屍橫遍野，看來那三十六名高手，眼前應所餘無幾。風行烈壓下心中悲憤，凝起全身功力，掠過一片柳林，往打鬥和慘叫聲傳來處奔去。剛出柳林，入目的情景令他睚眥欲裂。年憐丹的寒鐵重劍，剛劈飛了僅餘的兩名高手，向谷姿仙、谷倩蓮、白素香和玲瓏四女逼去。四女都是釵橫鬢亂，臉色蒼白，嘴角逸血，均受了不輕的震傷。風行烈狂喝一聲，踏在屍體間的空地，全力一槍往年憐丹修長灑脫的背部刺去。

年憐丹心中暗懍，想不到風行烈能如此快速從兩位花妃處脫身出來。他本意是生擒谷姿仙，帶往秘處加以淫辱，此時當機立斷，倏地衝前，硬捱了谷倩蓮一下鍊子劍和玲瓏攻來的一掌，搶到谷姿仙身前，全力一劍劈在谷姿仙的長劍上。谷倩蓮的鍊子劍眼看可透肩而入，哪知年憐丹身體生出反震之力，只能劃出一道淺血痕。玲瓏更是不濟，一掌拍在對方肩側處，竟給對方肩胛一縮一聳，反震得跌飛開去。谷姿仙給他的寒鐵重劍劈在劍上，虎口爆烈，長劍噹啷墜地。年憐丹飛起一腳，朝她小腹踢去，誓要辣手摧花。這時風行烈的丈二紅槍仍在丈許開外。谷倩蓮則到了年憐丹後方三步許處，不及回勢。只剩下白素香在谷姿仙左側處，可是她長劍早被年憐丹砸飛，欲以空掌空腳為谷姿仙化解這一腳，眞似異想天開。谷姿仙的姿勢仍未從剛才那一擊回復過來，眼看命斃當場。白素香一聲尖叫，插入年憐丹和谷姿仙之間。「蓬！」年憐丹那一腳踢在白素香小腹處。白素香七孔鮮血噴出，倒入谷姿仙懷裏。

風行烈發出一聲驚天動地的狂喊，槍勢在悲憤中倏地攀上前所未有的巔峰，往年憐丹擊去。年憐丹臨危不亂，一足柱地，另一足屈起一旋，回過身來，寒鐵劍似拙實巧，劈在槍頭處。「轟！」勁氣交擊聲響徹全場。風行烈踉蹌往後倒退。年憐丹雖不退半步，但亦不好過，臉色轉作煞白，體內氣血翻騰，知道被風行烈這挾著無限悲憤而發的一槍，引起了內傷，哪敢久留，暗咒一聲，沖天而起，越牆而去。風行烈追到牆頭時，他早消失在街外的人潮裏。

背後哭聲傳來。谷倩蓮悲呼道：「香姊！你死得好慘。」風行烈手足冰冷，眼中射出狂烈的仇恨。

午後的陽光透窗而入。圍牆外隱約傳來行人車馬過路的聲音，分外對比出室內的寧洽。寒碧翠裸著嬌軀，伏在床上，盡顯背部優美起伏的線條，幼滑而充滿彈性的肌膚，修長的雙腿。戚長征側挨在旁，手枕床上，托著頭，另一手愛憐地摩挲著這剛把身體交給了他的美女誘人的香背，回味著剛才她對他毫無保留的愛戀和熱情。寒碧翠下頷枕在交疊起來的玉臂上，舒服得閉上了眼睛，俏臉盈溢著雲雨後的滿足和風情。

戚長征忽問道：「為何你會打定主意不嫁人？就算嫁了人，不也可把丹清派發揚光大嗎？」

寒碧翠呻吟一聲，嗔道：「不要停手。」

戚長征心中暗笑，女人就是這樣，未發生關係前，碰半下都不可以，但當有了肉體的接觸後，則唯恐你不碰她，那隻手忙又活動起來，由剛才的純欣賞變得愈來愈狂恣。愛撫終演變至不可收拾的局面。在第二度激情後，兩人緊擁在一起。

寒碧翠輕柔地道：「十八歲前，我從沒有想過不嫁人，來向阿爹提親的人也數不清有多少，可是我半個都看不上眼。」

戚長征道：「你的眼角生得太高吧！我才不信其中沒有配得上你的英雄漢子。」

寒碧翠笑道：「我的要求並不太高，只要他能比得上阿爹的英雄氣概，武功和智慧都要在我之上，樣貌當然要合我眼緣，可惜這樣的人總沒有在我眼前出現。」

戚長征啞然無語。寒碧翠的父親就是丹清派上一代掌門「俠骨」寒魄，這人乃白道鼎鼎有名之士，武功才情樣貌，均是上上之選。可是六年前與「矛鏟雙飛」展羽決戰，不幸敗北身亡。而因爲那是公平的比武，所以事後白道的人都找不到尋展羽晦氣的藉口，若是單獨向展羽挑戰，卻又沒有多少人有那把握和膽量。

寒碧翠像說著別人的事般平靜地道：「阿爹死後，我對嫁人一事更提不起勁，爲了阻止狂蜂浪蝶再苦纏著我，也要絕了同門師兄弟對我的痴念，於是藉發揚丹清派爲名，向外宣佈不會嫁人，就是如此了。」

戚長征道：「你的娘親也是江湖上著名的俠女，爲何近年來從未聽到她的消息呢？」

寒碧翠淒涼地道：「娘和阿爹相愛半生，阿爹死後，她萬念俱灰，遁入空門，臨行前對我說，若我覓得如意郎君，可帶去讓她看看。」

戚長征愛憐之念油然而生，卻找不到安慰她的話，好一會後道：「爲了報答碧翠你對我的恩寵，我老戚定會提展羽的頭，到岳父的墳前致祭。」

寒碧翠嗔道：「誰答應嫁你啊？」

戚長征爲之愕然，暗忖自己這般肯負責任，已是大違昔日作風，她寒碧翠應歡喜還來不及，豈知仍是如此氣人。一怒下意興索然，撐起身體，又要下床。

寒碧翠一把緊摟著他，拉得他又伏在她的身體上，嬌笑道：「你這人火氣眞大，寒碧翠現在不嫁你嫁誰啊！和你開玩笑都不成嗎？」

戚長征喜道：「這才像話，可是你立下的誓言怎辦好呢？」心卻知道自己眞的愛上了她，否則爲何如此易動情緒。

寒碧翠得意地道：「當日的誓言是這樣的：若我寒碧翠找不到像我父親那麼俠骨柔腸，武功才智又勝過我的男人，我就終身不嫁。豈知等了七年，才遇到你這我打不過鬥不贏，偏又滿是豪俠氣概，使人傾心的黑道惡棍，你說碧翠是有幸還是不幸呢？」

戚長征大笑道：「當然是幸運之極，像我這般懂情趣的男人到哪裏去找呢？」

寒碧翠先是嗤之以鼻，旋則神情一黯道：「可惜我們的愛情，可能只還有半天的壽命了。」

戚長征正容道：「不要那麼悲觀，我知道義父定會及時來助我，那時對方縱有里赤媚那級數的高手，我們也未必會輸。」

寒碧翠奇道：「誰是你的義父，爲何江湖上從沒有人提過？」

戚長征道：「這義父是新認的，就是『毒手』乾羅。」

韓柏隨著左詩，到了柔柔房裏。朝霞和柔柔關切地圍了上來，分兩邊挽著他手臂。

柔柔不忿道：「范大哥把整件事告訴我們了，哼！這兩個妖女眞是卑鄙，竟利用夫君的好心腸把你騙倒。」

一向善良怕事的朝霞亦不平地道：「這兩個妖女如此可惡，看看老天爺將來怎樣整治她們。」

韓柏暗忖浪大俠說得對，自己的意志的確薄弱了點，例如硬充英雄答應了秦夢瑤不動她，但多看兩眼，便立即反悔，正是意志不夠堅強的表現。現在稍受挫折，便像一蹶不振的樣子，怎算男子漢大丈夫。

三女見他默言不語，暗自吃驚，以爲他眞的頹不能興，交換了個眼色後，左詩道：「柏弟弟，不如上床休息一下，又或浸個熱水浴，再讓我們爲你搥骨鬆筋好嗎？」

韓柏一聽大喜，卻不露在臉上，故意愁眉苦臉道：「一個人睡覺有甚麼味道？」

此時盈散花的聲音傳進來道：「專使大人是否在房裏？」三女俏臉變得寒若冰雪。

柔柔冷冷道：「專使大人確在這裏，但卻沒有時間去理沒有關係的閒人。」

盈散花嬌笑道：「這位姊姊凶得很呢！定是對散花有所誤解了，散花可否進來賠個不是，恭聆姊姊的訓誨。」

左詩聽得氣湧心頭，怒道：「誰有空教你怎樣做好人，若想見我們的夫君，先給我們打一頓吧！」

盈散花幽幽道：「散花的身子弱得很，姊姊可否將就點，只用戒尺打打手心算了。」三女面面相覷，這才明白遇上了個女無賴。

韓柏知道鬥起嘴來，三女聯陣也不是盈散花的對手，失笑道：「姑奶奶不要扮可憐兮兮了，有事便滾進來。」

「呀！」盈散花推門而入，向三女盈盈一福，恭謹地道：「三位姊姊在上，請受小妹一禮。」

韓柏放開三女，喝道：「快給三位姊姊和本專使斟茶認錯。」

左詩冷哼道：「這杯茶休想我喝！」不滿地瞪了韓柏一眼。

盈散花甜甜一笑，向韓柏道：「待三位姊姊氣消了，散花再斟茶賠禮吧！」

三女雖對她全無好感，可是見她生得美艷如花，笑意盈盈，兼又執禮甚恭，亦很難生出惡感。這才明白為何連韓柏和范良極這對難兄難弟也拿她沒法。還是柔柔深懂鬥爭之道：「你人都進來了，還裝甚麼神弄甚麼鬼，有事便說出來吧！」

盈散花風情萬種橫了韓柏一眼，道：「現在這條船順風順水，我看明天午後便可抵達京師，所以特來找大人商量一下，看看給我們兩姊妹安排個甚麼身分，以免到時交代不了。」

就在她說這番話的同時，浪翻雲的聲音又快又急地在韓柏耳旁響起道：「秀色和盈散花先後藉故來見你，就是要觀察你魔功減退的程度，所以你若能騙得她們認為你的魔功再無威脅，秀色就會主動在床上和你再鬥一場，若能反制你的心神，你對她的心鎖便自動瓦解，她亦可回復『奼女心功』，小弟！不用我教你也知道應怎辦吧？」他說的最後一個字，恰與盈散花最後一個字同步，其妙若天成處，教人咋舌。浪翻雲如此小心翼翼，可見他亦不敢小覷盈散花。

韓柏福至心靈，眼中故意露出頹然無奈之色，勉強一笑道：「那你們想做甚麼身分？」

一直沒有作聲的朝霞寒著臉道：「你們休想做他的夫人，假的也不行。」

盈散花笑道：「我們姊妹哪敢有此奢望，不如這樣吧！就把我們當作是高句麗來的女子，是高句麗王獻給朱元璋作妃子的禮物。」

范良極的聲音在韓柏耳內響起道：「小心！她們是想刺殺朱元璋。」

韓柏亦是心中懍然，斷然道：「不行！蘭致遠等早知道我們這使節團有多少禮物，還開列了清單，怎會忽地多了兩件出來，所以萬不可以。」

盈散花深望他一眼。韓柏又裝了個虛怯的表情。盈散花得意地一陣嬌笑道：「任何事情總有解決的方法，現在還有一天半的時間，專使好好的想想吧！散花不敢驚擾專使和三位夫人了。」走到門旁，又回過頭來道：「咦！專使還有一位夫人到哪裏去了？」

韓柏再露頹然之色，揮手道：「快給我滾！」盈散花不以為忤，千嬌百媚一笑後，從容離去。

秀色來到韓柏所在的房門的門前，正要敲門，韓柏推門而出，一副無精打采的模樣。秀色心中一片惘然。她是否真要依從花姊的話，把這兼具善良真率和狂放不羈種種特質的男子以姹女心法徹底毀掉，使他永遠沉淪慾海呢？他是第一個使她在肉體交合時生出愛意的男人，從而使她覺得這也可能是使她得到正常男女愛戀的唯一機會。唉！

韓柏裝作魔功減退至連她到了門外都不知道的地步，嚇了一跳道：「你……你在等我嗎？」

秀色一咬銀牙，幽怨地白了他一眼，輕輕道：「人家是特地過來找你，你這負心人為何遲遲不理秀色？」

韓柏目光溜過她的酥胸蠻腰長腿，不用裝假也現出意亂情迷的神色，吞了口涎沫，暗忖這秀色不扮男裝時，眞比得上盈散花，和她交歡確是人間樂事。

秀色見他色迷迷的樣子，心中一陣憎厭，暗道：「罷了！這只不過是另一隻色鬼，還猶豫甚麼？」臉上露出個甜蜜的笑容，嗔道：「你在看甚麼？」她表面上叫對方不要看，其實卻更提醒對方可大飽眼福。

韓柏感到她身體輕輕擺動了兩下，胸脯的起伏更急促了，登時慾火上沖，知道對方正全力向自己施展姹女心功，心中暗笑，誰才是獵物，到最後方可見分曉呢，口中卻忿然道：「你騙得我還不夠嗎？」

秀色兩眼采芒閃閃，掛出個幽怨不勝的表情，然後垂頭道：「人家是想跟在你身旁，這才不得已和花姊合作，揭破你的身分，人家的心是全向著你的啊！」

這幾句話眞眞假假，天衣無縫，若非韓柏早得浪翻雲提點，定會信以爲眞。韓柏心中暗驚，這妖女每一個表情，都是那麼扣人心弦，先前爲何沒有發覺，可知自己的魔功確實減退了，所以容易受到她姹女心功的影響，這一戰絕不可掉以輕心。這時長廊靜悄無人，有關人等都故意避了起來，讓這對敵友與愛恨難分的男女以最奇異的方式一決雌雄。

韓柏裝作急色地一把拉起她的手，往隔鄰的專使房走去。秀色驚叫道：「不！」韓柏暗笑她的造作，猛力一拉，扯得她差點撞到他身上。他推門擁了她進去，關上門閂，一把將她抱了起來，往床上拋去。秀色一聲嬌呼，跌在床上，就那樣仰臥著，閉上美目，一腿屈起，兩手軟弱地放在兩側，使急劇起伏的胸脯更爲誘人。韓柏看著她臉上的潮紅，暗讚這確是媚骨天生的尤物，難怪能入選爲閩北姹女門的唯一傳人。

韓柏拉起秀色的玉手，握在掌心裏微笑道：「告訴我，假設我征服了你，是否會對你造成傷害？」

秀色一震，在床上把俏臉轉向韓柏，睜開美眸，駭然道：「你剛才原來是故意扮作魔功大減來騙我和花姊的。」

韓柏對她的敏鋭大感訝異，點頭道：「姹女心功，果然厲害，乖乖的快告訴我答案。」

秀色閉上美目，眼角瀉出了一滴晶瑩的淚珠，輕輕道：「若我告訴你會破去了我的姹女心功，你是否肯放過我呢？」

韓柏心知肚明她正向他施展姹女心功，卻不揭破，一嘆道：「只看見這顆淚珠，我便肯爲你做任何事！」

秀色歡喜地坐了起來，挨到他身旁，伸手摟著他的寬肩，把頭枕在他肩上，道：「想不到世上有你這種好人。告訴秀色，爲何你肯這樣待我？」

韓柏淡然道：「因爲當你剛才睜眼看到我像變了另一個人似的那一剎那，我感到你心中眞摯的欣喜，才知道你原來已愛上了我，所以才會因我功力減退而失落，因我復元而雀躍。」

秀色劇震了一下，俏臉神色數變後才嘆道：「我敗了！也把自己徹底輸了給你，教我如何向花姊交代呢？」

韓柏心道你哪有敗了，你正不住運轉心功來對付我，還以爲我的魔種感應不到，哼！我定要教你徹底投降。他奇兵突出地一笑道：「勝敗未分，何須交代？來！讓我先吻一口，看你小小的姹女心法，能否勝過魔門至高無上，當今之世甚或古往今來，只有我和龐斑才練成了的道心種魔大法。」

范良極的傳音進入他的耳內道：「好小子，眞有你的。」

秀色當然聽不到范良極的話，聞言不由沉思起來。是的！無論姹女大法如何厲害，只是魔門大道裏一個小支流，比起連魔門裏歷代出類拔萃之輩除他韓柏和龐斑二人外從無人練成的種魔大法，可說是太陽與螢光之比，自己能憑甚麼勝過復元後的韓柏？而且自己先敗了一次，否則現在也不會綁手綁腳，陷於完全被動的境地裏。韓柏的每一句話都令她感到招架乏力。明知對方蓄意摧毀自己的意志和信心，亦全無方法扭轉這局勢。她和盈散花都低估了對方；亦是因勝利而沖昏了頭腦，她忽地生出願意投降的感覺。

韓柏反摟著她，踢掉鞋子，將她壓倒床上，溫柔地吻著她的朱唇，一對手輕輕爲她解帶寬衣。韓柏離開了她的香唇，細意欣賞著身下的美女，但見她輪廓秀麗、眉目如畫，眞的是絕色的美人胚子，不過她最動人的地方，並非她的俏臉，而是她藏在骨子裏的騷勁和媚態。她的奼女心法亦非常高明，絲毫不使人感到淫猥，但往往一些不經意的小動作，卻能使人心神全被她俘虜過去。她最懂利用那對白嫩纖美的玉手，例如輕撫胸口，又或像現在般緊抓著床褥，那種誘惑性眞使人難以抵擋。不過他身具魔種，根本毋需學那些清修之士般加以擋拒，反可以因這些刺激使魔功大增，故可任意享用，而非壓抑。這亦正是魔道之別。

道家講求精修，貞元被視爲最寶貴的東西，故要戒絕六慾七情，用盡一切方法保持元氣，俾能練精化氣，練氣化神，練神還虛。所謂「順出生人，逆回成仙」。練武者雖不是個個要成仙，但內功與人的精氣有關，卻是個千古不移的道理。所以白道中人對男女採補之道最是深惡痛絕，因爲那全是魔門損人利己之法。道心種魔大法卻是魔門的最高心法，奼女術的損人利己對它全派不上用場。所以連比秀色更高明的花解語最後亦得向韓柏投降。就是因爲先天上種魔大法根本不怕任何魔門功法。故而韓柏一旦恢復魔功，秀色只有任他宰割的份兒。秀色檀口微張，少許緊張地呼吸著，那種誘惑力，絕非任何筆墨能形容其萬一。這時她心中想到的，不是如何去戰勝韓柏，而是自己飄零的身世。記起了當年父親把她母女拋棄，後來母親病死街頭，自己則給惡棍強暴後賣入妓寨的淒涼往事，若非得恩師搭救，傳以奼女心功，自己會是甚麼樣子呢？她從未曾和男人在床上時，會想起這些久被蓄意淡忘了的悲慘往事。

韓柏正坐了起來，脫掉最後一件衣物，忽見秀色熱淚滿臉，訝然道：「爲何你會忽然動了眞情呢？這比之任何奼女心法更使我心動。」

秀色悽然道：「但願我能知道自己正幹著甚麼蠢事！」一指戳在韓柏脅下。韓柏身子一軟，反被秀色的裸體壓在身下。心中叫苦，想不到她竟有此一著。秀色的手指雨點般落到他身上，指尖把一道道令人酥麻的眞氣傳進他體內，好半晌才歇了下來，額角隱見汗珠，可知剛才的指法極耗她的眞元。她從他身上翻了下來，變成由身側摟著他，在他身旁輕柔地道：「我來之前曾在花姊面前立下毒誓，要全力對付你，把你置於我們控制下，所以我雖然動了眞情，亦不得不對你施展最後的手段，若仍敗了給你，花姊亦無話可說了。」

韓柏忽又回復活動的能力，坐了起來奇道：「你究竟對我施了甚麼手法？」

秀色陪著他坐了起來，伸了個懶腰，往後微仰，把玲瓏浮凸的曲線表露無遺，甜甜一笑道：「我最少懂得數十種厲害至極的催情手法，但都及不上剛才的『仙心動』厲害，你試過便明白了。」

韓柏大喜道：「居然有這種寶貝指法，快讓我嚐嚐箇中滋味。」

秀色大感愕然，本以爲韓柏會勃然大怒，豈知卻是如此反應。原來這「仙心動」催情法，乃奼女門裏最高明的催情功法，詭異非常，並不直接催動對方的情慾，而是「借情生慾」。只要對方動氣或動情，不論是發怒、憂傷又或憐憫都會轉化成慾火，但只限於負面的情緒，若是像韓柏現在的欣喜，只能喜上添喜，不會產生催情作用的。任何人若忽然給秀色如此制著施法，必然會震怒非常，於是便落入算計之中，像韓柏眼前如此反應，確是千古未有。

韓柏摟著她香了一口臉蛋，催道：「快讓我嚐一嚐滋味！」他想到的當然是秦夢瑤。

秀色皺眉道：「我如此暗算你，你不惱秀色嗎？」

韓柏道：「這麼好的玩意，爲何要惱你？不過看來這指法亦不見得怎樣，我雖有情慾的要求，卻沒有不能自制的情況出現。」

秀色嘆了一口氣道：「其實我一點也不愛你，才狠心對你施展這手法，說是催情手法，只是騙你罷了！這指法眞正作用是使你以後雄風難振，而秀色亦能從你的魔掌脫身出來，回復自由。」

韓柏失聲道：「甚麼？」一股怒火剛升起來，忽地渾渾蕩蕩，慾火熊熊燒起。

他的怒火主要是因秦夢瑤而起，若雄風不再，怎還能爲她療傷。現在慾火突盛，又不禁心生疑懼，不知是否會因過度亢奮，致洩去眞元，以後變成個沒有用的男人。這些負面的情緒湧來，慾炎「轟」的一聲沖上腦際。迷糊中給秀色摟倒床上，繡被蓋在身上，她光滑灼熱的身體，鑽入被窩裏，把他摟個結實。被內的氣溫立時劇升。姹女心法裏最厲害的武器就是施法者動人的肉體。現在秀色對付韓柏的方法，是姹女「私房秘術」裏「六法八式」中的第一法「被浪藏春」，利用被窩裏密封的空間，由皮膚放出媚氣，滲入對方身內，就算鐵石心腸的人也抵不住那引誘。滑膩香軟的肉體不住在溫熱的被窩裏對韓柏廝摩揩擦。韓柏本已是情慾高漲，哪堪刺激，一聲狂嘶，翻身把這美女壓在體下。秀色的俏臉做出各式各樣欲仙欲死的表情，每一種模樣，都像火上添油般，使韓柏不住往亢奮的極峰攀上去。韓柏到此刻才眞正感受到秀色的魔力，明白到甚麼才是顚倒眾生的惹火尤物，床上的秀色，比之床外的她要迷人上千百倍。秀色噓氣如蘭，嬌吟急喘，像是情動至極。兩人忘情熱吻著。秀色這時的熱情有一半是假裝出來的，暗自奇怪，爲何韓柏已興奮至接近爆炸的地步，卻仍能克制著，不立即侵佔自己呢？

韓柏卻是另一番光景。開始時他確是慾火焚身，但轉眼間慾火轉化成精氣，使全身充滿了勁道，靈台竟愈來愈清明。不要說秀色不知箇中妙理，連韓柏自己亦是難明其故。原來韓柏魔種的初成，乃來自與花解語的交合，故根本不怕情慾。情慾愈強，愈能催發魔種。不像玄門之士，若動了情慾，元陽洩出，所有精修功夫便盡付東流。

風雨過後，韓柏的頭部仰後了點，細看著她，忽地冷冷道：「你根本不愛我，只是想害我，是嗎？」

秀色緊閉的美目悄悄湧出情淚，沿著臉頰流到枕上，咬緊牙關，不讓自己哭出聲來，只是猛力地搖頭，抗議韓柏的指責。韓柏知道自己完成了浪翻雲的指示，狠狠傷了她的心。在這樣銷魂蝕骨的交合後，他冷酷無情的指責，分外使對方難以忍受。浪翻雲這個擊敗秀色的指引，絕非無的放矢，因爲秀色若非對韓柏動了眞情，怎會如此傷心。他緩緩離開她的身體，來到床旁，拾起衣服，平靜地逐件穿到身上。秀色仍躺在床上，像失去了動作的能力。

韓柏待要離去時，秀色喚道：「韓柏！」

他走回床邊，坐在床沿，伸出手在她豐滿的肉體遊移撫摸著。秀色嬌軀不能自制地劇烈顫抖起來，呻吟道：「你恨我嗎？」

韓柏收回大手，點頭道：「是的！我對你的愛一點信心也沒有，試想若我要時常提防你，那還有甚麼樂趣？」

秀色勉力坐了起來，悽然道：「你是故意傷害我，明知人家給你徹底馴服了，還硬著心腸整人。」接著一嘆道：「你應多謝秀色才對，你現在魔功大進，為何還不相信我這失敗者呢？」

她此刻表現出前所未有的謙順溫柔，完全沒有施展任何媚人的手段。可是韓柏並不領情，給她騙了這麼多次，對她那點愛意和憐憫早消失得影蹤全無，現在剩下的純是對她動人肉體那男人本能的興趣，眞的是有慾無情，淡淡一笑道：「我要多謝的是赤老他老人家，而不是你。否則我早成了個廢人，以後都要看你兩人的臉色行事了。不過你愛怎麼想，全是你的自由。」毅然站了起來，頭也不回出房去了。

第六章

勝負難分

第六章　勝負難分

戚長征和寒碧翠手拉著手，離開曾使他們魂迷魄蕩和充滿香艷旖旎的房舍。兩人相視一笑，才依依不捨鬆開了手，踏足街上。陽光漫天裏，街上人來車往，好不熱鬧。他們輕鬆地漫步街上，享受大戰前短暫的優游光陰。寒碧翠帶著他來到當地著名的餃子鋪，在一角的檯子坐下，爲兩人點了兩碗菜餃，一碗肉餃，津津有味地吃起來。寒碧翠不時偷看埋頭大嚼的戚長征，寂寞了多年的芳心，既充實又甜蜜。想不到以自己一向的拘謹守禮，竟會像全失去了自制般和眼前這男子鬧了一天一夜，最後還上了床，可知愛情要來時，誰也避不過那沒頂於愛河的命運。唔！嫁了他後，定會晚晚像剛才般纏著他。想到這裏，粉臉不由紅了起來。

戚長征忽地神情一動，往入門處望去。一個四、五十歲的矮胖道人，臉上掛著純眞的笑意，筆直朝他們走過來。

戚長征愕然道：「小半道長！」

寒碧翠暗忖原來是武當派的著名高手小半道人，不知來找他們所爲何事？亦不由有點尷尬，自己如此和戚長征打情罵俏，明眼人一看便知他們關係非比尋常。她身爲白道八派以外第一大派丹清派的掌門，而戚長征則是黑道裏年輕一輩聲名卓著的高手，實沒有走在一起的理由。

小半道人笑嘻嘻地在兩人另一側的空椅子坐下，親切地道：「寒掌門和戚兄把小半累慘了，在屋外站了大半天，又等你們吃飽了，才有機會來找你們說話。」

寒碧翠本紅霞密佈的玉臉再添紅暈，眞想狠狠踢這可惡道人一腳。戚長征剛好相反，大覺氣味相投，伸手大力一拍小半道人的圓肩笑道：「好傢伙！這才像個有道之士，我老戚最憎厭那些假道學的人，滿口仁義道德，其實暗中所爲卻是卑鄙無恥。」

小半道人嘻嘻一笑道：「衝著這句『有道之士』的高帽子，小半便不能不爲老戚你賣命。」

寒碧翠喜道：「八派終肯出手對付方夜羽了嗎？」

小半道人笑容無改道：「小半只是代表個人，不過若我不幸戰死，或者可改變他們那班老人家的想法。」

戚寒兩人肅然起敬，至此才明白小半道人我不入地獄誰入地獄的濟世慈懷。戚長征露出他眞誠的笑容道：「你這個朋友老戚交定了。」

小半道人讚賞道：「小道第一次在韓府見到老戚你，就起了親近之心，你最憎假道學的人，我卻最討厭婆婆媽媽拖泥帶水的傢伙，幸好我們都不是這兩種人。今晚便讓我們大殺一場，丟掉了小命又如何？」

戚長征搖頭道：「我們的命怕不是那麼容易掉的，現在讓拙荊先帶我們到她的巢穴歇歇腳，若你沒有蠢得把酒戒掉，就喝他媽的十來罈。」

寒碧翠羞不可抑，大嗔道：「戚長征我要和你說清楚，一天你未明媒正娶，花轎臨門，絕不准向人說我是你的甚麼人。」

小半道人哈哈笑道：「老戚你若能連寒掌門都弄得應承嫁你，天下可能再沒有難得倒你的事了。」

韓柏趾高氣揚，剛踏出房門，范良極撲了上來，搭著他肩膊興高采烈欲往柔柔的房間走去。

盈散花平靜的聲音在背後傳來道：「兩位慢走一步。」

兩人愕然轉身。盈散花推開房門，走了出來，一身素黃綢服，丰姿綽約，來至兩人身前，烏亮的眸子在兩人身上打了個轉，最後落在韓柏臉上，淺淺一笑道：「只看你這得意樣子，便知你贏了漂亮的一仗，看來我們都低估了你。」兩人想不到她如此坦白直接，反不知如何應付。

范良極瞇著一對賊眼，打量了她好一會後道：「沒有了秀色，等於斷去了你的右臂，你還靠誰去陪男人上床？」

盈散花也想不到這老賊頭這般話不留情，神色不自然起來，跺腳嗔道：「你們是不是想拉倒？這樣吧！立即靠岸讓我們下船，至於後果如何，你們有腦袋的便好好想想吧！」

韓柏知道秀色的失敗，令她陣腳大亂，所以才向他們攤牌，硬逼他們答應她的要求，嘻嘻一笑道：「不是你們，而是你，秀色再不會跟著你了。」

盈散花臉色微變，仍強硬地道：「有她沒她有何分別，只我一個人，也足可使你們假扮專使的詭計盡付東流。」

韓柏眼中爆起精芒，淡然道：「秀色早告訴了我一切，整件事只有你兩人知道，所以我們若把你留下，當不虞會洩露我們的秘密。」他這幾句話純屬試探，以測虛實。

盈散花終於色變，怒道：「秀色眞的說了。」

房門推開，秀色面容平靜走了出來，身上只披著一件外袍，美妙的身材顯露無遺。淡淡道：「花姊你給他騙了，我甚麼都沒有說。」

盈散花稍平復下來，轉過身去低問道：「你既一直在旁聽我們說話，爲何不提醒我。」

秀色道：「有兩個原因，首先我想看看你對我的信心，其次我不想破壞韓郎的事。」

盈散花怒道：「那你豈非背叛了我嗎？」

秀色手一翻，多了把鋒利的匕首，反指著心窩道：「不！我並沒有背叛你，不信可以問韓柏。」接著向韓柏道：「韓郎！我只要你一句話，究竟肯不肯幫助我們兩姊妹。」

韓范兩人大感頭痛，均知道若韓柏說個「不」字，秀色就是匕首貫胸的結局，任誰都可從她平靜的面容看到她的決心。韓柏心中暗嘆，知道自己的決絕傷透了她的心，所以她是眞的想尋死。不過假若這只是她另一條巧計，利用的也是自己又好又軟的心腸，豈非又要再栽個大跟頭。

盈散花顫聲道：「不要這麼傻，他們不合作就算了。」緩緩向秀色移去。沒有人比她更瞭解秀色了。她現在正陷進在自己和韓柏間的取捨矛盾中，所以才寧願以死來解決。

秀色冷冷道：「花姊你再走前一步，我就死給你看。」

韓柏踏前兩步，到了盈散花旁，伸手摟著她香肩，死性不改般乘她心神不屬時，在她臉蛋香了一口道：「除了把你們送給朱元璋外，甚麼條件我都答應。」

秀色心中一震。盈散花雖給韓柏摟著香肩，又吻了一口，竟然只是俏臉微紅，並沒有把他推開。秀色震驚的原因，是因爲盈散花對男人的憎厭是與生俱來的，連男人的半根指頭都受不了，爲何會有此反常的情況呢？盈散花亦是心中模糊。當韓柏伸手摟在她的肩膀時，一種奇異無比，說不出究竟是快樂還是討厭的感覺流遍全身，使她顫慄刺激得無法做出任何「正常」的反應，所以任由對方吻了。這感覺並非第一次發生。那天在酒家韓柏離去前擰她臉蛋時，她也有這種從未曾在任何其他男人身上得到的新鮮感受，使她沒法將他忘掉。

范良極哪知三人間微妙的情況，來到韓柏另一邊，一肘挫在韓柏手臂處，嘿然道：「若她們開出我們完全接受不了的條件，我們又要遵守諾言，那豈非自討苦吃？」

韓柏張開另一隻手，把范良極亦摟著，變成左手摟著個女飛賊，右手摟著天下眾盜之王，單足立地，一足屈起在另一腳之後，只以足尖觸地，說不出的瀟灑自信，看著匕首指胸的秀色道：「我韓柏只會被人騙一次，絕不會有第二次的，這次我便以專使大人的身分，押他一注。若秀色全不體念我們的處境，亦即並不愛我，開出我們不能接受的條件，我便把這勞什子使節團解散了，大家一拍兩散，好了！說吧！你們兩個究竟想怎樣？」

這次連范良極亦心中叫好，大刀闊斧把事情解決，總勝過如此瞎纏不清。同時亦知道韓柏的魔功又精進一層，表現出懾人心魄的氣勢。盈散花給他愈摟愈緊，半邊嬌軀全貼在他身上，鼻裏滿是他強烈的男性氣息，卻生不起以前對男人的惡感。

秀色看著眼前三人，忽地湧起荒謬絕倫的感覺，「噗哧」笑了出來，收起匕首，先看了盈散花一眼，然後又狠狠盯了韓柏一眼，像沒有發生過任何事般道：「花姊你自己說罷，我兩邊誰都不幫了。」逕自轉身，往專使房內走回去。

門關上後，三人楞在當場。韓柏看了看范良極，又看了看像給點了穴般的盈散花，才想大笑，范良極已先他一步捧腹大笑，步履踉蹌地撞入浪翻雲的房內。韓柏這時反笑不出來，往盈散花看去。

盈散花正冷冷瞪著他，面容冰冷道：「你佔夠了我的便宜沒有？」

韓柏深望她一眼後灑脫笑道：「不知你是否相信，你是注定了給我佔便宜的，否則不會如此送上門來。」鬆開了手，走到秀色所在的專使房，伸手貼在門沿處，目不轉睛盯著盈散花道：「你和秀色都是好女子，只不過未曾遇上我這樣的好男人罷了！」推門進去了。

盈散花靜立不動，俏目神色數變，最後露出一絲甜甜的笑容，往自己的房間悠然走去，有放開了一切提防和戒備的輕盈瀟灑，使她看來更是綽約動人了。

當戚長征、寒碧翠和小半道人回到丹清派那所大宅時，湘水幫幫主尚亭正在焦急地等候他們。寒碧翠知他必有要事，忙把他請進密室裏。

四人坐定後，尚亭道：「我知道戚兄是寧死不屈的好漢子，但此仗卻是不宜力敵，現在圍在長沙城外可知的勢力包括了莫意閒的逍遙門、魏立蝶的萬惡山莊、毛白意的山城舊部、卜敵的尊信門和一群黑道硬手，人數達三千之眾，好手以百計，這還未把方夜羽的人算在內，就算城內所有幫會合起來，又加上官府的力量，仍遠不是他們的對手，所以這一仗絕打不過。」

戚寒三人聽得面面相覷，想不到方夜羽會投下如此巨大籌碼，以對付丹清派和戚長征。

戚長征肅容道：「尚幫主帶來這樣珍貴的消息，丹清派和戚長征定然銘記心中，先此謝過，我們自有應付方法，不勞幫主掛心。」他這麼說，是要尚亭置身事外，不要捲入這毀滅性的無底漩渦裏。

尚亭嘆了一口氣道：「明知山有虎，偏向虎山行，紅玉這事給了我很大的教訓，苟且偷安，不如轟轟烈烈戰死，戚兄莫要勸我了。」戚長征和寒碧翠均默然無語，知道愛妻受辱一事使他深受刺激，置生死於度外。

小半道人嘻嘻一笑道：「方夜羽如此大張旗鼓，必然攪得天下皆知，我才不信整個江湖只得我和尚兄兩人有不畏強權的熱情，說不定還會再有援軍哩！」他嬉笑的神態，使三人繃緊了的神經輕鬆了點。

戚長征微微一笑，挨在椅內，有種說不出閒逸瀟脫的神氣。寒碧翠看得心中歡喜道：「你想到甚麼了？為何如此輕鬆寫意？」

戚長征道：「我是給尚兄提醒了，方夜羽在眞正統一黑道前，最怕就是和官府硬碰，楞嚴無論如何權傾天下，總不能命令長沙府的府官公然和黑道幫會及江湖劇盜合作，去對付一個白道的大門派，此事皇法難容。」

尚亭動容道：「所以只要我們施展手段，逼得官府不能不插手此事，那方夜羽勢難如此明目張膽，進城來把敵對者逐一殲滅，那我們便不用應付數以萬計的強徒了。」他似乎忘記了自己亦是黑道強徒。

小半道人拍案道：「只要我們散播消息，說城外滿是強盜，準備今晚到城內殺人放火，加上城外確有此情況，定會弄至人心惶惶，那時官府想不插手也不行。」

寒碧翠皺眉道：「這是阻得了兵擋不了將，方夜羽只要精選最佳的十多名好手，例如里赤媚、莫意閒之輩，我們仍是有敗無勝。」

戚長征哈哈一笑道：「現在誰管得了那麼多了，讓我也效法龐斑，不過卻須先得碧翠你的批准。」他如此一說，連尚亭亦知道兩人關係不淺，不由偷看這位曾立誓不嫁人的大掌門一眼。

寒碧翠心中暗恨，本想說你的事為何要問我，但又捨不得放棄這權利，微嗔道：「說吧！」

戚長征樂得笑起來道：「我老戚想在青樓訂一桌美酒，請來紅袖小姐陪伴，好款待夠膽和方夜羽對抗的各路英雄好漢。」

尙亭被他豪氣所激，霍地起立道：「這事交由我安排，我會把這消息廣爲傳播，縱使我們全戰死當場，亦可留下可博後人一粲的逸事。」

小半道人失笑道：「尙兄不要如此著急，人家掌門小姐仍未批准呢？」

寒碧翠狠狠盯了戚長征一眼，暗忖這小子總忘不了那妓女紅袖，顯是意圖不軌，旋又想起是不是活得過今晚仍不知道，低聲道：「你囊空如洗，哪來銀兩請客？」

戚長征厚著臉皮道：「你不會坐看我吃霸王宴吧？」

寒碧翠再白了他一眼，向尙亭笑道：「麻煩尙幫主了。」

韓柏和三女站在艙頂的看台上，神清氣爽地瀏覽兩岸不住變化的景色。三女見他回復本色，都興致勃勃纏著他說閒話。

范良極這時走了上來道：「謝廷石要求今晚和我們共進晚膳，我找不到推卻的理由，代你答應他。」

韓柏嘆道：「我最初總覺得坐船很苦悶，但有了三位姊姊後，光陰跑得比灰兒還快，眞希望永遠不會抵達京師。是了！夢瑤和浪大俠怎麼樣？」三女聽見郎君如此說，都喜得俏臉含春。

范良極道：「他們都在閉門潛修，散花和秀色亦關起門來不知在做甚麼？」

左詩訝然道：「你爲何不叫她們作妖女了？」

范良極赧然道：「現在我又覺得她們不那麼壞。」

柔柔向韓柏警告道：「你若因和她們鬼混疏忽了我們，我們定不會放過你的。」

朝霞也道：「我看見她們就覺得噁心。」

范良極低聲喝道：「秀色來了！」

三女別轉了臉，故意不去看她。秀色出現在樓梯處，往他們走過來，看到三女別過臉去，眼中掠過黯然之色，向范良極襝衽施禮後，又向三女恭謹請安。三女終是軟心腸的人，勉強和她打個招呼後，聯群結隊到了較遠的角落，自顧自私語。

秀色望向韓柏，眼中帶著難言的憂思，低聲道：「花姊有事和你說。」

韓柏望向范良極。范良極打回眼色，示意他放心去見盈散花，三女自有他來應付。

韓柏和秀色並肩走到下艙去。嗅著她髮鬢的香氣道：「爲何這麼不快樂的模樣？」

秀色輕輕一嘆，幽幽道：「假設我和別的男人歡好，韓郎會怎樣看待我，是否以後都不理我了。」

韓柏心中起了個突兀，暗忖爲何她忽然會問這個問題，細心思索後，坦然道：「心裏自然不大舒服，但卻不會不理你。」

秀色一震停下，凝望著他道：「是不是因爲你並不愛我，所以不計較我是否和別的男人鬼混？」

韓柏道：「絕不是這樣，而是我覺得自己既可和別的女人上床，爲何你不可和別的男人上床，所以找不到不理你的理由。」他這種想法，在當時男權當道的社會，實是破天荒的「謬論」。

秀色點頭道：「像你這般想法的男人我眞是從未遇過。以往我所遇到的男人，無論如何胸襟廣闊，但一遇到這問題，都變得非常自私，只要求女人爲他守貞節，自己則可任意和其他女人歡好，這是多麼不公平啊！」

兩人繼續往前走，來到盈散花門前時，秀色道：「你進去吧！花姊想單獨和你一談。」韓柏微感愕然，伸手推門。

秀色輕輕道：「不過明知不公平，我仍會盡量爲你守節，使你好過一點。」

韓柏大感不妥，待要細問，秀色推了他一把，示意他進去，又在他耳旁低聲道：「無論將來如何，秀色只愛韓郎一個人。」

韓柏推門入內。秀色爲他把門拉上。盈散花離座而起，來到他身前，平靜地道：「韓柏！我們今晚要走了，現在是向你辭行。」

韓柏愕然道：「甚麼？」

盈散花深深凝視著他，好半晌後才道：「放心吧！我們會對你的事守口如瓶，絕不會洩出半點秘密。」

韓柏皺眉道：「你們不是要藉我們的掩護進行你們的計劃嗎？爲何又半途而廢呢？」

盈散花嘆了一口氣道：「因爲秀色不肯做任何損害你的事，我這做姊姊的唯有答應了，噢！你幹甚麼？」原來韓柏兩手一伸，一手摟頸，另一手摟腰，使兩個身體毫無隔閡地緊貼在一起。

韓柏蜻蜓點水般吻了她的香唇，看著她的眼睛柔聲道：「姑奶奶不要再騙我了，你是怕和我相對久了，會情不自禁愛上了我，所以急急逃走，我說得對嗎？」

盈散花一點不讓地和他對視著，冷然道：「韓柏你自視太高了。」

韓柏微微一笑，充滿信心道：「無論你的話說得多硬，但你的身體卻告訴我你愛給我這樣抱著。」

韓柏道：「那你還要走嗎？」

盈散花點頭道：「是的！我更要走。當是散花求你吧！我們的計劃定要付諸實行的。」

韓柏道：「告訴我你的計劃吧！看看我是否可幫助你們。」

盈散花搖頭道：「不！」

韓柏微怒道：「若你不告訴我，休想我放你們走。」

盈散花幽幽看他一眼，道：「求你不要讓散花爲難了，到了京師後，說不定我們會有再見的機會。說眞的！你使我很想一嚐男人的滋味，但對手只能是你。」

韓柏色心大動道：「這容易得很，我……」

盈散花回手按著他的嘴唇，含笑道：「現在不行，我知道若和你好過後，會像秀色那樣，很難離開你，總之人家承認鬥不過你這魔王了。散花再懇求你一次，放我們走吧！這樣對雙方都有好處。」

韓柏眼光落在艙板上整理好的行李上，道：「我知你們下了決心，也不想勉強你們，不過我很想告訴你們，韓柏會永遠懷念著我們相處過的那段日子的。」

盈散花臉上現出悽然之色，知道韓柏看穿了她們將一去不回，以後盡量不再見到他的心意。她垂下螓首，輕輕離開了韓柏的懷抱，背轉了身，低聲道：「今晚船抵寧國府郊的碼頭時，我們會悄悄離船上岸，你千萬不要來送我們，那會使我們更感痛苦，答應我嗎？」

韓柏湧起離情別緒，道：「好吧！你要我怎樣便怎樣吧！」掉頭離去。盈散花的聲音在背後響起道：「韓柏！」韓柏一喜回轉身來。盈散花亦扭轉嬌軀，旋風般撲進韓柏懷裏去，在他肩頭狠狠咬了一口。

韓柏痛得叫了起來。

盈散花眼中又回復了一向頑皮的得意神色，道：「這齒印是我送給你的紀念品。」

盈散花嬌笑著離開了他，道：「放心吧！我們的鬥爭是沒完沒了的，說不定明天抵受不住相思之苦，又來找你。」說完把他弄轉身去，直推出門外。

秀色仍呆立門旁，垂著頭不敢看他。盈散花騰出一手，把秀色拉了進去，向他嫣然一笑，關上了門。

長沙府。夕陽斜照。戚長征倚在「醉夢樓」二樓露台的欄干處，眺望牆外花街的美景。身後是醉夢樓最豪華的廂房，擺了一圍酒席，仍是寬敞非常。廳的一端擺了長几，放著張七弦琴，彈琴唱曲的當然是長沙府內最紅的姑娘紅袖。醉夢樓並不是紅袖駐腳的青樓，卻屬湘水幫所有。當紅袖知道邀請者是戚長征時，明知牽涉到江湖爭鬥，仍立時推了所有約會，欣然答應，姑娘的心意，自是昭然若揭。

這時小半道人來到他旁，神情輕鬆自若。戚長征對他極具好感，笑道：「若不告訴別人，誰都不知道小半你是第一次涉足青樓，我眞想看看貴派同門知道你上青樓時那臉上的表情。」

小半道人淡然道：「我既不是來嫖妓，只要問心無愧，哪管別人想甚麼？」頓了頓道：「老戚你知不知道不捨道兄還了俗，這事轟動非常呢！」

戚長征點頭道：「不捨確是一名漢子，敢作敢爲，你若遇上能令你動了凡心的嬌娘，會不會學他那樣？」

小半道人失笑道：「虧你說得出這種話來，小道半途出家，遁入空門，絕非爲了逃避甚麼，而是眞的覺得塵世無可戀棧。可恨又未能進窺天道，所以才選一兩件有意義的事混混日子，總好過虛度此生。」

戚長征特別欣賞他毫不矯揉造作的風格，聞言笑道：「你比我強多了，起碼知道甚麼是有意義的事，對我來說，生命就像今晚的盛宴，你不知道會出現甚麼人和事，只知道能熱鬧一場，不會沉悶就夠了。」

小半道人嘿笑道：「我卻沒有你那麼樂觀，方夜羽那方面或者非常熱鬧，但我們則只可能是冷清寥落，甘心爲某一理想來送死的人愈來愈少了。」

戚長征從容道：「有你和尙亭兩人便夠了。」

小半道人呵呵笑了起來，點頭道：「說得好！說得好！」接著壓低聲音道：「想不到尙亭如此豪氣干雲，使我對他大爲改觀。」

剛說曹操，曹操就到。尙亭神色凝重走進廳內，來到兩人身旁低聲道：「我們隔鄰的廳子給人訂了，你們猜那是誰？」

戚長征和小半對望一眼，都想不到是何人有此湊熱鬧的閒興。尤其他們都知道尙亭把樓內所有預定的酒席均取消了，也不會接待任何客人，爲何此人竟能使尙亭無法拒絕呢？

尙亭嘆了一口氣道：「是黑榜高手『矛鏟雙飛』展羽，他訂了十個座位的酒席，唉！他這一手把事情弄得更複雜了。」

戚長征待要說話，一個女子的聲音由街上傳上來道：「長征！」

戚長征聞聲劇震，往高牆外的行人道處望過去，不能置信地看著卓立街中，正含笑抬頭看著他的一雙男女。

戚長征喜出望外叫道：「天呀！竟然是你們來了！」旋風般衝到樓下去，迎了兩人上來。

小半道人和尙亭都不知來者是誰，不過看戚長征的樣子，便知是非同小可的人物。戚長征歡天喜地得像個小孩子般陪著兩人上來。小半和尚亭見那女的長得嬌艷動人，男的則瘦削筆挺，雙目像刀般銳利，忙迎了上去。

戚長征壓低聲音向兩人介紹道：「這位是封寒前輩，長征的恩人，另一位是長征視之為親姊的乾虹青小姐。」

小半和尚亭一聽大喜過望，有『左手刀』封寒這個級數的高手來助陣，就像多了千軍萬馬那樣。戚長征又介紹了小半和尚亭兩人。封寒微一點頭，算是招呼過了。乾虹青則親切地向他們還禮。兩人素知封寒為人冷傲，絲毫不以為忤。說真的，只要他肯來幫手，罵他們兩句都不要緊。戚長征把封乾兩人請往上座，他們三人才坐下來。

乾虹青笑道：「長征現在成了天下矚目的人，連踢了里赤媚一腳的韓柏和風行烈兩人的鋒頭都及不上你。嘻！這都是聽來的。」

戚長征道：「你們是剛到還是來了有一段時間？」

封寒露出一絲笑意，讚許道：「你們竟懂得利用官府的力量，破了方夜羽對長沙府的封鎖網，確是了得。昨天我們在黃蘭市得知你確在長沙府的消息，立即趕來，以為還須一番惡鬥，才可見到你，豈知遇上的都是官兵，想找個方夜羽的嘍囉看看都沒有。」這樣說，自是剛剛抵達。

乾虹青接口笑道：「進城後才好笑，原來長征竟公然在妓寨設宴待敵，於是立即來找你，真好！我們終於見到你了。除我之外，我從未見過封寒對人有那麼好的。」

戚長征正要說一番表示感激的肺腑之言，封寒先發制人道：「不要多說廢話，這麼動人的青樓晚宴，怎可沒有我封寒的份兒，就算長征是一個封某不認識的人，我也會來呢！」

小半道人和尙亭對望一眼，都看出對方對這黑榜高手那無畏的胸襟生出敬意。

戚長征有點忸怩地試探道：「不如長征把那天兵寶刀暫時交回前輩使用吧！」

封寒傲然一拍背上那把式樣普通的長刀，失笑道：「只要是封寒左手使出來的刀，就叫左手刀，甚麼刀都沒有絲毫分別，否則我怕要和虹青返小谷耕田了。」戚長征、尙亭和小半道人一齊哄然大笑。忽然間，三人都輕鬆了起來。

這時寒碧翠在安排妥派內事務後趕至，一見多了封乾兩人，愕然道：「眞的有人夠膽量來幫我們。」語出才覺不大妥當，但已沒有機會改口了。

戚長征站了起來，笑道：「碧翠不用因失言而感尷尬，這是我最尊敬的長者之一，『左手刀』封寒前輩。」

寒碧翠先是嚇了一跳，旋即大喜道：「有封前輩在，眞是好極了。」

乾虹青微嗔道：「長征！你只尊敬封寒，那我呢？」

戚長征陪笑道：「碧翠過來見過青姊，你就當她是我的親姊吧！」一句話，化解了乾虹青的嗔怪。

寒碧翠差點給戚長征氣死，他對自己的親暱態度就像丈夫對妻子般，教她如何下台。無奈下向乾虹青恭敬叫道：「青姊！」

乾虹青歡喜地道：「還不坐下來，我們肚子都餓了，先點幾個小菜來送酒好嗎？」尙亭忙召來手下，吩咐下去。

乾虹青向寒碧翠笑道：「寒掌門要小心長征那張嘴，可以把人哄得團團亂轉的。」

寒碧翠赧然一笑道：「碧翠早嚐過那滋味了。」說完風情萬種地橫了戚長征一眼。

眾人開懷大笑起來。戚長征更是心中甜絲絲的，他的人就像他的刀，有種霸道的味道。

寒碧翠笑道：「我們丹清派和尙幫主的湘水幫，在長沙府的勢力都是根深柢固，在官府裏我們的人多的是，所以聯結起本地富商巨賈的力量，連府台大人也不得不看我們的臉色行事，調動官兵解去封城之厄，否則招來縱容土匪的天大罪名，保證他會人頭不保呢。」

眾人笑了起來。先前山雨欲來的緊張氣氛一掃而空，各人都感到說不出的興奮寫意。尙亭和小半見封寒並非傳言中那麼難相處，興致勃勃和他交談起來。

乾虹青乘機低聲問戚長征道：「柔晶呢？」戚長征忙作出解釋。

這時有人來報，風行烈和雙修公主來見戚長征。戚長征大喜跳了起來，衝了出去。

乾虹青向寒碧翠搖頭笑道：「他是個永遠長不大的野孩子，寒掌門須好好管教他。」

寒碧翠羞紅著臉道：「青姊喚我作碧翠吧，尙幫主和小半道長也這樣叫好了，否則長征會惱我的。」同時心中暗嘆一聲，這樣的話竟會心甘情願說出口來，當足自己是他的妻子。

「叮」四個酒杯碰在一起。在艙廳裏，韓柏、范良極、陳令方和謝廷石四人圍坐小桌，舉杯互賀。酒過三巡，餚上數度後，侍席的婢女退出廳外，只剩下四人在空廣的艙廳裏。

謝廷石向韓柏道：「專使大人，朝廷這次對專使來京，非常重視，皇上曾兩次問起專使的情況，顯是關心得很。」

韓柏正想著剛才透窗看著盈散花和秀色上岸離去的斷魂情景，聞言「嗯」了一聲，心神一時仍未轉回來。

范良極道：「貴皇關心的怕是那八株靈參吧？」

謝廷石乾笑兩聲，忽壓低聲音道：「本官想問一個問題，純是好奇而已。」

陳令方笑道：「現在是自家人了，謝大人請暢所欲言。」

謝廷石臉上掠過不自然的神色，道：「下官想知道萬年靈參對延年益壽，是否眞的有奇效？」

陳令方與范良極對望一眼，均想到這兩句話是謝廷石爲燕王棣問的，這亦可看出燕王棣此人對皇位仍有覬覦之心，因爲他必須等朱元璋死後，才有機會爭奪皇位，所以他肯定是最關心朱元璋壽命的人。

韓柏見謝廷石的眼光只向著自己，收回對盈秀兩女的遐思，順口胡謅道：「當然是功效神奇，吃了後連禿頭亦可長出髮來，白髮可以變黑，男的會雄風大振，女的回復青春，總之好處多多，難以盡述。」

謝廷石呆了一呆，道：「難怪貴國正德王年過七十，仍這麼龍精虎猛，原來是得靈參之力。」

韓范陳三人猛地出了一身冷汗，事緣他們對高句麗正德王的近況一無所知，幸好撞對了，唯有唯唯諾諾，搪塞過去。

謝廷石得知靈參的「功效」後，顯是添了心事，喝了兩口酒後才道：「楞大統領和白芳華那晚前來赴宴，都大不尋常，故我以飛鴿傳書，囑京中朋友加以調查，終於有了點眉目。」

三人齊齊動容，謝廷石的京中友人，不用說就是燕王棣，以他的身分，在朝中深具影響力，得到的消息自然有一定的分量。

韓柏最關心白芳華，問道：「那白姑娘究竟與朝中何人關係密切呢？」

謝廷石大有深意的看著韓柏，笑道：「專使大人的風流手段，下官眞要向你學習學習，不但白姑娘對你另眼相看，又有兩位絕色美女上船陪了專使一程，據聞除三位夫人外，船上尚有一位美若天仙的姑娘，眞的教下官艷羡不已。」三人見他雖說得輕描淡寫，但都知道他在探聽盈散花、秀色和秦夢瑤的底細。

范良極嘿嘿一笑道：「剛才離去那兩位姑娘，是主婢關係，那小姐更是貴國江湖上的著名美女，叫『花花艷后』盈散花，她到船上來，並非甚麼好事，只是在打靈參的主意，後來見專使和我武功高強，才知難而退，給我們趕了下船，這等小事，原本並不打算讓大人擔心的。」

謝廷石其實早知兩女中有個是盈散花，與他同來的四名手下，都是出身江湖的好手，由燕王棣調來助他應付此行任務，對江湖的事自然瞭若指掌。盈散花如此著名的美女，怎瞞得過他們的耳目。范良極如此坦白道來，反釋了他心中的懷疑。由此亦可看出范良極的老到。至於秦夢瑤則一向低調，行蹤飄忽，他那四名手下都摸不清她是誰。尤其秦夢瑤已到了精華內斂的境界，除了浪翻雲龐斑之輩，憑外表觀察，誰都看不出這樸素雅淡，似是弱質纖纖的絕世美女，竟是天下有數的高手，更不要說她是慈航靜齋三百年來首次踏足塵世的仙子。

范良極當然知道謝廷石想韓柏親自回答他，卻怕韓柏說錯話，神秘一笑道：「我們專使這次到貴國來，當然是爲修好邦交，但還有另一使命。嘿！因爲朴專使的尊大人朴老爹，最喜歡中原女子，所以千叮萬囑專使最要緊搜尋十個八個貴國美女回去。嘻！謝大人明白啦。」話雖說了一大番，卻避過了直接談及秦夢瑤。

謝廷石恍然道：「難怪專使和侍衛長不時到岸上去，原來有此目的。」

韓柏心切想知道白芳華的事，催道：「謝大人還未說白姑娘的事啊！」

謝廷石向陳令方道：「陳公離京太久，所以連這人盡皆知的事也不知道。」再轉向韓柏道：「與白姑娘關係密切的人是敝國開國大臣，現被封爲威義王的虛若無，江湖中人都稱他作鬼王，他的威義王府就是鬼王府，這名字有點恐怖吧！」

韓范陳三人心中一震，想不到白芳華竟是鬼王虛若無的人，難怪要和楞嚴抬槓。

謝廷石放低聲音道：「若我們沒有看錯，白芳華乃威義王的情婦，這事非常秘密，知道的人沒有多少個。」

三人嚇了一跳，面面相覷。謝廷石故意點出白芳華和虛若無的關係，完全是一番好意，不願韓柏節外生枝，成爲虛若無這老臣領袖的情敵，那可不是鬧著玩的一回事。

韓柏心中不知是何滋味，暗恨白芳華在玩弄自己的感情，隨口問道：「楞大統領爲何又會特來赴宴呢？」

謝廷石道：「大統領離京來此，主要是和胡節將軍商議對付黑道強徒的事，那晚來赴宴可能是順帶的吧！應沒有甚麼特別的目的。」

三人一聽，都安下心來，因爲謝廷石若知楞嚴是因懷疑他們的身分，特來試探，說不定會心中起疑。氣氛至此大爲融洽。

又敬了兩巡酒後，謝廷石誠摯地道：「三位莫要笑我，下官一生在官場打滾，從來都是爾虞我詐，不知如何與專使和侍衛長兩位大人卻一見如故，生出肝膽相照的感覺，這不但因爲兩位大人救了下官的小命，最主要是兩位全無官場的架子和習氣，使下官生出結交之心。」又向陳令方道：「像陳公也像變了另一個人般，和我以前認識的他截然不同，陳公請恕我直言。」三人心內都大感尷尬，因爲事實上他們一直在瞞騙對方。

陳令方逼出笑聲，呵呵道：「謝大人的眼光眞銳利，老夫和專使及侍衛長相處後，確是變了很多，來！讓我們喝一杯，預祝合作成功。」

氣氛轉趨眞誠熱烈下，四只杯子又碰在一起。韓柏一口氣把杯中美酒喝掉，正暗自欣賞自己訓練出來的酒量，范良極取出煙管煙絲，呼嚕吸著，向謝廷石道：「這次我們到京師去見貴皇上，除了獻上靈參，更爲了敝國的防務問題，謝大人熟悉朝中情況，可否提點一二，使我們有些許心理準備。」

謝廷石拍胸道：「下官自會盡吐所知，不過眼前我有個提議……嘿！」

陳令方見他欲言又止，道：「謝大人有話請說。」范韓兩人均奇怪地瞧著他，不知他有何提議。

謝廷石乾咳一聲，看了陳令方一眼，才向韓范兩人道：「我這大膽的想法是因剛才陳公一句『自家人』而起，又見專使和侍衛長兩位大人親若兄弟，忽發奇想，不如我們四人結拜爲兄弟，豈非天大美事。」

三人心中恍然。剛才還爲騙了這和他們「肝膽相照」的謝廷石而不安，豈知不旋踵這人立即露出狐狸尾巴，原來只爲了招納他們，才大說好話，好使他們與他站在燕王棣的同一陣線上。事實上謝廷石身爲邊疆大臣，身分顯赫，絕非「高攀」他們。而他亦看出陳令方因與楞嚴關係惡化，變成無黨無派的人，自然成了燕王棣想結納的人選。至於韓范兩人當得來華使節，自是在高句麗大有影響力之人，與他們結成兄弟，對他謝廷石實有百利而無一害。

韓柏正要拒絕，給范良極在檯底踢了一腳後，忙呵呵笑道：「這提議好極了！」

當下四人各懷鬼胎，派人拿來香燭，結拜爲「兄弟」。范良極這次想不認老也不行，成了老大，之下是陳令方和謝廷石，最小的當然是韓柏。

四人再入座後，謝廷石道：「三位義兄義弟，爲了免去外人閒言，這次我們結拜的事還是秘密點好。」三人正中下懷，自是不迭點頭答應。

謝廷石態度更是親切，道：「橫豎到京後難得有這樣的清閒，不如讓兄弟我詳述當今朝廷的形勢。」

韓范陳三人交換了個眼色，都知道謝廷石和他們結拜爲兄弟，內中情由大不簡單，此刻就是要大逞口舌，爲某一目的說服他們。

范良極笑道：「我有的是時間，不過四弟若不早點上去陪伴嬌妻們，恐怕會有苦頭吃了。」

韓柏被他叫得全身毛孔豎個筆挺，嘆道：「三哥長話短說吧！我那四隻老虎確不是好應付的。」

第七章 探囊取物

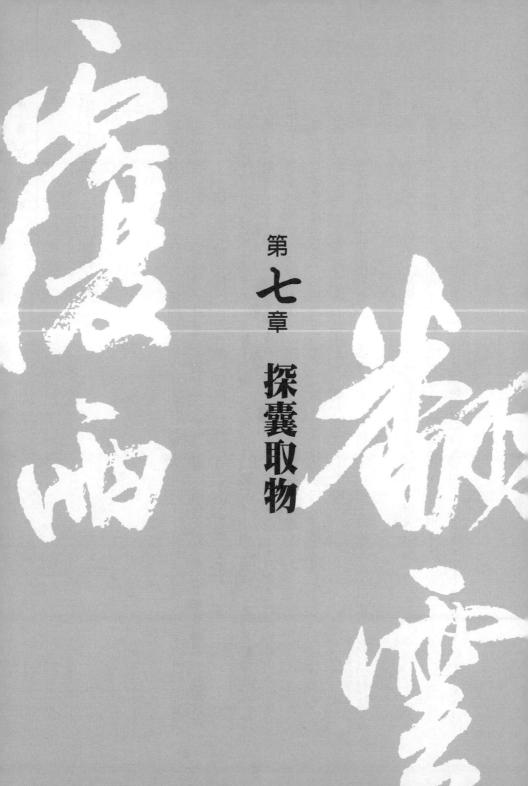

第七章　探囊取物

戚長征趕到樓下大堂時，一位儒雅俊秀之士，在三位美女相伴下，正向他微笑。三女都生得俏麗非常，尤其那身段較高，風韻成熟，身穿素衣的女子，氣質高貴，國色天香，艷色尤勝寒碧翠。心知這定是雙修公主了。他們面容隱見掩不住的哀傷，另兩女雙眼紅腫未消，顯是曾大哭一場。

戚長征不禁心中疑惑，迎了上去，伸手和對方緊握道：「風兄！小弟心儀久了，今日終得相見。」

風行烈勉強一笑，道：「幸好我們沒有來遲，一切客氣話都不用說了，我們全聽戚兄吩咐！」接著介紹道：「這是拙荊谷姿仙和倩蓮，那是小婢玲瓏。」谷姿仙等斂衽施禮。

戚長征見她們神情落寞，知趣地還禮道：「封寒前輩和助拳的朋友都在樓上……」

風行烈點頭道：「那我們立即上去拜見。」兩人帶頭登上木梯。

風行烈低聲道：「我們剛經歷了一件悽慘亡事，至於其中細節，容後稟上。但戚兄切勿以為我們冷對朋友。」

戚長征心中一震，道：「風兄他日若有用得著我老戚的地方，儘管吩咐。」

這時五人來到樓上，尙亭和小半都起立歡迎。一番客套後，才分別入座。

封寒等全是老江湖，一看四人神色，均知道風行烈方面有親人出了事，小半最關心不捨，忍不住問道：「不捨兄近況如何了？」

谷姿仙答道：「他和我娘親都受了傷，正在靜養期間，道長有心了。」

一直垂著頭的谷倩蓮忽地「嘩」一聲哭了起來，不顧一切地投進風行烈懷裏，玲瓏亦被惹得泫然欲泣，反是谷姿仙面容平靜，把哀悲深埋在心裏。

風行烈搖頭嘆道：「對不起，賤內白素香日前在與年憐丹一戰中，不幸慘死，倩蓮才會如此失態。」

尚亭道：「不如我派人送貴夫人到房內稍作憩息好嗎？」

谷倩蓮嗚咽著道：「不！我要留在這裏。」

乾虹青隱居多年，性情大變，聞言心酸，差點陪著谷倩蓮哭了起來。

封寒眼中爆起精光，冷哼一聲道：「想不到以年憐丹的身分地位，仍晚節不保，到中原來作惡，我倒要看他是否有命回去。」

風行烈眼中射出懾人的寒芒，冷然道：「殺妻之恨，無論他到了哪裏去，我誓要向他討回來，不過今晚暫且將此事放在一旁，好應付方夜羽的爪牙。」

寒碧翠奇道：「聽風兄的口氣，好像肯定方夜羽今晚不會親來對付我們。」

風行烈這才有機會細看這江湖上美麗的女劍手，她最使人印象深刻的一點，就是以一個年方十八的少女，便成爲了丹清派的掌門人，這在江湖上是從未有的先例。心中亦暗自奇怪，她不是立誓不嫁人的嗎？爲何與戚長征態度如此親暱。只要不是瞎子，就可看出她望著戚長征那眼神內含蘊著的風情。寒碧翠此刻敏感無比，見到這容貌風度與戚長征各有千秋的年輕男子，瞧著自己時那奇怪的神色，已知其故，不由重重在檯下踏了戚長征的腳面一下。戚長征痛得差點叫了起來，但又莫名其妙。

谷姿仙代風行烈答道：「我們得到了消息，方夜羽和里赤媚趕往京師去了。」

戚長征拍檯道：「那我們今晚定會見到方夜羽的姘頭了。」眾人忙問其故。

這時幾盤精美的小菜被女侍捧到檯上來。眾人一邊吃著，一邊聽戚長征說及有關殷夫人和鷹飛的事。一個長沙幫的人此時來到尙亭身旁，俯身在他耳邊說了幾句話。

尙亭揮退手下，向各人道：「展羽來了！」

眾人靜默下來。連谷倩蓮亦停止了悲泣，坐直嬌軀。隔鄰傳來椅子拉動和談笑的聲音。寒碧翠並不知展羽訂了鄰房一事，驟然聞得殺父仇人就在一壁之隔的近處，嬌軀劇震，望向戚長征。

戚長征向她微微一笑，驀地向隔鄰喝道：「『矛鏟雙飛』展羽，可敢和我『快刀』戚長征先戰一場。」

鄰室驀地靜至落針可聞。只餘下窗外街道上傳來的聲音。

謝廷石道：「在懿文太子病逝前，朝廷的派系之爭仍非那麼明顯，主要是以胡惟庸、虛若無爲中心的新舊兩股勢力。世子中則以秦王、晉王及燕王三藩分鎮西安、太原、北平三地最有實力。楞嚴的廠衛和葉素冬的禁衛軍均直屬皇上，獨立於新舊勢力和藩鎮之外。可是懿文太子一死，矛盾立時尖銳化起來。」頓了頓才忿忿不平悶哼道：「天下無人不知只有燕王功德最足以服眾，連皇上也有意傳位燕王。燕王他雄才大略，克繼大業自是理所當然，豈知胡惟庸與楞嚴居心叵測，一力反對，連很多一向討好燕王唯恐不力的無恥之徒，亦同聲附和，使皇上改了主意，立了懿文太子之子允炆這小孩兒爲太子。唉！難道我大明天下，就如此敗在一孺子之手？」

韓范兩人聽得有點不耐煩起來，這些事他們早知道了，何用謝廷石煞有介事般說出來。

陳令方一看他兩人的眉頭眼額，立知兩人心意，向謝廷石道：「我們現在已結成兄弟，三弟有甚麼心事，放膽說出來，就算我們不同意，也不會洩露出去。」

謝廷石老臉微紅，皆因被人揭破了心事，沉吟片晌，才毅然道：「現在胡惟庸、楞嚴和葉素冬三人全靠向了太子的一方，當然是為了他易於籠絡控制，而且在皇上首肯下，已部署對付以我們燕王為首的諸藩，一旦諸藩盡削，明室勢將名存實亡，那時外憂內患齊來，不但老百姓要吃苦，嘿！連大哥及四弟的高句麗亦將永無寧日了。」

范良極皺眉道：「有那麼嚴重嗎？」

謝廷石慷慨陳詞道：「三弟絕沒有半分誇大，胡惟庸這人野心極大，我們掌握了他私通蒙人和倭子的證據……」

陳令方拍案道：「既是如此，為何不呈上皇上，教他身敗名裂而亡，也可為給他害死的無數忠臣義士報仇雪恨，唉！想起劉基公，我恨不得生啖他的肉。」

謝廷石嘆道：「殺了他有何用，反使楞嚴和葉素冬兩人勢力坐大，皇上又或培養另一個胡惟庸出來，終非長久之計。」

韓柏聽得發悶，暗忖這種爭權奪利，實令人煩厭，不由想起左詩三女的被窩，心想和三位美姊姊顛鸞倒鳳後，再躺到秦夢瑤的床上去，摟著她睡一會兒，怕不會遭到拒絕吧！

范良極吸了一口煙後，徐徐吐出道：「在這皇位的鬥爭裏，虛若無扮演個甚麼角色呢？」

韓柏立時精神一振，他關心的不是虛若無，而是他排名僅次於靳冰雲的女兒虛夜月。

謝廷石露出頭痛的神色，嘆道：「這老鬼虛虛實實，教人高深莫測，若我們沒有猜錯，他對皇上已非常失望，不過可能仍未能決定怎樣做，所以有點搖擺不定。」

韓柏心急溜回房裏，好和左詩等纏綿歡好，截入道：「三哥的意思是否暗示最好的方法就是幹掉那允炆，好讓你的燕王能繼承皇位，再一舉剷除掉楞嚴胡惟庸等人，那就天下太平了。」

陳令方登時色變。謝廷石瞪著韓柏，好一會後才道：「就算允炆夭折了，皇上大可另立其他皇孫，形勢仍是絲毫不變。」

陳令方更是面無人色，顫聲道：「三弟的意思是……」再說不下去。

范良極眼中精芒一現，嘿然道：「三弟確有膽色，連朱元璋都想宰掉了。」

謝廷石平靜地道：「兄弟們請體諒廷石，我和燕王的命運已連在一起，不是他死就是我們亡。」轉向陳令方道：「二哥你最清楚朝廷的事，若允炆登位，首先對付的就是燕王和我，然後再輪到你這身居六部之位的要員。」再轉向韓范兩人道：「內亂一起，蒙人乘機入侵，倭人大概不會放棄高句麗這塊肥肉，所以我們的命運是早連在一起的。」

范良極暗忖管他高句麗的鳥事，口上卻道：「你說的話大有道理，大有道理。」

謝廷石道：「這兩天來每晚我都思索至天明，終給我想了條天衣無縫的妙計出來，大哥你們三人先回去想想其中利害關係，若覺得廷石之言無理，便當我沒有說過剛才那番話。」

韓柏第一時間站了起來，點頭道：「三哥請放心，讓我們回去好好思索和商量一下，然後告訴你我們的決定吧！」

鄰房一個雄壯的聲音響起道：「戚長征果是豪勇過人，不過展羽今晚到此，想的只是風月的事，若動刀動槍，豈非大殺風景，戚兄若有此雅興，今晚過後，只要你說出時間地點，展某定必欣然赴約。」只是這幾句話，便可看出對方這黑榜高手的襟胸氣魄，既點出了不怕你戚長征，亦擺明了今晚只是來坐山觀虎鬥，絕不插手，你戚長征有命過得今晚，才來打他的主意吧！不過他肯答應和戚長征決戰，已表示很看得起對方了。

風行烈仰天長笑道：「原來展羽不過是臨陣退縮之徒，若你怕戚兄無暇應付你，不如陪我風行烈玩一場，看看你的矛鏟和我的丈二紅槍孰優孰劣。」

封寒聽得微笑點頭。小半和尚亭都露出佩服的神色，風行烈的豪情比之天生勇悍的戚長征，確是不遑多讓。谷倩蓮伸手過去，按在風行烈的手背上，芳心忐忑狂跳，展羽乃黑榜高手，非同小可，風行烈這有去無回的挑戰，展羽若不應戰，以後就不用出來見人了。所以這一戰勢不能免。谷姿仙卻知風行烈因白素香之死，心中積滿憤怨，展羽就是他發洩的對象，心中惻然。乾虹青和寒碧翠兩人望望戚長征，又瞧瞧風行烈，都感到這兩位年輕高手都有著不同風格，懾人心魄的英雄氣質，難分軒輊。寒碧翠更忖道：爲何直至今天我才遇上這等人物，而且還有兩個之多，只不知那韓柏又是怎麼樣的一個人。她不由生出了好奇之心。

展羽還未回答。另一個似男又似女的高尖聲音陰陽怪氣地道：「原來江湖上多了這麼多不知天高地厚的後浪，弄得我葉大姑的手都癢了起來，展兄不如讓我先玩一場，免得給你一時失手殺了，我想試試這些後生小輩的機會都沒有了。」

尚亭面容微變道：「是葉素冬的胞姊『瘋婆劍』葉秋閑。」

眉頭皺得最厲害的是小半道人。這葉秋閑大姑氣量淺狹，脾氣火爆，在西寧劍派裏地位雖高，人緣卻極差，八派裏沒有人喜歡她。可是她終是八派聯盟裏的人，若她有何差池，他小半很難推卸責任。而且以她的武功，動起手來半分也容讓不得，想不傷她而退實是絕無可能。

展羽從容的聲音又響起道：「現在離子時尚有個許時辰，動動筋骨亦是快事，不過江湖規矩不可廢，不如我們先隔著牆介紹一下兩邊的朋友，總好過不知就裏便動起手來。」

他停了下來，見戚長征方面沒有人作聲，嘿然一笑道：「除了葉大姑和展某外，我們這裏尚有六位朋友，坐在我左旁的是……」

一個低沉沙啞的聲音打斷了他道：「本人『金較剪』湯正和，若有後生小子想領教我，定必奉陪。」

戚長征哈哈一笑道：「湯掌門放著『恆山派』不理，來參加這個屠他媽的甚麼組，顯是放棄了貴派祖師不涉官場的祖訓，想當個恆山縣知縣地保那類的官兒，他日在陰間撞上貴派祖師，自有人教訓你，我老戚只要把你送到那裏便夠了，何用費神。」

淚漬未乾的谷倩蓮聽他說得有趣，忍不住「噗哧」笑了出來，瞧著戚長征，顯是大為欣賞。

那湯正和怒哼一聲，正要翻臉動手，另一女子的嬌笑聲響起道：「湯掌門何用為這些後輩動氣，眼看他們過不了今夜，讓著他們一點兒吧！」

一個粗豪雄壯，中氣十足的男聲道：「旦素貞小姐所言極是，我們何須與這些小惡棍一般見識。來！讓沈丘人敬湯掌門和旦小姐一杯。」

聽到這沈丘人稱戚長征為惡棍，寒碧翠不由笑著橫了戚長征一眼。戚長征微微一笑，伸手過去抓著寒碧翠的纖手，促狹地眨了眨眼。寒碧翠羞怒下撥開了他不規矩的手。尚亭看在眼裏，不由佩服戚長征的鎮定修養。因爲這旦素貞和沈丘人都是白道裏聲名卓著的一流高手，不屬於任何門派。要知聚則力強，分則力薄。所以若能不倚靠門派幫會撐腰，而能在江湖上成名立萬者，都必須有過人本領，否則早給人宰掉了，由此即可知道「射雁劍」旦素貞和「假狀師」沈丘人都是不可小覷了。只是對方已道出姓名的五個人，便知這以展羽爲首的屠蛟小組實力驚人，難怪敢公然訂了鄰房，和他們唱對台。封寒閉起雙目養神，臉色冷傲，毫不動容。風行烈則默默喝著悶酒，眼神深邃憂鬱。

展羽的聲音響起道：「還有三位朋友，就是『落霞派』第一高手『棍絕』洪當老師，『武陵幫』的大當家『樵夫』焦霸兄和京閩一帶無人不識的『沒影子』白禽兄。」

這三人的綽號名字一說出來，連寒碧翠亦爲之動容，洪當和焦霸都是江湖上擲地有聲的響噹噹名字，尤其那「沒影子」白禽，是個介乎黑白兩道的人物，誰也不賣賬，自然是因爲武技強橫，想不到加入了愣嚴的陣營裏。

封寒聽到白禽的名字，閉上了的眼睛猛地睜開，精芒電射，低喝道：「白禽！」

鄰房一個悅耳的男聲愕然道：「誰在叫白某？」

封寒長笑道：「天理循環，疏而不爽，這次眞是得來全不費工夫。」話還未完，他已由椅裏彈了起來，往橫移去，「砰」一聲撞破了板牆，到了鄰房去。

戚長征等爲這突變愕在當場。椅跌檯碎，兵刃交擊，掌風勁氣之聲爆竹般在鄰房響起。接著是悶哼慘叫和怒喝之聲。戚長征和風行烈早跳了起來，待要往鄰房撲去，封寒倏地從破洞退了回來，還在凌空當兒，刀往背上鞘套插回去，一支長矛由破洞閃電般往封寒後背電射而至。風行烈「鏘」一聲提起丈二紅槍，冷喝一聲，紅槍像一道閃電般與長矛絞擊在一起。對方「咦」的一聲，待要變招，戚長征的天兵寶刀迎面往那人劈去，刀鋒生寒。那人倏退一步，長矛轉打過來，變成了一把鐵鏟，硬接了戚長征那疾若迅雷奔電的一刀。兩人同時退開。

封寒看也不看後方一眼，安然落到椅裏，「鏘！」的一聲，刀入鞘內。他額角有道長約三寸的血痕，左肩衣衫破裂，但神情卻優閒自在，才坐了下來，順手拿起檯上美酒，一口喝盡，仰天大笑道：「痛快痛快，白禽你以為我已收刀歸隱，才敢再出來橫行，豈知一出江湖立即命喪封某之手，可知因果報應，實是玄妙吧！」

眾人這時無不知道封寒和白禽間有著大恨深仇。鄰房靜了下來。風行烈和戚長征對視一笑，各自回到座位裏。沒有動手的人不由透過破洞望進鄰房裏，只見地上全是破椅碎木，杯碟飯菜，一片狼藉，凌亂不堪。一個瘦長男子身首異處，躺在血泊裏。其他人顯被殺寒了膽，都退到破洞看不見的角落。尚亭、小半、寒碧翠等起始時還有點怕封寒因兩敗於浪翻雲劍下，功力減退，現在看他竟能在有展羽在場的強敵環伺下，斬殺白禽若探囊取物，不由定下心來。乾虹青愛憐地為封寒檢視傷勢。

展羽帶著狂怒的聲音由鄰房傳過來道：「封兄刀法大進，展某不才，要領教高明。」

封寒冷喝道：「你終日想做朱元璋的狗奴才，致毫無寸進，在這樣的情況下，仍只能在封某額角留下一道血痕，有何資格向我挑戰，長征！你就以我的天兵寶刀把他宰了，他黑榜的位置就是你的了。」

風行烈哈哈一笑道：「剛才不是還有很多大言不慚的前輩嗎？在主菜上檯前，誰來陪我先玩一場助興。」

風聲響起，葉大姑的聲音在樓下空地厲叫道：「風行烈！我本因你是白道中人，故特別容忍你，豈知你不懂進退，下來吧！讓我看看厲若海教了你甚麼東西？」

風行烈正要答話，小半歉然道：「風兄！這瘋婆子怎麼不好，仍是我八派的人，請槍下留情。」

風行烈呆了一呆。葉大姑難聽的聲音又在下面叫道：「怕了嗎？風小子！」

谷姿仙提劍而起，笑道：「烈郎！讓姿仙去應付她。」

風行烈點頭道：「小心點！」

他的紅槍一出，確是難以留情。谷姿仙向各人微微一福，飄然而起，以一個優美無倫的嬌姿，穿窗而出。

韓柏等告別了他們的「兄弟」謝廷石後，回到後艙去。

陳令方到了自己的房門前，停下腳步向范良極道：「大哥！燕王的形勢必是非常險惡，否則不會如此大逆不道的事也敢做出來。」

范良極嘿然道：「子弒父，父殺子，一牽涉到皇位繼承，這些事從來沒有停過，噢！」瞪著陳令方道：「你剛才喚我作甚麼？」

陳令方昂然道：「當然是大哥！」

范良極汗毛直豎，失聲道：「那怎能作數？」

陳令方嘻嘻一笑道：「大哥晚安！我要進去吞兩服驚風散，否則今晚休想安眠。」推門進房去了。

范良極多了這麼一個義弟，渾身不自然起來，向在一旁偷笑的韓柏望去。

韓柏駭然道：「死老鬼，休想我當你是大哥。」急步逃離事發的現場。

谷姿仙輕盈地飄落院裏。早站在院內的葉大姑，一頭銀髮，相貌卻只像三十許人，本來長相不差，可惜卻是一張馬臉，使人看得很不舒服，這時見來的是谷姿仙，沉下面容喝道：「風行烈膽怯了嗎？竟派了個女娃子來送死！」

谷姿仙眼光環視全場。上面兩間廂房的人固是走到欄干處，憑欄觀戰，前方近大門口處把守著的丹清派和湘水幫高手，亦忍不住擠在一旁，遠遠瞧著。

谷姿仙向葉大姑盈盈一福道：「姿仙代夫應戰！大姑請賜教。」

葉大姑厲聲道：「你就是少林叛徒不捨的女兒，我不但要教訓你，還要教訓你爹。」

谷姿仙毫不動氣，淡淡道：「天下有資格論阿爹不是的，只有少林的長老會。」

她答得大方得體，又有顛撲不破的道理，葉大姑爲之語塞，剛才給封寒一掌把她震得連人帶劍撞往牆去，早憋了一肚子氣，惡向膽邊生，「鏘」一聲抽出她的瘋婆劍，一式「風雷相薄」，忽左忽右，刺向谷姿仙。谷姿仙微微一笑，劍到了纖手內，還側眸仰臉向著風行烈嫣然一笑，劍尖卻點在葉大姑的劍鋒上，竟是後發先至。葉大姑全身一震，長劍差點脫手，只覺對方劍勁源源不絕，竟還似留有餘力。駭然想道：難道她年紀輕輕便已達先天之境。樓上的封寒、戚長征等全放下心來，他們本怕因著經驗不夠的關係，谷姿仙的內功勝不過葉大姑，豈知剛好相反。風行烈卻知道谷姿仙的功力已全面被年憐丹引發出來，故突飛猛進。

展羽方面所有人都大皺眉頭，谷姿仙已如此厲害，風行烈還用說嗎？谷姿仙追著往後疾退的葉大姑，劍勢展開，立時把對方捲入劍芒裏。她的雙修劍法，每一個姿勢都悅目好看，說不出的蜜意柔情，但又是淩厲懾人。那兩種截然相反的感覺，使人一看便知是第一流的劍法。

谷倩蓮鼓掌道：「葉大姑眞的變成瘋婆子了！」

眾人細看下，那葉大姑被殺得前躲後避，左支右絀，眞的充滿瘋癲的味道，不禁莞爾。葉大姑更是氣得瘋了，偏是谷姿仙每一劍刺來，都是自己的空隙要害，顧得住擋格，連同歸於盡的招式都使不出來，暗暗叫苦。

劍光忽斂。谷姿仙飄了開去，收劍道：「承讓了！」

葉大姑持劍愣在當場，一張馬臉陣紅陣白，忽地一跺腳，就那麼躍空而去，消失在牆外。

展羽大感丟臉，暗忖若不勝回一場，這屠蛟小組再不用出來混了，正要向戚長征挑戰，豈知那小子早先發制人道：「風兄！對付楞嚴的走狗，我們不用講甚麼江湖規矩，就請我義父乾羅、封寒前輩出手宰掉其他人，我和你及碧翠則不擇手段幹掉這雙甚麼飛展羽，豈非一了百了。」

展羽聽得遍體生寒，暗忖就算沒有乾羅，以封寒一人之力足可擋得己方剩下的五名高手，那自己還有命在？他眼力高明，剛才擋了風行烈一槍和戚長征一刀，怎還不知若這三人聯手，自己確是半分活命的機會也沒有。一對一嗎？除寒碧翠外，亦要戰過才知，爲此他失去了必勝的信心。他這次來湊熱鬧，本就是不安好心，所謂棒打落水狗，好佔點功勞，向楞嚴交代。他對浪翻雲顧忌甚深，絕不願親手殺死戚長征的人，所以剛才尙忍氣吞聲，大異平日作風。

這時風行烈剛伸手摟著得勝而回的谷姿仙那小蠻腰，聞戚長征之言笑應道：「對付這等混水摸魚的無恥之徒，有甚麼規矩可言，戚兄、寒掌門、姿仙，我們一起上。」他何等聰明，聞弦歌知雅意。儘管以三人之力，可穩殺展羽，但看剛才對方擋他兩人一槍一刀的高絕功力，要殺他而不受絲毫損傷，實是難乎其難，若能把他嚇走，自是最爲理想。

果然展羽冷冷道：「展某失陪了！」風聲響起，鄰室六人齊施身法，掠空而去。想不到他們意氣飛揚而來，卻鬧個灰頭土臉而去。

谷倩蓮拍掌嬌笑，悲戚之情大減。乾虹青白了戚長征一眼，暗忖這小子愈來愈有智謀，再不是只懂逞勇鬥狠了。

戚長征笑道：「將來老戚必會在公平決鬥中，取展小子的狗命。」

寒碧翠見郎君把展羽羞辱一番，心中喜悅，知道這事傳了出去，比殺了展羽還難過。尙亭臉上大有光采，吩咐下人清理鄰室，又用布帳把破洞掩蓋著。眾人紛紛回到席上。戚長征伸手搭著風行烈，談笑風生回到座裏，大讚谷姿仙的厲害。此時有人來報，紅袖姑娘芳駕到了。

在紅袖進來前，谷姿仙向小半微笑道：「幸未辱命。」

小半知道葉大姑如此不濟，主要是輕敵大意，又給封寒先奪其志，但對谷姿仙的雙修劍法仍是佩服不已，謝禮後道：「若公主能和風兄槍劍雙修，恐年憐丹也非對手。」谷姿仙芳心一動，露出深思的神色。

谷倩蓮則湊到風行烈耳旁道：「倩蓮想通了，整天哭哭啼啼，香姊會不高興的，你不用再爲小蓮擔心了。」

風行烈心中一酸，勉強一笑道：「這才乖嘛！」谷倩蓮挨到玲瓏那裏，說著私密話。

對面的寒碧翠得「夫」如此，亦意氣飛揚，心情大佳，低聲向戚長征道：「你若想要紅袖，我再不阻你，但若要入你戚家之門，只可作妾！知道了嗎？」

戚長征聞言皺起眉頭，他乃風月場中的老手，知道大多做姑娘的都有個坎坷遭遇，迫於無奈，所以從不小看她們。不過以寒碧翠顯赫的身分，下嫁他這黑道中人，自是委屈，若還要她與一個妓女平起平坐，怎也說不過去。她肯讓紅袖作妾，已是天大恩典，忙苦笑點頭。寒碧翠見他肯聽自己的話，心中歡喜，笑吟吟為座中各人添酒。

再一聲傳報，一身湖水綠長衣，外披鵝黃披風，頭結雙髻的紅袖姍姍而至，比之昨晚的便服，又是另一番醉人丰姿。尚亭、小半、風行烈和戚長征四人站了起來歡迎。介紹招呼過後，紅袖看了風行烈一眼，暗詫座中竟有比得上戚長征的人物，才移至寒碧翠旁。尚亭這老江湖不用吩咐，給紅袖安排坐在寒碧翠和自己之旁，心中暗讚紅袖策略高明，因為若她逕自坐到戚長征身旁，會有點視寒碧翠如無物的含意，但現在如此一來，擺明自己會乖乖的聽這位姊姊的話，寒碧翠怎能不起憐惜之意。封寒和乾虹青亦看出箇中微妙，相視一笑。

紅袖和尚亭是舊識，客套幾句後，她轉向寒碧翠道：「姊姊生得美若天仙，遠勝紅袖，難怪戚公子昨晚乖乖的跟你走了。」

寒碧翠給讚得心中歡喜，對紅袖大為改觀，低聲道：「你的魅力才大呢！他整天嚷著要找你，否則怎會在生死決戰前，仍要見你，聽你名震長沙的琴曲。」

風行烈見兩女坐在一起，玉容輝映，向戚長征笑道：「戚兄確有本事。」

封寒冰冷的面容露出一絲笑意，舉杯道：「來！讓我們為天下有情男女乾一杯。」

尚亭想起褚紅玉，記起自己以前為了幫務，把她冷落，如今又因野心作祟，累她遭劫，神情一黯，強顏歡笑，喝了一杯。

寒碧翠看到他的神色，道：「尚幫主放心，假設我們能過得今夜，碧翠定有方法使貴夫人回醒過來。」

尚亭大喜，道謝後向紅袖道：「不知姑娘曲興到了沒有？」

戚長征到此刻才找到和紅袖說話的機會，道：「尚幫主剛才向我大讚姑娘曲藝無雙，聽得我心也癢了。」

紅袖謙道：「說到唱曲，有才女憐秀秀在，紅袖怎當得無雙兩字。」

谷姿仙見她優雅中暗帶惹人好感的灑脫，亦對她另眼相看，笑道：「姊姊請賜一曲吧！姿仙等得心焦了。」

紅袖盈盈而起，來到放琴的長几處坐下，調了調琴弦後，叮叮咚咚彈響了一連串清脆悅耳的泛音。她含笑停手，向座上各人道：「諸位誰有點曲的興致？」這時的氣氛，哪還有半點風雨欲來前的緊張。

戚長征大笑道：「我點漢代才子司馬相如情挑卓文君的〈鳳求凰〉。」

紅袖橫了他風情萬種的一眼，暗忖你眞是霸道得可以，但偏又喜歡他的英雄氣概。

谷倩蓮道：「怎麼行，要人家姑娘求你嗎？你奏給她聽才合理嘛！嘻！不如來一曲〈良宵引〉吧！」

紅袖爲之莞爾，還深知道這小姑娘並非幫她。眾人亦哄然失笑。

街上忽地靜了下來，聽不到行人車馬的聲音，與往日熱鬧昇平的花街景況，像兩個完全不同的世界。事實上今晚整條街所有店鋪和賭場妓寨，都知道大戰來臨，均關門大吉，怕遭池魚之殃。現在還有半個時辰就是子時了，誰還敢跑到這一帶來。連官差也只敢在遠處觀望，截著不知情誤闖過來的人。

谷姿仙笑責谷倩蓮道：「你不是一向最幫姊妹們對付男人嘛！為何這次卻助紂為虐。」

谷倩蓮回復了一向的鬼馬靈精，吐出小舌道：「我其實在幫紅袖姐，因為這老戚確是很趣怪。」轉向寒碧翠道：「我有說錯嗎？寒掌門。」

連愁懷不展的小玲瓏亦忍不住笑了出來。寒碧翠俏臉一紅，卻拿谷倩蓮沒法，和谷姿仙相視苦笑。

一直默然不語的封寒道：「這樣說下去，到了子時恐怕仍沒有結果，我那命喪於白禽之手的至交，生前最喜歡柳宗元的〈漁歌〉，現在大仇得報，就以白禽的人頭和此曲，祭他在天之靈吧！」眾人為之肅然，當然不會反對。

紅袖眼觀鼻，鼻觀心。俏臉一時間變得無比優清寧遠。眾人看得一齊動容，暗忖難怪她如此有名，只看這種感情的投入，便知她是操琴高手。「仙翁仙翁」琴音響起，紅袖左手五指在琴弦上「吟、撓、綽、注」，右手五指「挑、剔、劈、掃」，琴音乍起，清婉處若長川緩流，急驟處則若激浪奔雷，一時盡是仙音妙韻。紅袖唱道：「漁翁夜傍西岩宿，曉汲清湘燃楚竹；煙消日出不見人，欸乃一聲山水綠。」琴音由低沉轉至高亢。紅袖俏臉現出幽思遠遊，緬思感懷的神情，配合著她甜美婉轉的歌聲，確是盪氣迴腸，教人低回不已。戚長征與她有著微妙的感情，更是聽得如醉如癡，差點想衝過去把她痛憐蜜愛。一陣高低起伏的動人琴音後，紅袖又唱道：「回看天際下中流，岩上無心雲相逐。」琴音轉低，以至乎無。

當眾人仍未能從琴音歌聲中回復過來前，一陣鼓掌聲由街上傳來，一個男子的聲音響起道：「彈得好，唱得美！紅袖姑娘可肯讓鷹飛再點一曲。」

眾人這時才知子時終至。紅袖的歌聲玉容，似還在耳內眼前。

第八章 花街之戰

第八章　花街之戰

鷹飛的話剛由樓外傳來，眨眼間出現在入門處，向各人微笑抱拳道：「你們好！」

各人的目光落在他身上。封寒的眼閃起亮光，顯是看出他的不凡。背掛雙鉤的鷹飛仍是那副懶洋洋、吊兒郎當的樣子，身穿雪白的武士服，肩寬腰窄腿長，英俊至近乎邪異的面容，攝魄勾魂的眼神，確有非凡的魅力。

他的眼睛掠過寒碧翠、谷姿仙、乾虹青、谷倩蓮和玲瓏五女，最後落在紅袖俏臉上，嘴角逸出一絲驕傲自信的笑意，溫文有禮地道：「紅袖小姐可否為鷹飛奏一曲〈鷗鷺忘機〉，在下正想做那沒有傷害鷗鳥機心的漁夫，才不負鳥兒樂意接近的心意。」

紅袖只覺他的眼神直望進芳心最深處，又聽他談吐優雅，同時顯露出對琴曲的認識，心中一陣模糊，就要答應。谷姿仙知他正向紅袖展開愛情攻勢，自己雖早心有所屬，但剛才被他眼睛掃過時，仍不由芳心一懍，由此可知這人對女人確有異乎尋常的吸引力，出言道：「紅袖姑娘切莫忘記，最後那漁夫終於動了殺機，把鷗鳥加害了。」

紅袖心中一震，清醒過來，想起這確是那故事的發展，站了起來，不敢看鷹飛，低聲道：「今夜紅袖只奏給戚公子一個人聽，對不起了。」走回席上，坐到自己的椅子裏。

鷹飛毫不動氣，哈哈一笑向戚長征道：「柔晶哪裏去了，戚兄不是如此見異思遷的人吧？」他每句話都步步緊逼，務要破壞戚長征在紅袖芳心的好印象。

寒碧翠心頭一陣不舒服，望向戚長征。戚長征優閒地挨在椅背處，斜眼看著這個強勁的大敵，微笑道：「我真的不明白你的心是甚麼做的，絕情地拋棄了柔晶後，她的事理應與你無關，爲何當她找到眞愛後，又苦纏不休，婆婆媽媽兼拖泥帶水，你配稱男子漢嗎？」

尙亭冷冷插入道：「紅玉的事，是否你做的？」

鷹飛仍是那副懶洋洋的樣子，卓立房前，瞧著尙亭微笑道：「原來是湘水幫的尙亭尙幫主。」攤開雙手道：「貴夫人投懷送抱，我若拒絕，豈非說貴夫人毫無吸引力，那可大大不敬了。」

尙亭怒喝一聲，便要躍起動手，小半一把按著他，在他耳旁低聲道：「他是故意激怒你的。」封寒冷哼一聲，顯然動了眞怒。

風行烈一聲長笑道：「好膽色！竟敢一人來赴約，風某倒要掂掂你有多少斤兩。」

鷹飛灑然笑道：「戚兄肯把在下讓給你嗎？」

戚長征向風行烈嘆道：「這淫徒只有這句話才像點樣子，今晚他確是我的了。」

眾人都心中一震。這鷹飛高明至極，料準戚長征不得不和他決戰，只要他能殺死戚長征，他們亦唯有眼睜睜看著他離去。在戰略上比之千軍萬馬殺來更爲有效。實際上戚長征正成了今晚的主角，殺了他，方夜羽的一方可算大獲全勝。事後他們自可再分別截殺所有在座的人，這還不是最如意的算盤嗎？眾人剛才早由戚長征口中知道此人的厲害，這時都爲戚長征擔心起來。寒碧翠不由伸手過去，握著了戚長征的手。

封寒冷喝道：「既是如此，長征你去領教蒙古絕學吧！」

鷹飛大笑道：「快人快語，鷹某就和戚兄決戰青樓，不死不休。」

紅袖站了起來，提起酒壺，嬝嬝婷婷地到了戚長征身旁，爲他斟滿酒杯，情深款款道：「紅袖敬公子一杯，祝公子旗開得勝。」鷹飛眼中閃過一絲嫉恨之色，想起了水柔晶。

戚長征哈哈一笑，舉杯一飲而盡，向各人道：「待我殺了此獠，再上來和各位痛飲。」

尙亭舉杯祝道：「上天必站在戚兄的一方。」

戚長征「鏘」一聲拔出天兵寶刀。

封寒拔出長刀，拋向戚長征，沉聲道：「雙刀破雙鉤，去吧！」

戚長征右手接刀，恭身道：「小子領命！」言罷掠往房外，到了門外可俯視整個大堂的樓台處，一聲長嘯，凌空躍起，一個倒翻，左右兩手化作長虹，往下面的鷹飛激射而去。

寒碧翠和紅袖看著戚長征豹子般充滿勁道的背影，露出顚倒迷醉的神色。直到此刻，紅袖才成功地藉戚長征驅走了鷹飛詭邪魅異但又有著強大誘惑力的影子。尙亭心中爲戚長征祈禱，他看出了鷹飛是那種能令燈蛾撲上去自殺的烈燄，褚紅玉身體留下亢奮的痕跡，正是明證。

谷倩蓮第一個奔出房外去，叫道：「快看那小子怎樣殺死那壞傢伙。」

「噹噹！」兩聲清響震徹整個大堂。關乎中原和蒙古武林盛衰的一戰，終於揭開了序幕。

鷹飛卓立大堂中央，嘴角帶著一絲驕傲的笑意，直至戚長征雙刀劈至頭上五尺許處，才迅速拔出背上雙鉤，左右開弓，先彎往外，待勁道使足時，同時擊在刀鋒處。兩下激響，回傳堂內。這時封寒、風行烈等全擁出房外，一字排開，倚在二樓房外的欄干旁，居高觀戰。守在大門處的丹清派和湘水幫高手，亦忍不住擁集在大堂入口處和兩旁，目不轉睛看著堂內驚心動魄的龍爭虎鬥。

鉤刀相擊。戚長征感到一股怪異至極的力道，把自己往鷹飛扯去，駭然提氣，升起尋丈，再一個倒翻，落到大堂邊緣處，與鷹飛相距三十步許，遙遙對峙著。在二樓倚欄觀戰的封寒和風行烈對望一眼，都瞧出對方心內的震駭。要知即使換了他們中任何一人，要擋戚長征這凌空下擊、聲勢駭人的兩刀，幾乎肯定須往旁移避，再部署反擊，現在鷹飛竟能半步不移，不但化解了戚長征全力兩擊，還逼得他退飛開去，確使人大是驚懍。更駭人處是他並不趁勢追擊，任由戚長征立穩陣腳，只從這點看，即知他有著必勝戚長征的信心。

最震駭的當然是戚長征本人，直至現在，他才眞的明刀明槍和鷹飛對陣，剛才兩擊，試出鷹飛的功力確當得上深不可測這形容，難怪連里赤媚亦如此看得起他。幸好戚長征心志堅毅卓絕，無論面對多麼強大的對手，亦從不會氣餒，這時收攝心神，進入「晴空萬里」的境界，湧起無窮無盡的鬥志，一聲狂喝，閃電掠往鷹飛，左手使出封寒傳授的左手刀法，右手則是慣用的絕技，一先一後，一重一輕，疾風掣電般向敵手中路狂攻而去，全是沒有留手的拚命招數。一時寒電激芒，耀人眼目，威猛已極。谷倩蓮反應最快，立即喝采。大門處近三十名觀戰者同時吶喊助威，震耳欲聾，更添戚長征聲勢。

鷹飛嘴角抹出一絲冷笑，雙鉤提至胸前的高度，也是一先一後，擺好門戶。他表面雖是從容輕鬆，其實卻是心中懍然。他顧忌的不是戚長征已進入先天之境的武功刀法，而是對方出自天性的勇狠，和堅凝強大的氣勢，嘴角逸出的冷笑，乃是他已擬好應付方法。戚長征狂猛的氣勢，這時無人不清晰地感覺出來，連尙亭、小半、寒碧翠、紅袖、玲瓏亦加入搖旗吶喊的行列。只有封寒和風行烈兩人神情更見凝重。谷姿仙則憑著因雙修心法而來的直覺，察悉鷹飛的厲害。

這時戚長征離鷹飛只有十步，一掠即過，驀地放聲長嘯，把所有狂呼高叫全蓋了過去，本在後的右手刀忽搶先破空而出，超過了左手刀，而左手刀卻使出一路細膩纏綿的刀法，幻起一團芒花，護著全身要害。一簡一繁，教人嘆爲觀止。那比左手畫圓，右手畫方的難度，更要超越百倍。「鏘鏘！」鷹飛微向前俯，雙鉤擊出，正中敵人的右手刀。戚長征全身一震，衝勢受挫。旋即左手刀鋒芒擴大，千百刀影，往鷹飛罩去。鷹飛一聲長笑，右鉤平平實實橫揮入刀芒裏。「叮！」正中刀尖。刀芒散去。正在高呼狂叫的人，見到鷹飛鉤法如此精妙，都忽然啞口無聲，全場陷入落針可聞的寂靜裏。那由嘈吵轉靜的變化，營造出一種使人心頭悶壓的氣氛。戚長征雙目神光電射，左手刀回守身前，扭腰下右手刀閃電般往鷹飛面門直劈過去。鷹飛冷哼一聲，雙鉤交叉，硬架了這無堅不摧的一刀，同時兩鉤交鎖，往前一送。戚長征只覺對方內勁，如長江大河般由雙鉤湧來，雖明知對方空門大露，左手刀硬是砍不出去。「蓬！」氣勁相交。兩人同往後退。至此戚長征先聲奪人的攻勢盡被破解。

鷹飛剛才任由戚長征搶得先勢，就是爲了求得他攻勢受挫，氣勢衰竭的剎那，大笑道：「戚兄難道技止此矣！」翻身滾倒地上，雙鉤化作護身精芒，刺蝟般往戚長征下盤捲去。戚長征剛以內勁和鷹飛毫無取巧的硬拚了一記，氣血翻騰，本以爲對方亦不好過，哪知對方像沒事人似的反攻過來，顯然內功仍勝自己一籌，心中叫苦，唯有繼續後退，爭取一隙的回氣時間。旁觀各人都大皺眉頭，若戚長征給鷹飛逼到牆角，形勢將會是凶險至極點，因爲鷹飛的雙鉤，當然比長刀更有利於近身搏鬥，戚長征豈非有敗無勝。在離後牆尚有五步許的距離時，戚長征厲喝道：「看刀！」右手刀鋒微側，化作長虹，竟硬生生從雙鉤的縫隙間切入鉤芒裏，直取翻滾過來鷹飛的胸膛。眾人立時轟然叫好。連鷹飛也想不到在危急存亡間，戚長征竟能施出如此天馬行空，全無軌跡可尋的一刀，叫了聲好，往後彈起，左手鉤回擊刀背上。「噹！」激響震懾全場，功力淺者，都要耳鼓生痛。戚長征有如觸電，往後急退，「砰」一聲撞在牆上，口角逸出血絲。鷹飛踉蹌退了五步，一聲長笑，又掠了回來，雙鉤幻出漫天寒影，層層鉤浪，狂潮裂岸般往戚長征洶湧過去。戚長征後腳一撐牆壁，猛虎出柙般往前飆出，雙刀化作千重刀芒，迎上對方強悍絕倫的攻勢。「叮叮噹噹」，鉤刀交擊之聲不絕於耳。兩條人影交換互移，在漫天氣勁裏閃跳縱躍，你追我逐，也不知誰佔了上風。樓上風行烈的手已握在丈二紅槍之上，目不轉睛注視著場中的發展。

「轟！」狂猛的氣勁交擊後。兩條人影分了開來。鷹飛左肩處衣衫盡裂，鮮血不斷流下，染紅了半邊身。戚長征單刀柱地，支持著身體，看似全無傷痕，但眼耳口鼻全滲出血絲，形相淒厲之極。紅袖呻吟一聲，差點暈倒，全賴玲瓏攙扶著她。寒碧翠手握劍柄，俏臉再無半點血色。

場中的鷹飛冷哼道：「好刀法！」仰頭傲然望向封寒等人，笑道：「你們若怕他被殺，儘管下來助他，我鷹飛一併接著好了。」封寒冷哼一聲，沒有作聲。這時任誰都知道鷹飛佔在上風了。

鷹飛凌厲的眼神轉到戚長征臉上，嘿然喝道：「若你棄刀認輸，我可暫饒你狗命，不過坦白告訴你們，這條花街已被我們重重封鎖，任你們脅生雙翼都飛不出去。」再一陣狂笑後，得意地道：「我們撤去了對長沙府的包圍，並非怕了官府，而是和他們合演一場好戲，讓敢反對我們的人都投進來，好一網打盡。」

戚長征站直虎軀，雙目生威，露齒一笑，臉上的血漬絲毫不影響那陽光般的溫暖和魅力，道：「你得意太早了，未到最後，誰可知勝負？」

鷹飛哈哈一笑，一揮手中鉤，遙指他道：「我拚著捱你一刀，擊中你兩處要穴，現在你功力最多只剩下小半，還有何資格和我談誰勝誰負？」

戚長征冷哼一聲道：「你的弱點是太愛惜自己了，所以雖有數次殺我的機會，卻怕會在我反撲下受到重創，現在還說這麼一番話，只不過不敢和我分出生死，你若還是個男子漢，就承認給我說中了吧！」

鷹飛眼中掠過濃烈的仇恨和殺機，暴喝道：「好！我就拚著受傷，也要在愛你的人面前將你擊殺，然後我會把你的女人逐一征服。」

谷倩蓮在樓上怒叱道：「無恥！」

鷹飛仰首向她望去，露出個迷人的笑容道：「小妮子試過在下的滋味後，包你覺得你的風郎味同嚼蠟。」

谷倩蓮氣得跺足道：「行烈！給我幹掉他，否則倩蓮以後都不睬你了。」

眾人心中暗讚，知道谷倩蓮奇謀百出，藉此使風行烈有藉口介入兩人的決戰裏。風行烈哪會不明白，大喝一聲，人槍合一，往下撲去。槍未至，鷹飛衣衫已被氣勁吹得狂飄亂拂。鷹飛一聲長嘯，躍空而起。「噹！」雙鉤架上丈二紅槍。風行烈有若觸電，往後翻退。鷹飛則藉勢橫空躍起，落在對面的欄干處，足尖一點，箭般射上屋頂，「轟」一聲衝破屋頂，逸了出去。

風行烈落到地上，手臂痠麻，暗駭此人功力之高，與年憐丹所差無幾，這才眞正明白為何連戚長征都要吃了大虧。寒碧翠一聲驚呼，往戚長征處躍下去。戚長征雙刀噹啷落地，口噴鮮血，仰後便倒。他剛才只是硬提一口眞氣強撐著，鷹飛一走，意散神弛，再支持不了。

寒碧翠把戚長征摟入懷裏，熱淚狂湧，淒叫道：「不要嚇我啊！」

封寒等全躍了下來。谷姿仙拿起戚長征雙手，以獨門心法度進眞氣，臉上現出奇怪的神色道：「他是故意昏了過去，以爭取療傷的時間和更佳的效果。」

乾虹青剛要說話，街上傳來一片喊殺之聲。尙亭知道佈在花街的手下和丹青派的人正與對方動上了手，跳了起來道：「你們在此爭取時間爲戚兄療傷，我出去盡量阻延他們。」

小半喝道：「我和你一齊去！」

封寒冷喝道：「沒有時間了，你找個人背起長征，虹青負責紅袖，我們一起衝殺出去，看看能否趁黑逃往城外去，那活命的機會就可大增了。」

眾人心中懍然，封寒若也要說出這等話來，可知形勢的險惡，實到了無以復加的程度。

風行烈一振手上紅槍，大喝道：「就算我們戰死當場，我誓要他們付出慘痛代價。」

街上的戰鬥更激烈了。剛湧出去的湘水幫和丹清派高手像潮水般退了回來，無不負著血傷。封寒取過戚長征身旁的刀，又珍而重之把天兵寶刀插回他背後的鞘裏，狂喝一聲，帶頭往正門衝去。

當日熱鬧昇平，擠滿尋芳客的花街，一變而爲血雨腥風的屠場。湘水幫近千幫眾，在尙亭手下兩名大將，左先鋒「披風棍」周成和右先鋒「奪命鐧」何慶章兩人率領下，分守在長街的東西兩端，當尊信門的「人狼」卜敵及其兩大殺手「大力神」褚期、「沙蠍」崔毒率著五百紅巾盜由東端殺入花街，乾羅的三百山城舊部，在叛將毛白意的指揮下從西面衝進來時，湘水幫連忙分頭撲出阻截。丹清派人數雖少得多，只有六十多人，但平均武功都比湘水幫的幫眾高明得多，除分了三十多人守在醉夢樓外，其餘均埋伏在兩旁的屋頂處，見狀正欲以強弓勁箭，向敵人狠狠打擊，以魏立蝶爲首的「萬惡山莊」百多名好手及追隨著莫意閒的一群人數多達二十餘眾，剛歸順方夜羽的江湖劇盜中強手，亦於此時由兩邊簷頂殺至，丹清派的人唯有奮起應戰。這次甄夫人指揮進入長沙府的各路人馬，人數只在千五人間，但都是千挑百選的好手，再加上莫意閒、魏立蝶、卜敵、毛白意這類級數的高手，甫一接觸，強弱立見。慘叫連天裏，湘水幫的幫眾雖奮死力抗，仍被敵人衝得屍橫遍地，潰不成軍，連退守醉夢樓也辦不到。守在屋頂的丹清派好手若非當場被擊斃，就是被逼得逃下花街去。就在花街盡是刀光劍影、血肉橫飛之際，花刺子模兩大年輕高手，「獷男俏妹」廣應城和雅寒清，一提鐮刀、一持長劍，率著二十多名族中一流好手，和兩隊六十名方夜羽的魔宮戰士，跨簷而至，趁丹清派的人被殺得自顧不暇時，由醉夢樓對面的屋頂撲下街心，硬生生把在花街苦戰的湘水幫與丹清派聯軍，切成首尾不能相顧的兩截。一時間湘水幫和丹清派陷進全無還擊之力的挨打局面裏。無論在戰術的運用、時間的拿捏上，這甄夫人均顯出深悉軍法的大將之風，難怪方夜羽會委以重任。在敵人的強攻下，守在醉夢樓外的人被迅速清除，廣應城和雅寒清兩人立時展開攻門之戰，把丹清派拿亭方等近三十名好手逼得退入樓內。

封寒就在這時由樓內殺出。後面跟著的是風行烈、谷姿仙、谷倩蓮和小玲瓏，接著是托著戚長征的丹清派元老、寒碧翠的師叔工房生和挾著紅袖的乾虹青，護在兩翼的是尚亭和小半道人，寒碧翠則負責殿後。十個人組成核心的隊伍，在剩下的三十多名丹清派好手擁護下，殺進長街去。最先與敵人接觸的是封寒。甫進長街，兩把大刀迎面砍來。封寒回復了冷酷的平靜，長刀一閃，左面一人濺血拋飛，另一手竟一把抓著另一柄大刀，運勁折斷，一腳把敵人踢得噴血而亡，刀芒再閃，血肉橫飛中，把剛擁入外院的十多名方夜羽手下，硬逼得非死即傷，跌退到街外。驀地勁氣侵體，生得粗獷威武的廣應城和巧俏美麗的雅寒清，分由兩側殺至。封寒眼力何等高明，一看兩人攻來的角度和時間，立知這對男女精擅合擊之術，哪肯讓對方取得主動之勢，就在對方形成合擊前，左手刀使出精妙絕倫的手法，凝聚全身功力，分劈在鐮刀和長劍上。兩人絕不想和封寒硬拚，只是封寒那一刀有若天馬行空，明知是要逼自己比鬥內勁，亦躲無可躲，無奈下運起兵器擋格，以免血濺當場。「噹噹！」兩聲激響。獷男俏姝觸電般狂震，攻勢立呈土崩瓦解，退入了己方的人海裏。表面看來封寒佔盡上風，他卻是心中叫苦，因依他本意是兩刀斃敵，以挫對方氣燄，哪知只能逼退兩人，可知對方如何強橫。兩人一退，其他人更是不堪一擊，眨眼間在封寒帶領下，四十多人殺至街心，再往右端衝。

哨聲在遠處高樓上響起，敵方在屋簷上的好手聞訊後，紛紛撲了下去，加入圍殲封寒一夥的劇戰中。風行烈這時推進至封寒左翼稍後處，手中丈二紅槍決盪翻飛，擋者披靡。他的紅槍遠近皆宜，最善肉搏血戰，每槍擊出，都生出一股慘烈無比的氣勢，兼之體內三氣匯聚，內力源源不絕，無有衰竭，比之封寒的威勢，亦是不遑多讓。另一邊則是谷姿仙、谷倩蓮和小玲瓏三女，她們的武功心法同出一源，在谷姿仙的帶領照顧下，配合得天衣無縫，守得封寒右翼滴水難進，使封寒沒有兩側之憂，把左手刀法發揮盡致，硬在如狼似虎的敵人間殺出一條血路。其他丹清派好手，在尚亭的大刀和小半道人的「太極七截棍」主攻下，層層護在托著戚長征的工房生和挾扶著紅袖的乾虹青兩側和後方，跟著隊伍，陣形完整地向花街的東端挺進。寒碧翠落在最後，手中寶劍亦殺得趕上來的敵人叫苦連天。一時間，他們勢若破竹般往花街另一端衝殺突破，似是無人可把他們的去勢緩下來。封寒等當然知道這只是個假象。敵方眞正的高手，除了剛才那對異族男女外，已知的如莫意閒、魏立蝶、卜敵、毛白意等一個未見現身，還有未知的更是高深莫測，現在只以手下圍攻他們，擺明在消耗他們的體力，怎不教他們擔憂。此時除了他們這一群的惡戰正是方興未艾外，花街他處的戰事已轉趨零星疏落，在敵人強大的力量下，湘水幫和丹清派聯軍只在做著全軍覆滅前無奈的掙扎。

優雅的甄夫人站在屋簷高處，冷靜地注視著下方的發展。和她並肩而立的是包紮好了傷口的鷹飛，臉色有點蒼白，但眼中卻閃著興奮的光芒。兩旁較遠處同在觀戰的是銀髮垂肩的「紫瞳魔君」花扎敖、「銅尊」山查岳、年憐丹的師弟「寒杖」竹叟、由蚩敵、強望生、柳搖枝和剛離開戰場，滿手血腥的莫意閒以及魏立蝶這兩個一派宗主。

鷹飛向甄夫人道：「記得你曾答應我要生擒那幾個妞兒的，最要緊不可損毀她們的臉蛋。」

甄夫人嘴角逸出笑意，往旁移去，直至香肩碰上鷹飛的肩膊，才道：「你這麼色膽包天的人，爲何總不來勾引我？」

鷹飛如觸蛇蠍般移開少許，皺眉道：「夫人不要引誘我好嗎？我並不是吃素的和尚。」

甄夫人伸手一掠秀髮，幽幽道：「素善長得不美嗎？爲何打動不了你的心。」

鷹飛看得呆了一呆，嘆道：「就是因夫人你太動人了，我才怕把持不住，若說天下間可有我不敢沾手的美女，那就是你；不但因你的心計武功難以估測，更重要的是方夜羽是我眞正敬服的好友。」

甄夫人放浪地嬌笑起來，點頭道：「看你苦忍的慘樣兒，比和你合體交歡更有趣多了。」

鷹飛恨得牙癢癢地，暗忖這美人眞是自己命中剋星，明是對自己沒有愛意，但絕不放過逗弄自己的機會。

甄夫人再不理鷹飛，撮唇發出一下尖吭的哨聲。原本在外圍虎視眈眈的卜敵、毛白意、褚期、崔毒、萬惡沙堡的惡和尚、惡婆子、廣應城、雅寒清及二十多名功力較高，剛剛投靠方夜羽的黑道高手，立時抄後攻去，把攻擊力集中在寒碧翠、尙亭、小半和一眾丹清派好手身上。形勢立變。丹清派的好手紛紛倒地，或死或傷。寒碧翠且戰且退，一把劍硬是擋著了廣應城和雅寒清兩人凌厲的攻勢。小半道人顯露出他的眞實本領，手中七截棍如龍出海，威勢驚人，一掃一揮，一吞一吐，無不含蘊著狂猛氣勁，兼且後力悠長，沒有半絲破綻，一個人頂著惡和尙和惡婆子兩股有若瘋狂的攻勢，不過當毛白意加入時，他已應付得左支右絀了。但他能支持這麼久，已可使他在十八種子高手中脫穎而出，成爲不捨和謝峰之下最傑出的高手。

另一邊的尙亭則到了生死存亡的時刻。尙亭乃一幫之主，武功自是高明，可惜甄夫人卻選了他那一方作突破的一環，安排了卜敵、褚期、崔毒和那些黑道高手，集中力量對他那方施以無情痛擊。尙亭身旁的丹清派高手逐一倒下，他自己身上亦多處負傷，逼得乾虹青和工房生亦不得不騰出一手仗劍來爲他抗敵。尙亭勉強擋了卜敵擊來的銅環，一陣氣浮心跳，崔毒的長矛已破空側刺腰脅，眼看避之不及，暗叫吾命休矣。「噹！」一把刀劈在長矛尖上，震得「沙蠍」崔毒踉蹌跌退，接著封寒的聲音在耳旁響起道：「尙幫主過去助小半道長。」寒光暴起，卜敵等紛紛倒跌開去。

當尙亭移往小半那方時，才發覺剛才和自己並肩守在那邊的己方高手早已一個不剩，心中湧起悲痛，不顧一切地向剛在小半右肩添了一道刀痕的毛白意殺去。這時風行烈的丈二紅槍代替了封寒的刀，一馬當先，衝入敵陣裏。他愈戰愈勇，每一槍攻出，必有人應聲倒地，沒有人能切入他丈二紅槍威力籠罩下十步之內。不過他們已好景不再，敵方高手的出動，使他們陷於苦戰之局，雖仍能不住挺進，但和剛才的勢如破竹，自是形勢大異。谷倩蓮和小玲瓏都受了不輕的傷，由谷姿仙負起匡助夫君兩翼的重責。

在上方觀戰的甄夫人微笑道：「封寒和風行烈武功強橫，沒有人會感驚奇，想不到谷姿仙和寒碧翠也如此厲害，鷹飛你生擒他們的願望，恐怕要落空了。」

鷹飛正凝視著下面慘烈的激鬥，聞言冷哼道：「若有你的人出手，哪怕她們不手到擒來，若我不幹過戚長征的女人，怎能平心中之氣，夫人莫要捉弄我了。」最後一句隱帶懇求之意，戚長征那一刀使他暫時難以逞強，唯有向這可惡的甄夫人屈服。

「紫瞳魔君」花扎敖聽到他們的對話，道：「那胖道人氣脈悠長，在這樣惡劣的形勢下，仍不露敗象，也不可小覷。」

「銅尊」山查岳不耐煩地伸出舌頭舐著唇皮道：「素善！我的手癢了。」

甄夫人心中微笑，她故意讓這批高手在此旁觀，一方面是讓他們看清楚敵人的虛實，更重要是以眼前血腥的情景激起他們的凶性，聞得山查岳如此說，知道時候到了，下令道：「花老師和山老師你們務要擊殺尙亭，那小半則放他一馬，至多可殘他肢體，以免八派被逼和我們宣戰，由老師和強老師負責對付封寒；柳老師則咬著對方尾巴殺去，最理想就是把寒碧翠扯著不放，使她落在後方，不能和其他人會合。」接著向莫意閒媚笑道：「莫宗主設法把風行烈逼開，教他不能兼顧他的女人。」

莫意閒給她的媚笑勾得魂魄都差點飛出來，偏又知此女絕惹不得，笑道：「若鷹兄不反對，谷姿仙就讓給我吧！」

鷹飛見他在這時刻來討人，雖心中暗恨，亦只有無奈道：「就分你一個吧！」

魏立蝶道：「夫人不用說了，就由我牽制谷姿仙，竹叟兄就下手對付只剩下半條性命的戚長征和負責擒人。」

甄夫人一陣嬌笑，然後玉臉一寒道：「正是如此，去吧！」眾囚悄無聲息，往戰場掩去。

鷹飛聽得心悅誠服，甄素善調配人手，似是隨口說出，其實卻是經過深思熟慮和精確計算的，以最厲害的花扎敖和山查岳這兩個強橫老魔頭，對付尚亭和小半，正是上駟對下駟，自應輕易得手，把對方切斷成首尾難顧的兩截，使竹叟可立即下手殺人或擒人。至於用莫意閒來對付風行烈，也是恰到好處，只有莫意閒才可擋著他的丈二紅槍，再由搶入陣中的花扎敖和山查岳從後圍攻，把他殺死。想到這裏，鷹飛差點要把甄夫人摟入懷裏，痛吻三口。

封寒逼退了卜敵和他手下兩大殺手楮期及崔毒後，刀勢展開，連斬敵方七名強手，有若切菜破瓜般毫不留情，忽然退至最後方，代替了寒碧翠，接著了廣應城和雅寒清，同時傳音入寒碧翠耳內，吩咐她應變之法。他退隱前一生征戰，經驗何等豐富，當然猜到敵人接踵而來的手段。寒碧翠退入陣中，從工房生手中接過戚長征，扛在肩上，把封寒的策略分別傳進各人耳內。工房生乃丹清派寒碧翠下的第一高手，剛才因要照顧戚長征，展不開手腳，眼看派中人逐一慘死，心頭憋滿悲憤，這刻回復自由，兼又是生力軍，一聲狂嘯，手中長劍立時把封寒去後的空隙塡補，狀若瘋虎，全不顧自身安危，但求多殺一個敵人便使敵人減一分力量，卜敵等一時竟莫他奈何。風行烈亦知形勢險惡，丈二紅槍倏地擴展，千百道槍芒，翻騰滾捲，連兩翼也籠罩在他的槍勢裏。這時眾人尙相差百步，便將逸出花街，進入蛛網般密佈的橫街窄巷，那時逃起來便容易多了。這百步的距離，正是成敗的關鍵。要知甄夫人這方面無論如何霸道，也不敢不把官府放在眼中，假若他們逐街逐巷追殺目標，鬧得滿城風雨，官府將被迫插手干涉。而不得與官兵動手的自我約束，使他們不得再追擊封寒等，那麼這次行動將會功敗垂成了。

封寒「噹噹」兩聲，砍在敵人兵器之上。廣應成和雅寒清慘哼一聲，跌退到兩側。封寒倏往後退，反手按在戚長征背上，眞氣源源輸進戚長征體內，他這是第二次爲戚長征療傷，已深悉對方底細，故能事半功倍。而寒碧翠自把愛郎扛在肩上，便一直爲他打通閉塞了的經脈，這也是封寒剛才其中一個吩咐，使封寒的療治更易奏效。勁風驟起。四周驀然壓力大增，原來眾凶紛紛由兩邊屋頂撲下，向他們展開最強猛的殲殺行動。眾凶都是身經百戰的人，不須商量，首先攻擊的就是對方最強的兩個人——封寒和風行烈，務使各戰友攻擊其他人時，教他們難以分手援救。唯一的問題是對方的長形陣式，已因寒碧翠退至風行烈、谷倩蓮、玲瓏、乾虹青和紅袖等處，而封寒則緊貼她們之後，早變成了一個圓陣，自不似剛才般易於被分中切斷。這時前是風行烈，後則封寒，左有谷姿仙、工房生，右是尙亭和小半，護著中間四女和戚長征，緩慢但穩定地逐步推進。這陣式的好處是無後顧之憂，但卻不能像剛才般照應得靈活迅速。在這生死存亡的緊張時刻，紅袖改由谷倩蓮和玲瓏護持，乾虹青提著一長一短兩把利刃，準備隨時向兩翼施援。

最先撲至的是蒙古兩大高手由蚩敵和強望生。由蚩敵凌空由右側飛至，連環扣索抖得筆直，猛刺封寒額側。強望生手提獨腳銅人，出現在封寒身前十步許處，大喝一聲「兒郎們退開！」獨腳銅人當胸向封寒搗去，聲勢驚人至極。封寒冷眼看著對方來勢，與潮水般退後的敵人，嘴角逸出笑意，等到兩件兵器離開自己不足五尺之遙處，勁氣使人呼吸頓止的時刻，才收回按在戚長征背心的手掌，掌沿猛劈在由蚩敵的連環扣索處，左手刀則分中砍出，切中強望生重逾三百斤的銅人頭蓋。兩聲轟鳴，蓋過了所有兵器交擊之音。封寒往後晃了一晃，鼻孔噴出血絲。由蚩敵和強望生則是悶哼一聲，分別橫飛後退，想把封寒纏死的願望竟不能兌現。由此可看出封寒的高明，早看出敵人的圖謀，當然若非他有驚人的武功和悠長不歇的內力，亦難以形成這般戰果，挫去了這兩個生力軍驍勇難擋的先聲。

前面的風行烈剛以紅槍把一個敵人戳得骨折肉碎，拋跌開去，還把後面的三名同伴撞得噴血翻飛，亂成一團，人影一閃，白胖胖的莫意閒已攔在前路。風行烈一見對方體形氣度，立知是黑榜高手「逍遙門主」莫意閒，但卻絲毫無懼，丈二紅槍照面門飆射而去。莫意閒手一搖，鐵扇張滿，剛好迎上槍鋒。「蓬！」氣勁交接。風行烈固是衝勢被阻，回退三步，莫意閒亦好不了多少，全身一震，往後飛退七步，才能再雙足點地飛了回來，使出平生絕技「一扇十三搖」，狂風捲掃般幻起漫天扇影，往風行烈揮打刺射。他的大扇忽開忽闔，發出的勁氣固是無孔不入，其收放無定的千變萬化，教人摸不著虛實的招數，才是厲害，一時與風行烈戰個難解難分。

這時兩側的攻勢已覷準時機，同時發動。封寒身為天下有數高手，縱在這等混亂的時刻，對眼前的形勢仍能完全掌握，一見莫意閒攔在前方，立知除非能把他殺掉，否則絕無可能再作寸進。而由兩側攻來的人裏，最令他擔心的是向小半與尙亭攻去的花扎敖和山查岳兩大魔君，他並不知對方是何人，只看對方推進的氣勢和方式，便知道這兩人像莫意閒般難惹，自己能否擋住他們還是未知之數，更何況是混身浴血，苦苦擋持的尙亭和小半。毛白意、卜敵等人往後退開，以免己方的人插不上手。封寒雖是焦慮無比，卻是分身乏術，因為由凿敵和強望生這對合作慣了的凶人，正重組陣式，緊跟而來。原本負責由尾後攻來的柳搖枝，魏立蝶和竹叟三人，則由左方掩至，向工房生和谷姿仙展開強攻。殺氣更熾。風行烈知道不妥，就在兩側強敵壓陣而來前，猛提一口眞氣，向莫意閒施展出最凌厲的「威凌天下」，一時槍聲嗤嗤，漫天槍勁，往莫意閒湧去，全是一派有去無回，同歸於盡的招數。他要賭的是莫意閒比他更愛惜生命，因曾受挫於浪翻雲以致減弱了氣勢和自信。兵刃交擊聲爆竹般響起。雙方終於短兵相接。

花扎敖和山查岳兩人鬼魅般來到小半和尙亭近處，前者閃電出手，五指箕張，竟從小半變幻莫測的七截棍影裏辨出端倪，一把抓著棍端，另一手五指曲起，一個拋錘，照小半右肩擊去。小半雖被對方驚人武功嚇得心生寒意，可是四十多年精修和嚴格訓練，豈是那麼容易被對方一招破去，悶哼一聲，後移半步，七截棍另一端彈了起來，打在對方拋錘上，同時太極眞氣輸入棍內，抵擋敵人入侵的內勁。面對著名震大漠的「銅尊」山查岳的尙亭，已陷進最險惡的絕境裏，事實上剛才毛白意等人的猛攻，不但使他負傷累累，尤可慮者他的內氣早到了燈盡油枯的困境，山查岳銅鎚搗來，又不可以閃躲退後，明知不妙，也唯有拚盡餘力，一刀直劈而去。另一邊的形勢亦非常不妙。竹叟閃到谷姿仙前，寒鐵杖迎頭痛擊，招式看似平平無奇，可是速度竟能在一擊之中，生出變化，使人感到他可隨時變招，改變輕重，那種無從測度的感覺才教對手難受。他身爲「花仙」年憐丹的師弟，又與「紫瞳魔君」花扎敖齊名，一出手便封死了谷姿仙所有進退之路，使對方完全處於挨打的劣勢，若非奉命活捉谷姿仙，他的手段會更辣更狠，更令她抵擋不了。工房生則是未動手已知陷於死地，攻來的柳搖枝和魏立蝶任何一人，武功都遠在他之上，眼前兩人聯手強攻，教他如何抵擋。慘叫悶哼，不絕於耳。短促淒厲的慘叫來自尙亭和工房生，兩人幾乎是同時斃命。

谷姿仙和小半兩人都是踉蹌跌退。小半與對方狂猛無儔的內勁硬拚一記後，口噴鮮血，七截棍寸寸碎斷，若非乾虹青雙劍護助，谷倩蓮又從後把他接著，早仰跌地上，但已無再戰之力。封寒在逼退強望生和由蚩敵的第二輪攻勢後，一聲長嘯，閃到乾虹青之旁，接著了花扎敖和山查岳兩個魔頭的乘勝追擊。風行烈以命搏命，逼走莫意閒後，回槍擋著了竹叟的寒鐵杖。可是危殆之勢絲毫未解，魏立蝶和柳搖枝繞過風行烈，往變成守在後方、扛著戚長征的寒碧翠撲去，只要殺了戚長征，縱使各人逃去，他們亦算大勝，何況較外圍處卜敵、毛白意等次一級的高手，仍在虎視眈眈。最外邊則是把丹清派和湘水幫眾完全殲滅之後，圍了過來，總人數降至八百間的山城、尊信門、萬惡山莊和方夜羽的直屬部隊，以這樣的實力，封寒、風行烈等實休想可突圍逃去。

卓立屋簷的鷹飛微笑道：「夫人出手眞是不同凡響。」

甄夫人淡淡道：「若非你先重創了戚長征，以此人的天生豪勇，我們最終雖必勝，亦要付出很大的代價。」

鷹飛嘿然道：「夫人莫要誇獎我，憑你的武功心智，對付他還不是易如反掌。」甄夫人微微一笑，俏目凝注到戰場上。

這時魏立蝶和柳搖枝搶到寒碧翠身前，往她攻去。寒碧翠眼中露出非常奇怪的神情，一挺劍，五朵劍花向柳搖枝印過去，毫不理會運杖砸向肩上戚長征的魏立蝶。柳搖枝見她長得美艷如花，暗忖若將她擒拿後，定要逼鷹飛讓他分一杯羹，淫笑道：「來！我們親近親近！」橫簫劈打。

魏立蝶眼看要一杖把戚長征打死，忙收回七分力道，怕自己的內勁透戚長征而入，會使寒碧翠受到重創，那時給鷹飛認爲他是蓄意而爲，就大是不妥了。忽地寒芒一閃，本來昏迷了的戚長征已握刀在手，格著自己的鐵杖，一呆間，胸口如受雷擊，到發覺對方藉按著寒碧翠香肩之力，橫腿踢到自己胸膛時，整個人離地後飛，耳鼓裏盡是身內骨骼碎裂的聲音，連護體眞氣都派不上用場，到被後面正衝上來的由蚩敵托著時，噴出一口鮮血，當場斃命。這一方霸主不知走了甚麼運道，先是在與厲若海一戰裏鬧了個灰頭土臉，現在又被經谷姿仙、寒碧翠、封寒先後施救，加上體內先天眞氣的自療神效，剛剛回醒的戚長征覷準他收力時露出的一絲空隙，取了性命。戚長征一聲長笑，躍到地上，一刀斜砍因魏立蝶之死嚇得正魂飛魄散的柳搖枝。寒碧翠手中長劍亦寒芒大盛，務求柳搖枝不能脫身。柳搖枝終是高手，在這生死存亡的時刻，猛一咬牙，一掌拍在寒碧翠的劍身處，疾往後退，同時簫管和戚長征的天兵寶刀絞擊在一起。戚長征哈哈一笑，飛起一腳，往他小腹踢去，欺他再難騰出手來應付。柳搖枝一咬牙，扭轉身體，以厚臀運功硬受他一腳，倒飛開去，臉上半點血色也沒有，顯是這一腳使他受傷不輕。

屋簷上的鷹飛臉色立即變得蒼白無比，顫聲道：「這是不可能的。」

甄夫人神色凝重起來，道：「我們仍是低估了他。」話還未完，拔出腰間佩劍，凌空往戰場掠去。

封寒運刀逼開了花山二魔，高呼道：「長征你們快走，遲則不及，其他人由我來應付，不得違命，免我封寒白白犧牲。」

乾虹青尖叫道：「你們快走，我留下助封……噢！」

封寒反手以刀柄撞在她脅下，閉了她穴道，把她送往谷姿仙處，狂喝道：「帶她走。」

惡和尚和惡婆子見頭子慘死，不顧一切往戚長征撲去。封寒一聲長嘯，人刀合一，越過戚長征，與兩人撞在一起。惡和尚和惡婆子同時仰身拋跌，身首異處，封寒疾退回來，撞入花山二魔間，兵器交擊中，三人踉蹌分開，全受了傷。在場敵我雙方無不懍然，至此沒人不知封寒存心豁了出去，以命搏命。以封寒的刀法功力，這種不顧命的打法，誰不心寒。卜敵等見機得早，只在旁虛張聲勢，不敢眞的上前挑戰。在這樣關鍵的時刻，誰是眞正的一流高手，立即無所遁形。能成爲高手的其中一個條件，就先要把生死置於度外。由蚩敵和強望生狂喝一聲，往戚寒兩人撲去。豈知人影一閃，封寒橫刀前方，攔著他們，同時向後面的戚長征怒道：「還不快滾。」戚長征一聲悲嘯，說不盡的憤慨無奈，倏往後退，迎著由前方衝來的莫意閒，悍不顧死地往他衝殺過去。莫意閒心中一驚，暗忖這小子要找人拚命，自己犯不著陪他，虛應一招，橫避開去。

戚長征向身後眾人道：「隨我來！」

空中一聲嬌叱：「哪裏走！」

甄夫人凌空飛來，眼看便要越過封寒側旁上空，往谷姿仙撲去。封寒一聲狂喝，以肩頭硬捱了由蚩敵一下連環扣，沖天而起，截擊甄素善。

風行烈看得眶眥欲裂，一槍正中竹叟的寒鐵杖，將他硬生生逼開，把丈二紅槍的威勢發揮盡致，護著後方和兩側，大叫道：「我們走。」谷姿仙托著乾虹青，玲瓏和谷倩蓮分扶著小半和紅袖，在寒碧翠的掩護下，往東端殺去，迅速遠離封寒。

「噹！」刀劍交擊。甄夫人一震下飛退後方。封寒傷上加傷，一口鮮血終捺不下狂噴出來，凌空一個倒翻，落地時剛好又截著花山二魔和由強兩個凶人。這時眾人都知道若不殺封寒，休想脫身追上戚風等人，收攝心神，全力向他圍攻。封寒刀勢倏盛，把四人全捲進翻滾著激浪的刀勢裏，每一刀都是同歸於盡的拚命招數，逼得四人只能改採守勢，消耗他的戰力。戚長征等衝殺了三十步許外，終被重新湧上來以百計的敵人截停下來，尤其對手中有竹叟、雅寒清、廣應城、卜敵、毛白意、褚期、崔毒、莫意閒等高手，而他們只剩下戚長征、風行烈和寒碧翠三人仍有作戰能力，但都是多處受創，強弱之勢，顯明可見。

甄夫人和鷹飛這時趕到封寒五人血戰處，兩人對望一眼，心意相通，閃入戰圈，向封寒狂攻而去。封寒兩眼神光射出，罩定甄夫人，一聲長嘯，一刀往甄夫人劈去，全不理攻向己身的其他兵器。甄夫人冷笑一聲，長劍挑出。豈知封寒搖擺了兩下，招呼到他身上的兵器全部落空，左手刀避過與甄夫人硬碰，橫刀向她掃去，看也不看正疾刺他胸膛的一劍。鷹飛大叫不妙，知封寒欲以自己一命，換甄夫人一命，大喝一聲，滾地而去，雙鉤往封寒的左手刀鉤去。甄夫人亦知不妙，但對方身法快若鬼魅，想變招時，封寒胸脅已強撞在自己劍上，肌肉忽地收緊，把深進達五寸的劍刃挾著，同時生出一股扯力，把自己拉著，不但脫身不得，連手也甩不開來。勁氣罩臉而來，鋒寒已至。這一刀乃封寒臨死前的反擊，實是這黑榜高手畢生功力精華，自己武功雖不比他低，仍難以避開，一咬銀牙，凝功玉臂，硬擋上去，希望能以一臂換回自己的性命，同時飛起一腳，往對方下陰踢去。

「鏘！」在千鈞一髮的時刻，鷹飛及時趕至，硬以魂斷雙鉤勾著了這必殺的一擊。鷹飛頹然滾倒地上，噴出鮮血，肩上舊傷爆裂。甄夫人一聲清叱，長劍貫背而出，下面的腳同時踢中對方下陰。封寒七孔鮮血狂噴，屍身被踢得離地飛起，跌向二十步開外，可見甄夫人這一腳的勁力是如何驚人。一代刀霸，終命喪敵手，沒法完成與乾虹青浪遊域外的美夢。

甄夫人驚魂甫定，扶起鷹飛，就地為他療傷，向左右四名凶人喝道：「給我殺了戚風兩人，才能洩我心頭之氣。」四人應命去了。

第九章

影子太監

第九章 影子太監

風行烈等陷進敵人潮湧般攻擊的浴血苦戰裏。

谷姿仙悲叱道：「長征、行烈、碧翠你們三人自行逃生，不要理我們，記住幫我們報仇！」

戚長征仰天狂笑，第三度劈退了莫意閒，不過右腿卻多添了一道傷痕，高嚷道：「風兄，你這兄弟我結拜定了，到了地府後好多個親人。」

風行烈豪情狂湧，運槍把右方敵人掃得狼奔鼠竄，又回槍挑飛了兩個想乘虛由左方破入的惡漢，大笑應道：「好兄弟！我們雖非同年同月同日生，卻可同年同月同日死，何等快哉！」頓了頓再叫道：「各位姊妹，我們兩兄弟畢命之時，你們立刻自盡，俾可同赴黃泉。」眾女被兩人的豪情激得熱淚湧出，齊聲應是，悲壯感人。

戚長征大叫道：「碧翠、紅袖，告訴老戚你們愛我！」

寒碧翠擋了敵人一斧一矛後，剛要回答，紅袖已聲嘶力竭叫道：「戚郎！紅袖從未像此刻般快樂過！」

寒碧翠心中感動，也竭力大叫道：「征郎，到了地府我也誓要嫁你。」

戚長征大叫一聲「好」，又再劈飛了一個敵人，壓力忽然大增，原來花扎敖、山查岳、強望生和由蚩敵已殺至。就在這千鈞一髮的時刻，天上長嘯傳來。伏在兩旁屋頂上的敵人紛紛被趕得跌到花街，跟著湧出近百個黑衣大漢，閃電撲向下面慘烈的戰場。乾羅的聲音在空中響起道：「叛徒毛白意，看乾某先取你狗命。」戚長征等絕處逢生，精神大振，硬把敵方新一波的攻勢化去。毛白意一聽到乾羅的聲音，立時魂飛魄散，欲要後退，漫天矛影罩了下來，未及擋格，長矛貫頂而入，當場斃命。他本非如此不濟，但久戰身疲，又兼事起突然，竟連半招都擋不了。山城的叛將叛兵，聽到乾羅的聲音，早鬥志全消，又見毛白意一招斃命，竟一聲發喊，四散逃去。

高大的老傑和「掌上舞」易燕媚這時領著近五十名好手，由東端殺來，硬是破開一條血路，往風戚等人移去。兩旁的乾羅部下雖只有百人之眾，卻逼得甄夫人的人不得不回身應戰，使風戚等壓力大減。甄夫人爲鷹飛的療治正進入最緊要關頭，停手不得，差點咬碎銀牙，苦忍著抽身去指揮部下的強烈慾望。

乾羅大喝道：「長征我兒！千萬多挺一會！」一振長矛，逢人殺人，眨眼間來到山查岳和花扎敖身後。兩魔大吃一驚，分了花扎敖出來，對上乾羅名震天下的長矛。掌矛在刹那間交擊了十多下。乾羅雖暗懍對方強橫的武功，但看準對方受了內傷，冷哼一聲，以肩頭硬受對方一掌，矛身掃在對方肩膀處。乾羅晃了一晃，化去對方九成力道，卻把花扎敖掃得在慘哼中橫跌開去，撞得在他後方的人人仰馬翻，亂成一團。若今天來襲的是清一式方夜羽的部屬，因受過嚴格的訓練，就算戰至一兵一卒，也絕不會生出慌亂的情況。但這支由尊信門、山城叛徒、萬惡山莊、花刺子模和方夜羽部下合組而成的聯軍，終究欠缺眞誠的合作和默契。兼之山城叛徒倉皇逃命，大大影響了軍心。萬惡山莊又是群龍無首，亂勢一成，立時喪失了大半作戰能力。不過眼前雖多了乾羅，因敵方高手如雲，仍佔著絕對的優勢。

風行烈見乾羅掃走了花扎敖，趁勢猛攻山查岳。山查岳見前有風行烈，後有乾羅，哪敢逞強，凌空躍起，倒翻至外圍去。就在乾羅和風戚會合起來時，老傑和易燕媚亦由東端殺至。乾羅一聲長嘯，由兩旁攻來的部下紛紛退回屋頂處，拿起剛才早放在屋頂上的強弓勁箭，朝下面的敵人射去，顯出精嚴的訓練。竹叟、莫意閒等人知道這乃最關鍵時刻，瘋狂攻去。山查岳亦趕了回來，加入戰圈。乾羅大喝道：「我們走！」像全沒有受傷似的，倏進忽退，前後縱橫，殺得敵人踉蹌避退，竟無人敢攖其鋒。風戚等人壓力大減，回復豪雄勇猛，忙往東端殺去。配上生力軍，目標又只是逃命，敵人如何能擋，硬給他們衝出一條血路。驀地一聲發喊，東端處乾羅預先埋伏的五十名手下在高處現身，勁箭毒水，朝敵人射下潑去。敵人反陷於三方受敵的困境，哪還敢逞強，潮水般退後。莫意閒等當然不把勁箭毒水放在眼裏，不過想起對方有乾羅、風行烈和戚長征，孤身追去絕討好不了，且不知對方尚有何後著，甄夫人又人影不見，都躊躇不前，坐看對方消失在橫巷裏。大戰終告一段落。

在長沙府東郊密林一座隱蔽的大宅裏，躺滿傷兵疲將，愁雲慘霧。乾羅、老傑、風行烈和戚長征四人圍在一起，低聲商議。

乾羅道：「可惜我遲來一步，否則封兄或可倖免於難。」

戚長征兩手緊握成拳，狠聲道：「我發誓要把他們碎屍萬段，才能洩心頭之憤。」

老傑親切地伸手抓著他肩頭安慰道：「現在我們要拋開一切悲傷和仇恨，冷靜下來，絕不可意氣用事，看看怎樣突破敵人強大的封鎖，與怒蛟幫匯合在一起。」

乾羅道：「凌戰天和翟雨時果有大將之風，硬是沉得著氣，若他們莽撞地來救你，恐怕早全軍覆沒了，想不到方夜羽手中的實力如此驚人，難怪敢來挑戰中原武林。」

老傑嘆道：「這甄夫人實是方夜羽手中另一張王牌，與里赤媚的重要性不相上下，只看她調兵遣將，運籌帷幄，便可知她是精通兵法的人。她這次未竟全功，失算在不知有我們這著奇兵的存在，可是現在丹清派和湘水幫都元氣大傷，名存實亡，封寒又不幸戰死，方夜羽因雙修府一戰失去的威勢，全給她贏了回來，假若朱元璋還縱容他們，說不定江山也保不住呢。」

風行烈點頭道：「浪大俠到京城去，就是爲了這事。」頓了頓向老傑恭敬地道：「傑老！不知外面的形勢如何了？」

老傑滿佈皺紋的臉上泛出一絲笑意，向風行烈道：「對我說話不用客氣，平輩論交才合我意，像老戚那種語氣最對我的脾胃，你若是這種態度，讓我連他媽的一句粗話都說不出口來，就不夠坦誠痛快了。」風行烈微笑地點頭應是。老傑續道：「這甄夫人算無遺策，早在由此至洞庭整個區域，佈下了龐大的偵察網，這也是我們來遲了的原因，因爲要分散潛入長沙府。可以想像得到，我們只要離開這裏，會立即被他們偵知行蹤。」

戚長征道：「雙方實力比較，我們確比不上他們，但若我們分散逃走，定能教他們疲於奔命，不知如何是好！」

乾羅冷然道：「我卻不敢如此樂觀，若我是那甄夫人，只須證實長征你身在那裏，立即下令全力截殺，再從容對付其他的人，只要殺了你，即可對怒蛟幫造成實力上和心理上的嚴重打擊，說到底，他們的目標始終是怒蛟幫，其他人都可暫時放過。」

戚長征皺眉道：「若我們一齊逃走，豈非讓他們有機會一網打盡嗎？」

風行烈道：「我們能不能不走？假若他們搜到這裏來，我們就利用這裏的天然環境，加設防禦措施，守他十來天，待怒蛟幫的援兵來解圍。」

老傑道：「這絕非上策，卻是沒有法子中的辦法，幸好這裏早囤積了大量糧草，足夠我們數月之用，至於防禦設施，就交在我身上吧！」

戚長征想起了水柔晶，嘆了一口氣，自己怎可在這裏龜縮不出，任由她被精於追蹤術的甄夫人搜捕，想到這裏，臉色一變，道：「我差點忘了告訴你們，甄夫人是追蹤術的大行家，恐怕在防禦措施設好前，她就已找來了。唉！這女人真是厲害，連封寒對上她時，都要吃虧，我看她的武功比鷹飛還行。」眾人聽了亦不由色變。

這時易燕媚走來向戚長征低聲道：「虹青想見你。」

乾羅責道：「我囑你看著青兒的，為何這樣離開，她自殺了怎麼辦？」

易燕媚柔順地挨在乾羅身旁，道：「城主莫要罵我，虹青不會在這時候尋短見的，因她最肯為人著想，不想添加我們的悲傷，放心吧！」眾人黯然無語。

乾羅搖頭長嘆，愴然道：「她是個好女孩，我以前真的對不起她。」

戚長征安慰地拍拍他肩頭，道：「往者已矣！眼前之務，是如何應付甄妖婦，我們各自想想吧！讓我先看看青姊。」

風行烈點頭道：「我也要看看小半的情況。」

乾羅道：「放心吧！有我這神醫在這裏，包管他們很快生龍活虎起來。」戚長征點頭和風行烈一起朝內進走去。

老傑喟然道：「看到他們，我才真的感覺自己老了。」

乾羅笑道：「你雖叫老傑，但你那火熱的心，想老都不成。」

易燕媚道：「我要去陪碧翠呢，丹清派的大慘劇，使她自責和內疚得痛不欲生。」

乾羅道：「讓我來勸解我的乾媳婦兒吧，唉！眞是教人心痛。」兩眼亮起電芒，沉聲道：「這仇恨定要清雪的。」

老傑道：「我們似乎忽略了一個人。」

乾羅點頭道：「你是指展羽吧！這確是個非常頭痛的問題，哼！浪翻雲在這裏就好了。」

浪翻雲舉起酒杯，喝了一口清溪流泉後，閉目不語，好一會後兩眼一睜，叫道：「我的天！爲何這未夠火候的清溪流泉比從前更勝一籌，究竟是因著仙飲泉的泉水，還是女酒仙在得到眞愛後酒藝更上了一層樓？」

范良極跳了起來，怪叫道：「媽的！怎可只得那麼一小杯！讓我去拿幾罈來，我也有幫忙的，是我的功勞也說不定。」旋風般出門去了。秦夢瑤和韓柏對視一笑。

浪翻雲看得一呆，向秦夢瑤道：「夢瑤便像清溪流泉般，竟能在無可更動人的美麗裏出落得更美麗，若時光倒流到我認識惜惜之前，我定會不顧一切和韓柏來爭奪你，像韓柏那樣不管你是不是不食人間煙火的仙子。」

韓柏透出一口涼氣道：「幸好時間一去不回頭，否則我就慘了，誰可爭贏你？」

秦夢瑤嬌嗔道：「大哥也如此爲長不尊，我以後日子怎樣過啊！」

浪翻雲灑然一笑，眼光看入杯中的酒裏，嘆了一口氣道：「或許燕王棣說得對，朱元璋再不是以前打天下的朱元璋了，雄心壯志已不復再，現在想的只是如何長生不老，如何鞏固權力。針對他這兩個弱點，我們的確可耍他一番，不過若禍根眞的是他，他便沒有做皇帝的資格，須讓更有賢德的人接替，問題只在於燕王棣是不是合適的人選。」

韓柏哂道：「這燕王連父親姪兒都要對付，他的賢德多少有限吧。」

秦夢瑤正容道：「禁宮之內的倫常關係，絕不能以常理論度，親情被權位代替後，父不父子不子，所以一般人視之爲倫常慘變的悲劇，在慣於過皇宮中爾虞我詐的虛僞生活的人來說，卻是最理所當然。失去了權力，就是失去了一切。可惜皇位卻只有一個，不是你的就是別人的，若是別人的，你就是任由對方魚肉的可憐蟲，在這種情況下，你韓浪子會怎麼辦？」

這時范良極和陳令方各捧著一罈酒進來。看到清溪流泉，浪翻雲立即忘了朱元璋，更不要說燕王棣，又或韓柏是浪子還是無賴了。眾人興高采烈，連飲數大杯。秦夢瑤卻是滴酒不沾唇，連浪翻雲相勸亦被她婉言拒絕，卻又不肯說出理由。浪翻雲等大讚了左詩一番後，才再次轉入正題。

范良極道：「夢瑤的問題還簡單，因她早到了反璞歸眞的境界，可輕易扮作專使夫人。」

韓柏截入糾正道：「不是扮，而眞的是韓某的夫人，只不過暫叫作專使夫人，嘿！四夫人！」

范良極愕然看了秦夢瑤一眼，見她雖含羞答答，卻不表反對，狠狠瞪了韓柏一眼後才續道：「可是浪翻雲的特異形相卻是天下皆知，如何可蒙混過去，實是個大問題，總不能把他放在箱子裏收起來吧？」

浪翻雲從容淡定地笑了一笑道：「無論我扮作甚麼身分樣貌，都瞞不過兩個人，一是鬼王虛若無，另一個就是楞嚴，所以最好的方法是甚麼都不扮。」

范良極點頭道：「這是沒有辦法中的辦法，我們在明你在暗，就算我們躲到朱元璋和他陳貴妃的床底下，以你浪翻雲之能，亦應有辦法找到我們。」

浪翻雲笑道：「除了龐斑的床底，那或許是天下間我唯一沒有把握可神不知鬼不覺潛進去的地方。但我不信你這盜王沒有進入過皇宮，不信你沒有遇過那群影子太監。」

范良極瞪了浪翻雲好一會後，才嘿然道：「我很想知道你曾否闖過皇宮，更想知道你遇到那些影子太監的情況。」

陳令方愕然道：「我對宮內的事雖不熟悉，總也有個耳聞，為何你們說的影子太監我從未聽過呢？」

韓柏最是好奇，追問道：「不要打啞謎了，快……」

范良極不耐煩地截斷他道：「不要打斷話頭，我要聽浪翻雲的答案，問你的專使夫人好了，我包管她知道。」

韓柏望著秦夢瑤，後者含笑點頭，示意先聽浪翻雲說，顯然她也想知道浪翻雲的答案。浪翻雲好整以暇，把玩著手中空杯。

范良極忙為他斟酒，不客氣地催道：「快說！」秦夢瑤等見他如此，都已猜到他定是曾吃過這群影子太監的虧，才亟欲知道浪翻雲的遭遇。

浪翻雲把酒杯送至鼻端，用神嗅了半晌，才一乾而盡道：「那是七年前的舊事了，那時我年少氣盛，對朱元璋很多作為都看不過眼，於是摸進皇宮，絕非有甚麼圖謀，只是想當面和他一談，讓他知道一點意見。哪知瞞得過禁衛，卻過不了影子太監這一關，尤以其中一個老太監，功力之高，直逼當過朱元璋以前的貼身護衛的鬼王虛若無，以我一人之力，要勝過這群人數約在十多名，功力高絕，肯爲朱元璋犧牲性命的太監，亦感力有未逮，兼之我又不想傷害他們，唯有打消主意，立即離去。」

范良極欣然笑道：「連覆雨劍都闖不進去，我就不那麼丟臉了，眞想不到朱元璋有這麼厲害的人形影不離保護著，而他們既有這般武功，又何須當朱元璋的影子太監，默默守護著他？」

秦夢瑤道：「范大哥既不知他們是誰，爲何肯定夢瑤會知道這件事呢？」

范良極老臉微紅，嘆了一口氣後道：「我三次偷進皇宮，前兩次雖有驚險，總算逃得掉，可是第三次進宮時，卻被逼進死地去，眼看老命不保，那帶頭的老太監竟放我逃走。事後我百思不得其解，最後才從他們驚人的武功找出線索，想到他極可能是來自淨念禪宗的人，看在我恩師凌渡的關係，又知道我只是手癢想偷東西，才放過了我。這事乃生平奇恥大辱，從來沒說予人知道。」眾人這才明白爲何范良極會說秦夢瑤應知此事，是因爲她乃半個禪宗傳人的身分。

韓柏恍然道：「原來是眞和尙，假太監。」

范良極搖頭道：「不！他們是眞的太監，你見識淺薄我不怪你，太監的聲音身形體能都大異常人，你見過一個便明白我的話了。」

陳令方道：「這眞是意想不到，皇……嘿……朱元璋他大敗陳友諒後自封吳王時，宮中宦臣已經逾千，朱元璋把宮中事務全託付給他們。到建立大明朝後，設立內監，又再因應不同宮務，分作二十四個衙門，即十二監、四司和八局。其中以十二監中的司禮監權力最大，隱隱管轄著其他各監、司和局。嚴格來說，廠衛亦受司禮監指揮，只不過朱元璋寵信楞嚴，司禮監才降格而爲有名無實的上司，想不到竟還有這些影子太監的存在。」

韓柏大感有趣，把耳朵湊到秦夢瑤的小嘴旁求道：「快告訴我這些像影子般跟隨著朱元璋的太監的秘密！」

秦夢瑤見這小子當著兩位大哥和陳令方面前表現得如此親熱，心中有氣，故意嘟起可愛的小嘴不說。

浪翻雲啞然失笑道：「天下間只有夢瑤的小無賴才可以令她嚐到和人鬥氣的樂趣。」

秦夢瑤哪會不知浪翻雲故意調笑自己，是要激起自己的女兒情懷，不過明知如此，也是禁受不住，像小女孩般橫了浪翻雲一眼，那種嫵媚神態，以浪翻雲的修養，亦不由呆了一呆。范良極和陳令方則看傻了眼。

陳令方嘆道：「四弟的艷福，連後宮佳麗沒有一千也有八百的朱元璋都要羨慕呢。」

秦夢瑤微嗔道：「陳公你也這麼不正經。」

陳令方嘻嘻笑道：「夢瑤最好跟四弟喚我作二哥，咦！他沒有告訴你我們結拜了兄弟嗎？不過那謝廷石的三哥只是你騙我、我騙你的假玩意，可以不理，我們三人才算是真的。」

范良極和韓柏對望一眼，齊聲頹然長嘆。秦夢瑤噗哧一笑道：「叫就叫吧！誰叫夢瑤泥足深陷，欲罷不能！陳二哥！」

陳令方喜得差點跳起來打個觔斗，只不過卻沒有那麼好的功夫。與韓范兩人相處久了，使他久被名利心埋葬了的赤子熱誠復活了過來，享受到只有童真時代才擁有的頑皮、快樂和漫無機心的寫意。

范良極不想和這可恨的「二弟」瞎纏下去，向秦夢瑤道：「我這次逼你的柏郎扮專使上京，開始時最主要的原因是想和這個無名老太監再玩一場，但卻絕無惡意，只是因偷不到東西，非常不服氣罷了！

來！快告訴本大哥有關他們的事，否則我死也難以瞑目！你不想我死後的樣子會睜目吐舌那麼難看吧？」

韓柏恍然道：「原來死老鬼你在暗害我，難怪成功逃了出來後仍不肯罷休，哼！休想我隨你去做大賊。」

范良極沉下臉來，鼻孔「嗤」的一聲噴氣道：「你最多不過是名小賊兒，何來做大賊的資格，肯讓你在旁作搖旗吶喊的跳樑小醜，還是抬舉你呢。」

秦夢瑤笑道：「假若有一天夢瑤聽不到你們兩人吵吵鬧鬧的，定會不習慣。」

范良極忿然道：「誰有興趣理這淫……噢！嘻！夢瑤！快告訴大哥那批令朱元璋能活到現在的傢伙的底細，若不爭回這一口氣，你范大哥怎能甘心。」

秦夢瑤淡然一笑道：「這是個很長的故事，現在離京師只有兩個時辰的水路，我們有那個時間嗎？」

陳令方道：「聽夢瑤說話，看著你輕言淺笑，已是這世上最美妙的事，其他都可放到一旁。」

韓柏自是舉雙手同意。事實上無論任何人和她相處，都無不被她的氣質、風韻所深深吸引，連浪翻雲和龐斑亦不例外。所以陳令方能憑著與韓柏的兄弟關係成了秦夢瑤的兄長，實比獲封六部的高職更使他興奮和有成就感。

秦夢瑤望著窗外，恬然道：「那要由蒙人入主中國時說起了。」

乾虹青安坐椅內，平靜得令人驚訝。戚長征坐到她左側的椅裏，想說話，忽地哽咽起來，淚水不受控制地奪眶而出。

乾虹青伸出纖手，按在他掌背上，悽然道：「長征！我還以為你是永遠不會流淚的鐵漢。」

戚長征離開椅子，在她膝前跪下，像小孩子般埋入乾虹青懷裏，哭道：「是我害了他，也害苦了你，毀了青妹的幸福。」

乾虹青愛憐地摸著他的頭，以異乎尋常的語氣道：「這種話是不應由你口中說出來的，戚長征何時變得這麼婆媽？這三年來我學了很多以前不懂的道理，學懂如何去愛一個人，如何去給予。」

戚長征痛哭一會後，雙手搭在扶手處，撐起身體，道：「這血仇我定會銘記心中的！」

乾虹青俏臉閃著聖潔的光輝，取出絲巾為這年輕高手揩去淚跡，搖頭道：「我從未見過封寒這麼關切一個人，聽到你有難，立即不顧一切趕去援手，他曾要求我不要隨他去，因為他知道能活命的機會並不大。所以他是求仁得仁，橫豎遲早會死，何不馬革裹屍。而且他的一死，換回了這麼多寶貴的生命，假若要再選擇一次，我也定會要求封寒這麼做。」

戚長征感動地道：「青妹……」

乾虹青微微一笑道：「至於報仇一事，更不須擺在心上，以致影響了你刀道的進展，人世間的鬥爭，不是你死就是我亡，不外如此而已！假若你心中充滿悲怨和仇恨，青妹第一個不原諒你，我要你永遠是那個灑脫不羈、放手而為的江湖硬漢，知道了嗎？」

戚長征沉思了一會，點頭道：「青妹教訓得好！我明白了！」

乾虹青湊過香唇，大有情意地在他唇上輕吻了一口，淡淡道：「我和封寒離谷後，曾在一間清靜的佛堂寄居了三天，我很喜歡那裏的環境，你可安排我到那裏安居，假若我喜歡那種生活，便會在那裏住下來，若你有閒，可帶柔晶、碧翠、紅袖等來看我。」

戚長征一震道：「青姊！」

乾虹青微笑道：「封寒在生時，我有時也會想起你們，甚或你的義父，到封寒死了，我才知道心中只有他一個人。唉！現在我才明白浪翻雲對紀惜惜的那種情意。你若是眞的愛惜青姊，就莫要說任何想改變我決定的話。我每天都會在佛堂爲封寒和你們唸佛誦經，這豈非比隨封寒而去更有意義嗎？封寒既不想虹青死，青姊自然要乖乖的聽他臨終前的囑咐。」

戚長征站了起來，伸手按在她香肩上道：「青姊！長征尊重你的決定，我現在立即與義父商量，儘快把你送到那佛堂去，讓你避開江湖的仇殺鬥爭，永遠再接觸不到這方面的事。」

乾虹青站了起來，貼入他懷裏，低聲道：「長征！摟緊我。青姊會記著你們。」戚長征抱著她，眼淚忍不住再次泉湧而出。

秦夢瑤的眼神變得深邃無盡，回到過去某一遙遠的時間片段去，道：「淨念禪宗和慈航靜齋成立於唐初，初祖天僧和地尼乃同門師兄妹，有緣卻無分，可是他們的想法都非常接近，就是不囿於一教一派，以廣研天下宗教門派爲己任，希望能尋出悟破生死的大道。」

韓柏心中恍然，難怪秦夢瑤連春畫都不避，原來背後竟有著如此崇高的理想。

浪翻雲微笑道：「只要肯翻歷史一看，歷代成宗成教者，莫非當時當代不屈於傳統權威的改革者，孔子老莊莫不如是。釋迦若臣服於當時的主流思想，也不能有此成就。可知破始而後能立，可惜他的徒子徒孫，卻學不到釋迦之所以能成『佛』的最關鍵一點，成爲不敢質疑權威的奴才，若傳鷹整天敲經唸佛，又何能另闖新境，躍空而去，成千古典範。」

秦夢瑤嬌軀微震道：「想不到大哥的看法和恩師如此接近，難怪恩師生前曾有言，說天下間有兩個人是她自問無法抗拒的，一個是龐斑，另一位就是大哥了。」

范良極一呆道：「言靜庵從未見過浪翻雲，怎知他是怎樣一個人，單聽傳言，怕不是那麼靠得住吧！」

秦夢瑤微微一笑道：「恩師為了測試大哥的深淺，曾三次下山去看大哥，三次都逃不過大哥的法眼，使恩師不得不服氣，這是極端秘密的事，若非夢瑤下山前蒙恩師告知，連我都不知大哥竟和恩師曾有往來呢。」

韓陳范三人大感興趣，詢問的眼光全落到浪翻雲身上。浪翻雲含著笑意的眼光掃過三人，沒有說話。

范良極心癢癢道：「老浪你若不把其中情況一絲不漏說出來，我們立即拉倒，剩下你一個人到京裏去歷險。」

浪翻雲失聲道：「這是不是叫威脅？」再看了范良極那堅決的模樣一眼，嘆道：「我看你最愛的不是偷東西，而是偷人的秘密隱私。」

范良極拍腿道：「浪翻雲眞是我的知己，你不必急著說出來，到了京師後，找晚我們撐著檯子，喝著清溪流泉，你才慢慢告訴我。」

浪翻雲望向其他人，最後眼光落在秦夢瑤臉上，奇道：「夢瑤對你范大哥這樣不道德的行為，為何竟不置一詞，主持正義？」

秦夢瑤「噗哧」一笑道：「對不起一次也要的了，因爲夢瑤亦渴望知道其中情況，所以才故意提起此事。」

浪翻雲爲之氣結，苦笑搖頭，沒有再說話。眼中卻露出緬懷低回的落寞神色。

秦夢瑤含笑道：「大哥不是要夢瑤嘗試凡人的味道嗎？這就是那不良的後果了。」

韓柏拍胸保證道：「夢瑤放心，正如剛才說的破而後立，我保證你會嘗到做凡人的好處。」

秦夢瑤俏臉立紅，瞪著韓柏嗔道：「你閉嘴！再聽到你半句話，我甚麼都不說，教范大哥聽不到秘密時，找你算賬。」

韓柏苦著臉立即閉嘴，但心中卻是無限溫馨，秦夢瑤的責罵，比任何情話更使他飄飄欲仙。何況他可能是世上唯一秦夢瑤喜歡責罵的人呢！范浪兩人都忍不住偷笑。

秦夢瑤的臉更紅了，好一會才接回之前的話題，卻像失去了詳談的興致般續道：「細節不說了，總之禪宗和靜齋爲免門下分心，一直嚴禁傳人涉足江湖和政治，俾能專注於天人之道的研究。」

韓柏忍不住要說話，給秦夢瑤及時瞪了一眼，嚇得噤口不敢作聲。范良極眞怕秦夢瑤說得出做得到，舉起瘦拳向他作出警告，再加揚眉睁目，以添威嚇。

浪翻雲爲之莞爾，代韓柏求情道：「夢瑤饒了小柏吧！難道忍心憋死他嗎？」

秦夢瑤白了韓柏一眼，道：「大哥替你求情，就准你說話吧！不過你須檢點言語，再犯一次時，誰都救不了你。」

韓柏吁出一口氣，苦笑道：「我只是想問秦大小姐，你們和紅日法王的藏派爲何會結怨而已！」

秦夢瑤見他如此低聲下氣，亦覺不忍，柔聲答道：「不要如此可憐兮兮的。我們和藏僧的宿怨，始於三百年前西藏第一高手大密宗來華，分別找上靜齋第九代齋主雲想眞及禪宗當時的禪主虛玄，坐論經道佛法，本應是件法界盛事，可惜最後他對我們的做法，認爲是離經叛道，有辱佛法，終演成武鬥，眞的何苦來哉！」

浪翻雲搖頭道：「這就是所有改革者會遇上的情況，必會遭當時根深柢固的勢力所反對，兩大聖地能於建立後七百多年才遇上這問題，全賴與世無爭的作風，不過始終仍避不了。」

這時他們談論的早離開了關於影子太監的事，可是各人均聽得津津有味，因這不但牽涉到兩大聖地與藏密各派一直秘而不宣的鬥爭，還直接關聯現在秦夢瑤與紅日法王的爭戰。若秦夢瑤眞能活過百日之期，兩大聖地將成爲最後的勝利者。

陳令方催道：「夢瑤快說下去吧！」

秦夢瑤再默思片晌，眼中射出緬懷崇慕之色，道：「其中比試的情況，先祖師雲想眞和虛玄禪主都沒有說出來。只知兩大聖主均似是先後敗北，大密宗立下戒誓，若兩地有人踏入江湖，藏密將絕不會坐視，由那天開始，敝齋和禪宗便嚴禁門人公然涉足江湖。」

韓柏失望地道：「那大密宗眞的這麼厲害嗎？」

秦夢瑤淡然一笑道：「當然不是，大密宗返藏後，甫踏進布達拉宮之門，吩咐了後事，立即倒斃，使這場詭秘莫測的鬥爭，變成難知勝負，也使藏密各派引爲奇恥大辱，誓要力保大密宗對兩地的戒誓，若兩地有人公然現身江湖，就是中藏再起戰雲的時刻了。」

范良極問道：「那貴祖師雲齋主和虛玄禪主，事後如何呢？」

秦夢瑤道：「虛玄禪主和雲祖師於一年後的同一日內仙逝，使人更不知雙方誰勝誰負。」

陳令方目瞪口呆道：「怎會這麼巧？」

秦夢瑤道：「夢瑤早放棄思索這問題了。」

范良極點頭道：「這麼玄妙的事，想都是白想，只知其中必暗含某一意義，現在我才明白爲何和尚會變成太監，就是爲了要掩人耳目，免得惹起中藏之爭，這樣對朱元璋也方便了很多。」

秦夢瑤點頭道：「大概的情況是這樣了，蒙人入主中原，其殘暴不仁，實前所未有，俘掠我們作奴隸、禁止攜帶兵器、不准漢人任要職，還任令番僧橫行，官吏貪污，將士擄掠，無惡不作，我們雖一向不問世事，亦感到有逐走元人的需要，於是在當時反抗的群雄裏，決意選擇有能之士，匡扶之以抗元人，那人就是朱元璋。」

浪翻雲嘆道：「這才有禪宗派出高手，隨身貼護朱元璋的事。言齋主邀請龐斑到靜齋，亦因看準了龐斑乃中蒙鬥爭的關鍵，這些事都在極端秘密的情況下進行，誰也不知道兩大聖地暗中主宰著中原的命運。」

范良極道：「這些影子太監究竟有多少人，在禪宗裏是何等身分，爲何武功如此厲害？」

秦夢瑤道：「他們本有十八人，領頭者是當今了盡禪主的師兄了無聖僧，他老人家已超過百歲，武功禪法，均與禪主在伯仲之間，否則也不能爲朱元璋屢屢殺退蒙方高手的行刺。」

范良極道：「現在他們只剩下十二人左右，可知其中爭鬥之烈。」

秦夢瑤搖頭道：「不！是七個人，自明朝建立後，刺殺朱元璋的事從未止息過，幸好其中沒有龐斑，否則朱元璋屍骨早寒了。」

韓柏點頭道：「夢瑤在這時踏足塵世，背後豈是無因，當亦有扶助明室之意。嘿！而現在我們卻是上京尋朱元璋晦氣，甚至捲入了皇位之爭裏，夢瑤怎麼辦呢？」

范良極插入道：「若非浪翻雲轉移了龐斑的注意，夢瑤當會主動向龐斑挑戰，因爲夢瑤根本是兩大聖地訓練出來專門對付龐斑的絕世高手。」

秦夢瑤聳肩道：「好了！夢瑤所有秘密都告訴你們了，以後再不要逼人家說這說那吧！」

范良極正容道：「你還未答小柏的問題呢？」

秦夢瑤神情平靜地道：「出嫁從夫，又有三位大哥作主，夢瑤甚麼意見都沒有了。」

韓柏喜得跳了起來，向三人示威道：「你們聽見了嗎？夢瑤答應嫁給我了，你們就是證婚人，夢瑤金口既開，再收不回說過的話。」

秦夢瑤橫他一眼低罵道：「這麼沒有自信的男人，我是不是選錯人了？」

范良極又恨又妒道：「夢瑤你可不可以別那麼長這小子的威風，連我都像在他面前矮了一截似的。」

一陣鬨鬧後，陳令方道：「好了！現在我們應怎樣處理謝廷石謀朝奪位的提議呢？」

秦夢瑤嬌柔一笑，美目射向浪翻雲，輕描淡寫道：「有大哥在，夢瑤何用傷神，一切由他作主好了。」

各人都知秦夢瑤這幾句話實非同小可，因她隱爲兩大聖地的代表，能左右兩大聖地的態度，現在她把決定權交到浪翻雲手裏，由此亦可知兩大聖地對浪翻雲的尊重敬服。

浪翻雲哈哈一笑道：「夢瑤剛說過出嫁從夫，爲何又要我背上這吃力不討好的黑鍋？」

韓柏色變道：「不要找我，我連自己都一塌糊塗，更不要說有關天下命運的事。」

范良極嘿然道：「夢瑤最好重新考慮，看這小子有沒有當你夫婿的資格？」

秦夢瑤神情閒雅，不置可否，其實卻是心中歡喜，她故意擺明委身韓柏，一方面是增強韓柏的「魔力」，另一方面亦使自己再無退路。要知她在白道有著至高無上的地位，無論基於任何原因，和一個男子歡好，終屬苟合，可是若有浪翻雲作證婚人，則天下無人敢說上半句閒言，這才能不損靜齋的清譽，而事實上，武林兩大聖地從不受江湖的成規俗禮約束，誰有資格批評她的做法和選擇呢。

她清澈的眼神回到浪翻雲臉上，淡淡道：「在夢瑤踏足江湖前，禪主和恩師均要夢瑤權宜行事，天子之位，有道者得之，無道者去之，朱元璋得天下前，確是個人物，初期政績亦有可觀處，可是權位使人腐化，所以此次上京之行，將使我們有機會進一步對他加以觀察，以作決定。」

浪翻雲沉吟半晌，點頭道：「謝廷石那裏我們暫時拖著他，此事關係重大，處理不好會引起大禍，不是萬民之福。」

陳令方嘆道：「想不到我陳令方由一個戰戰兢兢，唯恐行差踏錯的奴才，變成可左右天下大局的人，眞是痛快得要命。」

范良極奇道：「陳老頭你的膽子爲何忽然變得這麼大了？」

陳令方一震下駭然望向范良極道：「你不是曾斷我始難後易，官運亨通嗎？爲何現在竟有此語，難道你以前只是安慰我嗎？」

范良極愕了一愕，乾咳兩聲，掩飾自己的尷尬，胡謅道：「我說的只是你膽子的大小，與相法命運有何關係？」陳令方這才釋然。

韓柏站起來道：「會議完畢，我要去看看三位姊姊和灰兒了，夢瑤隨我去好嗎？記得你說過出嫁從夫的。」

秦夢瑤狠狠瞪了他一眼下，無奈站起來，臨行前向浪翻雲道：「夢瑤沒有說錯吧！這傢伙定不會放過欺負我的機會，大哥要為夢瑤作主。不要只懂助紂為虐。」

范良極哈哈一笑，站起來道：「誰欺負誰，我看仍難說得很。棋聖陳，不如我們來一盤棋，好看看你仍否保持欺負我的能力。」

陳令方大笑而起，當先出房，邊道：「大哥有命，二弟怎敢不奉陪，不過這次你若輸了，便要稱我為二弟，不要陳老頭死老鬼亂叫一通，沒上沒下的。」范良極呆在當場，不知跟著去還是找個地方躲起來好。

浪翻雲莞爾道：「一失足成千古恨，范兄好自為之了。」

范良極長嘆一聲，經過韓柏身旁時乘機重重踢了他一腳，喃喃道：「我既訓練了個淫棍大俠出來，想不到春風化雨時，又教了個棋聖陳出來，天啊！造化為何竟弄人至此。」

韓柏忍著痛，向浪翻雲打個招呼後，和秦夢瑤出房去了。浪翻雲看出窗外，望著陽光漫天的大江上。還有一個多時辰，即可抵達應天府，這個稀奇古怪的使節團，會不會鬧得京師滿城風雨呢？

《覆雨翻雲》卷六終

【時報悅讀俱樂部】入會權益：

會員類別	入會費	年費	免費選書	贈　品
輕鬆卡會員	300	2000	10本	＊免費獲贈由朱德庸先生設計的《俱樂部週年慶紀念錶》 ＊俱樂部會員特價購書
VIP卡會員	300	4700	24本	＊免費獲贈由朱德庸先生設計的《俱樂部週年慶紀念錶》 ＊VIP會員加送《精英專用公事包》 ＊俱樂部會員特價購書

註1. 第二年起續會，免入會費。　註2. 本公司保留贈品更換之權利。

加入「時報悅讀俱樂部」可享7大權益：

☑ 1. 入會獨享會員超值賀禮。

☑ 2. 免費獲贈〈時報悅讀俱樂部〉讀書雜誌雙月刊一年。

☑ 3. 免費挑選時報出版全書系好書(單本書600元以上底扣兩本，外版書除外，詳情請上時報悅讀俱樂部網)。

☑ 4. 會員選書兩本以上免運費，一律以宅配通或掛號寄送。

☑ 5. 優先享有參加作家偶像名人記者會/讀書會/讀友會/簽名會/演講座談等活動的權利。

☑ 6. . 可優惠參加時報出版舉辦的各項精采演講及藝文活動權利。

☑ 7. 不定期享有俱樂部會員獨享特惠價。

請您現在就立刻加入「時報悅讀俱樂部」！

【時報悅讀俱樂部】會員邀請書

☑要！我要加入【時報悅讀俱樂部】，我可以獨享以下各項權益及贈品優惠。

我要加入的是：(請於括弧內打　)

勾選	會員類別	年費	會員專屬權益及贈品
	悅讀輕鬆卡會員 RC2004005	年費2300元 (入會費300元+年費2000元)	1.免費獲贈由朱德庸先生設計的《俱樂部週年慶紀念錶》 2.俱樂部會員特價購書
	悅讀VIP卡會員 RC2004006	年費5000元 (入會費300元+年費4700元)	1.免費獲贈由朱德庸先生設計的《俱樂部週年慶紀念錶》 2.VIP會員加送《精英專用公事包》 3.俱樂部會員特價購書

*選書方式：一次選二本或二本以上免費宅配或郵寄到府。
每二個月贈讀書雜誌〈時報悅讀俱樂部專刊〉，免費贈閱一年，由雜誌選書。
*總代理的外版書不列入選書範圍。 *信用卡請款通過後，立即免運費寄出贈品及選書。
本公司於贈品送完後留更換贈品之權利

以下是我的個人基本資料：

姓名：＿＿＿＿＿＿＿＿

性別：□男□女　婚姻狀況：□已婚 □未婚　生日：民國＿＿＿＿年＿＿＿＿月＿＿＿＿日

身份證字號：＿＿＿＿＿＿＿＿

寄書地址：□□□＿＿＿＿＿＿＿＿

連絡電話：(O)＿＿＿＿＿＿　(H)＿＿＿＿＿＿　手機：＿＿＿＿＿＿

e-mail：＿＿＿＿＿＿＿＿

(我們將藉此通知您最新的重要選書訊息，請填寫能夠確定收到信函的信箱地址)

訂閱會員電子報：□訂閱 □不訂閱

閱讀偏好(請填1.2.3順序)：□文學□歷史哲學□知識百科/自然探索□流行/語文□漫畫□生活/健康/心理勵志 □商業

※付款金額：

俱樂部會員費　□2300元(RC2004005)　□5000元(RC2004006)

※我選擇的付款方式：

1.□劃撥付款　劃撥帳號：19344724　戶名：時報文化出版公司　(請直接至郵局填寫劃撥單，並在劃撥單上註明您要加入的會員類別、姓名、地址、連絡電話、生日、身份證字號)

2.□信用卡付款

信用卡別 □VISA □MASTER □JCB □聯合信用卡

信用卡卡號：＿＿＿＿＿＿＿＿　有效期限西元＿＿＿＿年＿＿＿＿月

持卡人簽名：＿＿＿＿＿＿＿＿　(須與信用卡簽名同字樣)

統一編號：＿＿＿＿＿＿＿＿

※如何回覆

傳眞回覆：塡妥此單後，放大傳眞至 **(02) 2304-6858** 時報悅讀俱樂部專線

●時報悅讀俱樂部讀者服務專線：(02)**2308-6222-8314**

週一至週五 9:00-12:00AM 13:30-5:00PM 團購請洽(02)23087111*8343　黃先生

新人間叢書133

覆雨翻雲修訂版〈卷六〉

作　者—黃易
主　編—葉美瑤
編　輯—邱淑鈴、黃嫵羽
校　對—黃易、余淑宜、陳突生
企　畫—陳靜宜
董事長—趙政岷
總經理
總編輯—余宜芳
出版者—時報文化出版企業股份有限公司
10803台北市和平西路三段二四〇號三樓
發行專線—（〇二）二三〇六—六八四二
讀者服務專線—〇八〇〇—二三一—七〇五・（〇二）二三〇四—七一〇三
讀者服務傳眞—（〇二）二三〇四—六八五八
郵撥—一九三四四七二四時報文化出版公司
信箱—台北郵政七九～九九信箱
時報悅讀網—http://www.readingtimes.com.tw
電子郵件信箱—liter@readingtimes.com.tw
法律顧問—理律事務所　陳長文律師、李念祖律師
印　刷—盈昌印刷有限公司
初版一刷—二〇〇四年十一月十五日
初版二刷—二〇一四年七月十八日
定　價—新台幣二四〇元
⊙行政院新聞局局版北市業字第八〇號

ISBN 957-13-4192-4
Printed in Taiwan

國家圖書館出版品預行編目資料

覆雨翻雲修訂版／黃易著. --初版. --臺北
市：時報文化, 2004〔民93-〕
冊；　公分. --（新人間；128-139）

ISBN 957-13-4186-X（一套：平裝）

ISBN 957-13-4187-8（第1冊：平裝）ISBN 957-13-4188-6（第2冊：平裝）ISBN 957-13-4189-4（第3冊：平裝）ISBN 957-13-4190-8（第4冊：平裝）ISBN 957-13-4191-6（第5冊：平裝）ISBN 957-13-4192-4（第6冊：平裝）ISBN 957-13-4193-2（第7冊：平裝）ISBN 957-13-4194-0（第8冊：平裝）ISBN 957-13-4195-9（第9冊：平裝）ISBN 957-13-4196-7（第10冊：平裝）ISBN 957-13-4197-5（第11冊：平裝）ISBN 957-13-4198-3（第12冊：平裝）

857.9　　93016670

編號：AK0133	書名：覆雨翻雲 卷六
姓名：	性別：______ 1.男 2.女
出生日期： 年 月 日	e-mail：

______ 學歷：1.小學 2.國中 3.高中 4.大專 5.研究所（含以上）

______ 職業：1.學生 2.公務（含軍警） 3.家管 4.服務 5.金融 6.製造 7.資訊 8.大眾傳播 9.自由業 10.農漁牧 11.退休 12.其他

地址：______ 縣（市） ______ 鄉鎮區 ______ 村 ______ 里

______ 鄰 ______ 路（街） ______ 段 ______ 巷 ______ 弄 ______ 號 ______ 樓

郵遞區號 ______

（下列資料請以數字填在每題前之空格處）

______ **您從哪裡得知本書／**
1.書店 2.報紙廣告 3.報紙專欄 4.雜誌廣告 5.親友介紹
6.DM廣告傳單 7.其他 ______

______ **您希望我們爲您出版哪一類的作品／**
1.長篇小說 2.中、短篇小說 3.詩 4.戲劇 5.其他 ______

您對本書的意見／
______ 內　　容／1.滿意 2.尚可 3.應改進
______ 編　　輯／1.滿意 2.尚可 3.應改進
______ 封面設計／1.滿意 2.尚可 3.應改進
______ 校　　對／1.滿意 2.尚可 3.應改進
______ 翻　　譯／1.滿意 2.尚可 3.應改進
______ 定　　價／1.偏低 2.適中 3.偏高

您的建議／

______

______

______

請沿虛線摺下裝訂，謝謝！

廣告回郵
北區郵政管理局登
記證北台字1500號
免貼郵票

時報出版
CHINA TIMES PUBLISHING COMPANY
尊重智慧與創意的文化事業

地址：108台北市和平西路三段240號3樓
讀者服務專線：080-231-705・(02)2304-7103
讀者服務傳真：(02)2304-6858
郵撥：01038540 時報出版公司

請寄回這張服務卡（免貼郵票），您可以——
●隨時收到最新消息。
●參加專為您設計的各項回饋優惠活動。

新人間

新感覺・新人間・文學的新版圖

寄回本卡，掌握新人間系列的最新訊息